5.Klässler
Seelenhain
Alchemie
4.Klässler
3.Klässler

Marie Juniper, Lilly Oakley

Silva Akademie

Die Stimme des Waldes

Lilly Oakley Marie Juniper

Silva Akademie

Die Stimme des Waldes

Illustriert von
Lisa Forsch

KARIBU

1

Ein Streit von vielen

Der Wald hinter den Stoppelfeldern lockte ihn mit Geheimnissen. Ves saß auf dem Fensterbrett seines Zimmers und sah hinüber zu den Tannen, die wie eine Wand aufragten. Dahinter tummelten sich Abenteuer wie Asseln unter einem Stein. Er machte einen tiefen Atemzug. Sogar die Luft roch nach Wildnis und Freiheit. Bei dem Gedanken, wie er mit seinen Freunden später durchs Unterholz streifen würde, kribbelte sein ganzer Körper.

Ein komplettes Wochenende sturmfrei.

Ganze zwei Tage fuhren seine Eltern in den Urlaub. Ein Grinsen stahl sich auf sein Gesicht. Seine Kumpel und er würden ein neues Lager im Wald errichten, Musik hören und Chips futtern bis weit nach Sonnenuntergang. Sie mussten nur aufpassen, dass der alte Grubanger sie nicht wieder erwischte. Sonst würde der Spinner von einem Förster sich mal wieder bei ihren Eltern beschweren. Ves traute ihm sogar zu, dass er sie erneut anzeigen würde – wegen Verschmutzung der Wälder oder irgendetwas in dieser Art. Er schnaubte verächtlich. Beim letzten Mal hatten sie stundenlang Holzpaletten zusammengestellt, mit Seilen stabilisiert und zwei alte Autositze vom Schrottplatz in den Wald transportiert. Das Lager war so gemütlich gewesen. Bis der

Förster alles über Nacht entsorgt und sie bei der Polizei angeschwärzt hatte.

Ves griff in seine Tasche und holte eine Packung Böller und ein Feuerzeug hervor. Damit würden sie sich an dem alten Waldschreck rächen. Beides hatte er im Keller in der Silvesterkiste gefunden. Es waren genau solche Knallkörper, von denen sein Vater immer behauptete, sie wären nur für Erwachsene. Ves' Pulsschlag beschleunigte sich um einen Takt, als er die roten Stangen in seiner Hand wog. Mann, den Jungs würden die Augen ausfallen, wenn er damit ankam. Und der Grubanger würde toben, sobald die Dinger in seinem Garten explodierten.

»Kinder, kommt runter.« Die Stimme seiner Mutter schallte durch das Treppenhaus und riss ihn aus seinen Gedanken. »Wir müssen los!«

Gleich darauf hörte er die Schritte seiner Zwillingsschwester im Flur.

Ves zuckte zusammen und versteckte die Böller und das Feuerzeug hinter seinem Rücken, als Ella auch schon ihr Gesicht durch den Türspalt steckte.

»Kommst du?« Wenn sie seine Schätze entdeckte, würde sie ihn garantiert verpetzen.

»Bin doch schon unterwegs. Warum hast du es denn so eilig? Verpasst du sonst deinen Termin bei den Ökos, Baummutti?«, maulte er. Ella kniff die Augen zusammen und hob ihr Kinn. Aber so abgelenkt, würde sie nicht auf seine versteckten Hände achten.

»Du bist echt unglaublich! Das Taxi steht schon vor der

Tür und der Fahrer räumt bereits das Gepäck in den Kofferraum. Also mach endlich, du Eichelhirn!« Damit eilte sie zur Treppe und trampelte hinunter. Sie war ihm nicht auf die Schliche gekommen. Erleichtert seufzte er. Dann verstaute er Böller und Feuerzeug wieder in seiner Hosentasche, ehe er in aller Seelenruhe die Stufen ins Erdgeschoss hinabschritt.

»Da seid ihr ja.« Ohne Blaumann erschien ihm sein Vater wie ein ganz anderer Mensch. Er stand an der Haustür und zwirbelte seinen Schnauzbart, was er nur tat, wenn er gute Laune hatte. Seine Mutter war gestern extra noch bei der Maniküre und wirkte bereit für ein kinderfreies Wochenende.

»Seid bitte pünktlich um sechs zu Hause, wenn Tante Heidi kommt. Sie soll in unserem Zimmer schlafen. Sollte irgendetwas passieren, könnt ihr uns jederzeit anrufen. Aber es wird nichts sein, nicht wahr?« Das letzte Wort zog sie absichtlich in die Länge. Dabei betrachtete sie vor allem ihn. Er verzog das Gesicht. Seine Großtante Heidi war zwar die beste Geschichtenerzählerin der Welt, aber für Märchen war er inzwischen eindeutig zu alt – immerhin hatte er letzte Woche seinen zwölften Geburtstag gefeiert. Wenn seine Tante sich wenigstens ab und zu die wilden Locken in einem Zopf zusammenbinden und eher Jeans als wallende Kleider tragen würde. Er stöhnte innerlich auf. Dann würden seine Kumpel sie auch nicht immer »Kräuterhexe« nennen. Ein Glück war ihr Städtchen kein Dorf, in dem jeder jeden kannte. Nicht auszudenken, was passieren würden, wenn sie herausfänden, dass Heidi zu seiner Familie gehörte. Schlimm genug, dass alle wussten, wer seine Schwester war.

»Kommt her, ihr beiden.« Sein Vater streckte die Arme aus, und Ella flog hinein. Ves hob die Hand zu einem High Five. »Habt viel Spaß«, flötete sie, ganz das Vorzeigekind. »Und macht euch um uns keine Sorgen.«

»Ja, macht euch keine Sorgen«, wiederholte Ves. Er stopfte die Fäuste in die Hosentaschen seiner Jeans und strich mit seinen Fingern über die glatte Oberfläche des Feuerzeugs.

»Ich weiß, dass ihr das gut hinbekommt, meine großen Kinder.« Seine Mama streichelte ihm sanft die Haare hinter die Ohren. »Wenn wir wieder da sind, musst du zum Friseur.« Das Lächeln auf ihrem Gesicht sagte ihm, dass diese Drohung nicht ernst gemeint war.

»Wird nicht passieren.« Er grinste, und mit einer schwungvollen Kopfbewegung fielen ihm die Strähnen wieder vor die Augen.

Das Taxi hupte, und sein Vater warf einen Blick auf seine Armbanduhr – eine, die Zeiger hatte und an der gar nichts smart war, anders als bei Ellas oder seiner.

»Hier ist das Pizzageld für heute Abend. Gib es Heidi, wenn sie später kommt, ja?« Seine Mutter hielt Ella einen Hunderteuroschein hin.

»Alles klar, Mama.«

»Ich kann das auch machen.« Ves versuchte, schneller nach dem Geld zu schnappen als seine Schwester, aber seine Mutter umschloss den Schein mit der Hand. Es nervte ihn, dass seine Eltern so taten, als wäre das Geld nur bei ihr sicher.

»Diesmal wird es Ella verwahren, das nächste Mal dann

du«, meinte seine Mutter versöhnlich, während sie das Geld Ella übergab.

Wer's glaubt, wird selig. Weshalb trauten seine Eltern ihr alles zu und ihm nichts? »Ja, ja,und dann ist es doch wieder sie.« Ves hatte Mühe, sich im Zaum zu halten.

»Was sagt eine Schlange zur anderen? Stell dich nicht so an.« Sein Vater legte ihm die Hand auf die Schulter, aber Ves schlug sie weg. »Komm schon, Großer. Du passt auf die beiden Frauen auf – bist der Mann im Haus.«

Ves bemerkte, wie sich in seinem Bauch Wut zusammenbraute. »Hör auf mit solchen Sprüchen. Wir leben nicht in den Nullerjahren! Und ich bin kein Baby mehr, sondern der Ältere!«

»Nur fünfzehn Minuten älter«, entgegnete Ella sofort.

Wütend funkelte er sie an. »Es ist immer das Gleiche. Ihr denkt, ich bekomme nichts auf die Reihe! Das ist so ungerecht!« Ves warf seiner Schwester noch einen vernichtenden Blick zu. Verdrehte sie etwa die Augen? Sicher! Es freute sie diebisch, dass er mal wieder als der Verlierer dastand, der er früher vielleicht einmal gewesen war. Aber das war lange her!

»Gib mir einfach das Geld.« Er versuchte, um Ella herumzugreifen, die den Schein hinter ihrem Rücken versteckte. Sie wandte sich von ihm ab, war jedoch nicht schnell genug. Im Handumdrehen bekam er eine Ecke des Geldscheins zu fassen und zog so fest daran, wie er konnte.

Plötzlich hörte er das reißende Papier.

Einen Moment lang blieb alles still.

Nur sein Herzschlag dröhnte in den Ohren, als er langsam die Hälfte des Hunderteuroscheins hervorzog.

Die Hupe des Taxis schallte durch die Haustür.

»Na, spitze gemacht, Ves!« Ella hielt die andere Hälfte des Scheins in der Hand und wedelte damit. Seine Mutter presste die Lippen aufeinander, und zwischen den Augenbrauen seines Vaters erschien eine dicke Falte.

Anstatt zu schreien, stützte der nur die Hände auf die Knie. Ves sah ihm deutlich an, dass es ihm schwerfiel, sich zu beherrschen. Die nächsten Worte flüsterte er bei zusammengebissenen Zähnen, vermutlich weil draußen das Taxi wartete und er nicht vor Fremden laut werden wollte. »Silvester Sturmbach, du bringst das wieder in Ordnung. Den Pizzaabend zahlst du von deinem Taschengeld. Es kann doch nicht wahr sein, dass ich mich jetzt vor meinem Urlaub noch mal so aufregen muss.«

Ves stand da wie versteinert. Starrte auf den roten Kopf seines Vaters. Die pochende Ader an der Schläfe wirkte, als würde sie jeden Moment platzen – mit all den ungebrüllten Worten darin. Zwar war er nie lange zornig, aber wenn er es war, dann so richtig.

Dabei war das alles nicht Ves' Schuld. Hätten seine Eltern einfach ihm das Geld gegeben und Ves einmal vertraut, wäre nichts dergleichen passiert. Die Wut kochte erneut in ihm hoch. Er schob den Unterkiefer vor, sagte aber kein Wort mehr.

Seine Mutter tätschelte seinem Vater den Arm und nahm ihm und seiner Schwester die halben Scheine ab. »Ich bringe sie am Montag zur Bank, um sie umzutauschen.« Das besänftigte seinen Vater offenbar etwas, denn er richtete sich auf und atmete wieder gleichmäßiger.

An Ella gewandt, fuhr er fort: »Richtest du Heidi freundlicherweise aus, dass Ves die Pizza zahlen wird?« Seine Worte waren ein einziger Vorwurf.

Wieder hupte das Taxi.

»Mach ich, Papa«, willigte Ella bereitwillig ein.

»Mach ich«, äffte Ves sie nach.

»Ves!« Der Blick seiner Mutter brachte ihn zum Schweigen. »Bitte streitet nicht so viel, wenn wir fort sind. Seid lieb.« Sie stemmte die Hände in die Hüften. »Wir müssen nun wirklich los. Ella, ich verlasse mich auf dich.«

Jetzt reichte es. Ves drängte sich unsanft an seiner Mutter vorbei, rannte durch den Vorgarten und schmiss das Gartentor ins Schloss. Dann preschte er quer über das Stoppelfeld in Richtung Waldrand.

2
Eine holzige Umarmung

Nicht mal das Rauschen der Blätter konnte sie heute beruhigen. »War ja klar, dass er wieder Theater macht«, schimpfte Ella vor sich hin und kickte Kieselsteine den Weg entlang. Mit ihrem Bruder war nichts jemals einfach.

In einem Laubhaufen rechts von ihr raschelte es. Vorsichtig trat sie ein paar Schritte näher, ging in die Hocke und lächelte. Die Igelfamilie war schon wach. Seit sie die Jungen vor wenigen Wochen das erste Mal gesehen hatte, waren sie wirklich groß geworden. Sie waren Anfang September zur Welt gekommen. Eigentlich zu spät für die stacheligen Waldbewohner. Ella hatte sich Sorgen gemacht, ob sie sich bis zum Winterschlaf genug Reserven anfressen könnten. Doch wenn sie die Kleinen jetzt betrachtete, schien alles in bester Ordnung zu sein.

»Heute gab es mal wieder Streit«, flüsterte sie den Igeln zu. »Dabei sollte es Ves wirklich nicht überraschen, dass Mama und Papa mir das Geld gegeben haben.«

Tiere hatten immer ein offenes Ohr für sie und verspotteten niemanden. Außerdem waren sie hervorragende Geheimniswahrer. Unter den Menschen hatte sie noch nie so loyale Freunde gefunden.

»Ich bin es immerhin, die Mama jeden Samstag mit den Wäschebergen hilft. Oder wenn Papa an einem verregneten Wochenende mal wieder stundenlang in seinem Schuppen tüftelt, bin ich es, die ihm seine Schnitzelbrötchen vom Metzger holt.« Und das, obwohl sie Vegetarierin war. Sie griff in ihre Tasche, zog eine Box mit einem angefaulten Apfel hervor und legte diesen vor den Laubhaufen. »Und was macht Ves? Trifft sich, sooft es geht, mit seinen Freunden und stellt eine Menge Unsinn an.« Ella zog die Stirn in Falten. »Keine Ahnung, warum er überhaupt so wild darauf war, die Verantwortung für das Geld zu übernehmen, normalerweise schlägt er Haken wie ein Hase, wenn es um Verpflichtungen geht.« Mit einem tiefen Seufzen schüttelte sie den Kopf. »Wegen mir haben Mama und Papa noch nie einen Anruf von der Polizei erhalten.« Gut, dieser Vorwurf war nicht fair, immerhin beschwerte sich Förster Grubanger über alles und jeden.

Dennoch, auf Ella konnte sich ihre Familie verlassen. Früher hätte sie das auch über ihren Bruder gesagt. Jetzt hingegen machte Ves sogar ihre Familienwanderungen, die sie beide so geliebt hatten, nur noch murrend mit.

Mit einem tiefen Seufzen erhob sie sich, winkte den Igeln zu und setzte ihren Weg fort.

Wenn es nur um sie ginge, müsste Tante Heidi nicht extra bei ihnen übernachten. Ihr vertrauten Mama und Papa, dass sie keine verrückten Aktionen mit Freunden starten würde, sobald die Eltern aus dem Haus sind.

Aber Ves? Wenn sie ehrlich war, verstand sie die halbe Zeit selbst nicht, was in seinem Kopf vorging. Manchmal zweifelte sie sogar daran, mit ihm verwandt zu sein, geschweige denn, dass sie Zwillinge waren. Sie wusste schließlich genau, was sie von ihrem Leben wollte. Ella hatte einen Zehn-Jahres-Plan.

Es stand alles in ihrem digitalen Terminplaner. Beinahe liebevoll strich sie über das Tablet in ihrer Umhängetasche. Sie würde das Gymnasium mit Bestnoten abschließen und dann an der Universität Forstwirtschaft studieren. Sobald sie ihren Abschluss hatte, würde sie dabei helfen, die Wälder zu retten. Gut, dieser letzte Punkt war noch nicht ganz ausgereift, aber als Überbegriff konnte er definitiv so in ihrem Planer stehen bleiben.

Ves hingegen? Sie verdrehte die Augen. Für ihn gab es nichts Wichtigeres, als mit seinen Freunden abzuhängen, die ihn anhimmelten, als hätte er höchstpersönlich ihren Stamm von Eichelhirnen das Überleben im Wald gelehrt. Dabei war er einfach nur der König der Idioten. Ein Bild, wie er grinsend danebenstand, als seine Clique sich über Ella lustig machte, erschien vor ihrem inneren Auge. Entschieden schüttelte sie den Kopf, um diesen Gedanken zu vertreiben. Wenn er nicht bald anfing, sein Eichelhirn wieder zu benutzen, würde es eines Tages noch ein schlimmes Ende mit ihm nehmen.

Ella schnaubte und schaute auf ihre Smartwatch. Erleichtert stellte sie fest, dass sie es trotz des Streits rechtzeitig zu ihrer Gruppe, den Aufforstern, schaffen würde. Dass außer ihr nur Erwachsene dabei waren, störte sie nicht. Dann war sie eben gerade erst zwölf geworden. Was machte das schon? Im Allgemeinen schien sie mit den Erwachsenen aus der Gruppe besser klarzukommen als mit Leuten ihres Alters.

Doch so aufgewühlt konnte sie unmöglich mit den anderen Pläne für die nächste Müllsammelaktion schmieden. Die leider bitternötig war. Es gab beunruhigend viele Menschen, die den Wald mit einem Mülleimer verwechselten.

Ella blieb stehen, legte den Kopf in den Nacken und schloss die Augen. Sie war inzwischen weit genug gegangen, um nichts mehr von all den Autos und den Menschen in der Stadt zu hören. Die unbefestigte Straße benutzte fast niemand. Sie alle fuhren lieber über die Asphaltachterbahnen. Doch für Ella gab es keinen schöneren Ort als den Wald, daher benutzte sie den Forstweg so oft wie möglich. Auch jetzt verfehlte er seine Wirkung nicht. Die Nachmittagssonne kitzelte an ihrer Nasenspitze. Sie sog die erdig riechende Luft ein und hörte, wie die Vögel zwitscherten. Langsam öffnete sie die Augen wieder und sah hoch zu den bunten Blättern, die der Wind schon bald Richtung Erde tragen würde.

Gerade wollte sie weitergehen, als rechts von ihr ein panisches Quieken erklang. Mitten in der Bewegung hielt Ella inne und lauschte. Da ertönte es wieder. Ein Eichhörnchen, wenn sie sich nicht täuschte. Sie verließ den Weg und ging ein paar Schritte durchs Unterholz. Das Fiepen und Wimmern wurde immer lauter, und dann sah sie es. Sie hatte recht gehabt. Das Nagetier mit dem buschigen Schwanz saß in einem Käfig fest. Sie kannte solche Lebendfallen von ihren Waldkontrollgängen mit den Aufforstern. Wilderer benutzten sie, um die gefangenen Tiere dann entweder zu verkaufen oder – bei diesem Gedanken musste Ella schlucken – um sie auszustopfen. Eilig öffnete sie die Falle und trat einen Schritt zurück, damit das Eichhörnchen heraushuschen konnte. Aber es blieb, wo es war. Bewegungslos saß es am hintersten Ende des Käfigs und fiepte.

»Na los, du bist frei.« Doch das Tier war wie erstarrt. Sie brachte mehr Abstand zwischen sich und die Falle. »Ich tue dir nichts, aber du solltest von hier verschwinden.«

Mit schräg gelegtem Kopf musterte das Eichhörnchen Ella. Ob sie versuchen sollte, es herauszuholen – oder würde es dann nur panisch werden? Ein Blick auf ihre Uhr verriet, dass sie sich langsam beeilen musste, aber sie wollte nicht gehen, solange das kleine Wesen festsaß. Zaghaft kam Ella wieder näher. Das Eichhörnchen ließ sie dabei nicht aus den Augen. Sie hockte sich vor die Falle, und nach kurzem Zögern steckte sie ihren Arm in den Käfig, sorgsam darauf bedacht, den Auslöser nicht zu berühren. Sie hatte damit gerechnet, dass das Tier Panik bekommen, ja sie sogar beißen würde, doch es kam augenblicklich näher und kletterte auf ihre Hand. Behutsam holte Ella es aus der Falle. So ein Verhalten hatte sie bei diesen sonst so scheuen Wesen noch nie gesehen. Es saß ruhig in ihrer Handfläche und leckte sich die Pfötchen. An einer Stelle fehlten ein paar Haare, und es blutete ein wenig.

»Du hast wohl versucht, dich selbst zu befreien. Aber jetzt wird alles wieder gut, ich nehme dich ein Stück mit und setze dich bei einem Walnussbaum in der Nähe ab, was hältst du davon?« Das zufriedene Gluckern des Tieres deutete Ella als Zustimmung.

Sie richtete sich wieder auf, machte den ersten Schritt und erstarrte.

»Komm schon, Wastl, hier irgendwo war es doch, gell? Diesmal haben wir eins erwischt.«

Ella schreckte zusammen, denn sie kannte diese Stimme. Sie gehörte dem Förster Grubanger, der besser als der »Waldschreck« bekannt war. Seinen Dackel hatte er wohl auch dabei. Sie blickte von der Falle zu dem bebenden Eichhörnchen in ihrer Hand und wusste plötzlich genau, wer diesen Käfig hier platziert hatte. Ihre Tante Heidi hatte ihr schon öfter von dessen Haus voller ausgestopfter Tiere erzählt. Wenn er sie hier entdeckte, wäre das Schicksal des kleinen Tieres besiegelt. Und sie selbst war ebenfalls nicht scharf darauf, ihm alleine über den Weg zu laufen. Dieser Mann bereitete ihr eine Gänsehaut.

Leise huschte sie davon. Zurück zur Straße konnte sie nicht, denn von dort war seine Stimme gekommen. Aber sie kannte sich hier aus. Nur wenige Schritte entfernt gab es eine große Buche, hinter deren Stamm sie nicht zu sehen sein würden.

»Gleich sind wir da, gell, Wastl, dann haben wir das Ding. Es wird sich gut in unserer Sammlung machen.«

Die Stimme des Waldschrecks kam näher und näher. Gerade als Ella unbemerkt hinter den Baum schlüpfte, ertönte ein wütender Aufschrei. »Nein, wie kann das sein? Wo ist das Vieh?«

Ihr Atem ging schnell. Ella presste sich an den Stamm, fühlte die Flechten unter den Fingern ihrer freien Hand, während der Förster weiter vor sich hin schimpfte. »Dieses App-Ding hat eindeutig gemeldet, dass die Falle aktiviert wurde.

Also muss jemand hier gewesen sein, um es freizulassen«, schlussfolgerte er. »Aber wer?«

Einige Sekunden lang war es still. Ella hörte nur das Hecheln des Hundes und ihre eigene Atmung. »Freilich!«, rief der Waldschreck dann. »Natürlich waren sie es, diese verrückten Waldlinge.«

Heiliger Terminplaner, er hatte schon wieder seine Wahnvorstellungen. Die ganze Stadt wusste von Grubangers Halluzinationen über irgendwelche Geheimgesellschaften im Wald. Sogar bis ins Fernsehen hatte er es damit gebracht. Die Einwohner von Fuchsstadt hatten sich noch nie so geschämt.

»Wenn ich die erwische, hat ihr letztes Stündlein geschlagen.«

Bevor sie es verhindern konnte, entfuhr Ella ein angsterfülltes Fiepen.

»Wastl, hast du das gehört?«

Nur mit Mühe konnte sie ein Schluchzen zurückhalten.

Es knackte, als sich der Mann mit seinem Hund in Bewegung setzte und auf ihre Buche zuhielt. Das Eichhörnchen huschte Ellas Arm hoch und setzte sich auf ihre Schulter. Ganz nah an ihrem Gesicht, fast so, als wollte das Tier sie beruhigen. Doch es half nichts. Sie konnte den Hund bereits schnüffeln hören. *Oh bitte, bitte, ich will hier einfach nur weg*, flehte sie in Gedanken.

Die Äste über ihr knarzten, fast als ob sie sie verraten wollten. Ihr Herz pochte so stark, dass sie glaubte, es würde den Stamm in ihrem Rücken zum Erbeben bringen. Mit einem aufgeregten Fiepen sprang das Eichhörnchen von ihrer Schulter und flitzte den Baum nach oben. Ella schluckte. Nun war sie vollkommen allein.

Aber in dem Moment, als die Nase des Hundes hinter der Rundung des Stammes auftauchte, griff etwas Hartes nach ihr, umschlang sie fest und riss sie von ihren Füßen. Mit einem Ruck wurde sie nach oben gezogen. In letzter Sekunde schluckte Ella den Schrei hinunter, der ihrer Kehle entweichen wollte.

Orangefarbene und gelbe Blätter schlugen ihr ins Gesicht, und sie musste die Augen fest zusammenkneifen. So schnell es begonnen hatte, war alles wieder vorbei. Sie konnte die Augen vorsichtig öffnen und hätte beinahe schon wieder aufgeschrien. Der Waldboden lag tief unter ihr. Sie befand sich ganz oben im Baum, versteckt in dem dichten Blätterdach. Der Förster ging genau dort vorbei, wo sie eben noch gestanden hatte. Sein Dackel blieb stehen, hob seine Nase und schnüffelte.

Ella wagte es nicht, zu atmen, aus Angst, ein Zweig könnte brechen und ihr Versteck verraten.

»Irgendwo von hier kam doch das Blätterrascheln«, raunte er und ließ seinen Blick über die Büsche in der Nähe gleiten. Ellas Nackenhaare stellten sich auf, als der Mann den Blick langsam hob und seine Augen suchend durch die Krone der Buche glitten. An der Stelle, wo Ella von den Zweigen versteckt saß, stockte er. Schüttelte dann den Kopf und spuckte auf den Waldboden. Enttäuscht wandte er sich wieder an seinen Dackel. »Auf geht's, Wastl. Die Waldlinge sind schon wieder durch ihre Tunnel verschwunden. Wenn ich jemals den Eingang finde …«

Die beiden verschwanden aus ihrem Sichtfeld. Erst als die Schritte Grubangers vom Wald verschluckt wurden, stieß sie die angehaltene Luft aus, und ihre Nervenenden hörten auf zu kribbeln. Doch als sie einen Moment später realisierte, wo sie sich befand, wanderte ein Schauer über ihren Rücken. Wie, beim allmächtigen Terminplaner, war sie so plötzlich hier hoch in das Geäst der Buche gekommen? Sie zappelte mit Beinen und Armen, konnte sich aber kaum mehr als ein paar Zentimeter bewegen. Die Äste hatten sich noch immer fest um ihren Körper geschlungen. Eine Mischung aus Panik und Hilflosigkeit breitete sich in ihr aus. Wie sollte sie hier wieder runterkommen, wenn sie sich nicht rühren konnte? Außerdem würde es unmöglich sein, am Stamm so weit nach unten zu klettern. Sie saß fest.

Der Baum hielt sie mit seinen Zweigen an sich gepresst. Die Äste waren zu dick, als dass man sie hätte zerbrechen können. Und nach Hilfe zu rufen, wagte Ella nicht, aus Angst, den Förster wieder anzulocken. Eine einzelne Träne lief über ihre Wange, dann noch eine. Sie schämte sich nicht dafür, denn wer sah es schon? Nur ein Eichelhäher, der auf einem der Äste über ihr saß und sie anstarrte, als verstünde er genauso wenig wie sie, was das alles sollte.

3

Die Mutprobe

Ves rannte, bis seine Lungen wie Feuer brannten, sprang über Wurzeln und Baumstümpfe, wich herunterhängenden Ästen aus und steuerte im Slalom zwischen den dicht stehenden Fichten hindurch. Je schneller sein Atem ging, desto weniger dachte er an den blöden Streit.

Die konnten ihn doch alle mal.

Plötzlich klingelte seine Uhr. Mitten im Sprint stoppte Ves. Einer seiner Kumpel gab durch, dass alle bereits am Grünbär auf ihn warteten, einem moosbewachsenen Felsen, den sie meist als Treffpunkt nutzten. Dass er die Jungs in wenigen Augenblicken sehen würde, beruhigte Ves. Er entschied, einen Auftritt hinzulegen, der sich gewaschen hatte. Kurzerhand wechselte er die Richtung, schlich sich in weitem Bogen an seinen Freunden vorbei und gelangte so ungesehen auf die Rückseite des Felsens. Er hörte sie lachen und sich gegenseitig durchs Herbstlaub jagen.

Ves legte den Kopf in den Nacken und knackte dann mit den Fingerknöcheln. Gut zwei Meter reichte der Grünbär in die Höhe. Er setzte zum Klettern an. Um sich mithilfe der winzigen steinernen Ausstülpungen und Einkerbungen nach oben zu ziehen, brauchte er viel Kraft. Der Stein war kühl unter seinen Fingern. Endlich griff er nach der oberen Kante des Felsens und schwang sein Bein darüber. Sein Atem ging stoßweise, und er nahm sich einen Augenblick Zeit. Neugierig lugte er über den Rand. Die ganze Bande war versammelt: der kleine Finn, Elias, Balthi und DaRode, ein schlaksiger Junge, den sie wegen seiner feuerroten Haare so getauft hatten. Keiner der anderen hatte ihn bemerkt.

Bestens.

Vorsichtig richtete sich Ves zu voller Größe auf und stellte sich an die Felskante. Mit seiner tiefsten Stimme rief er: »Na, habt ihr mich vermisst?« Vier Köpfe drehten sich erschrocken in seine Richtung. Und da sprang er mit einem Satz zwei Meter hinab. Punktgenau landete er auf einem Laubhaufen, sodass die Blätter zu allen Seiten stoben.

»Ves!« Die Jungs stürmten auf ihn zu.

»Balthi und ich gegen den Rest«, rief er laut seine Anweisung. »Keine Regeln!« Jetzt begann die Schlacht. Kompromisslos wurden Blätter, Zapfen und Bucheckern auf die gegnerische Seite gefeuert. Hatte man einen Gegner erwischt, wurde das Laub unter dessen Pulli gestopft, sodass alles zu jucken begann. Die Jungen grölten und keuchten.

Nach einer halben Stunde hatten sich ihre Gesichter mit einem Schweißfilm überzogen. Da hob der kleine Finn keuchend die Hand und rief: »Ich kann nicht mehr!«

»Machen wir Pause, Leute«, bestimmte Ves.

In einem kleinen Kreis ließen sich alle am Boden nieder und verschnauften. Voller Vorfreude zog Ves die Beine in den Schneidersitz und lehnte sich zur Seite, um die Böller und das

Feuerzeug aus der Hosentasche herauszuholen. »Seht mal, was ich hier habe.« Er grinste, als er die großen Augen der Jungs bemerkte. »Habe ich aus dem Keller meines Vaters geklaut.«

Das Wort *geklaut* wählte er mit Absicht, denn es klang beeindruckender.

»Wie das?«, entfuhr es dem kleinen Finn staunend.

»Ich bin in den Keller geschlichen und habe danach gesucht.« Ves lachte. In Wahrheit hatte er sie zufällig gefunden, als er an seinem Geburtstag die Wunderkerzen für den Kuchen holen sollte.

»Darf ich mal?«, fragte DaRode und hielt schon die Hand auf.

»Warte.« Ves zog seine Beute zu sich. »Erst will ich euch erzählen, was ich fürs Wochenende geplant habe.« Er wartete, bis alle Blicke auf ihm lagen. »Wir werden ein neues Lager bauen. Dafür müssen wir eine geeignete Stelle und passendes Material finden. Im Supermarkt besorgen wir uns Chips und Cola. Und dann darf Musik natürlich nicht fehlen. Finn, können wir uns deine neuen Boxen leihen?«

»Ja, sicher.« Der kleine Junge tippte mit Zeige- und Mittelfinger an die Stirn.

»Das Wichtigste aber ...« Ves machte eine wirkungsvolle Pause. »... wird unsere Rache am Grubanger sein.« Dabei zeigte er die Böller in die Runde, ehe er sie an seinen Nachbarn weiterreichte.

Finn drehte das Päckchen in der Hand, übergab es dann an Balthi, der es mit glänzenden Augen betrachtete. »Der alte

Spinner hat es verdient. Einfach so unser Lager zu zerstören. Das darf nicht ungestraft bleiben.«

Als Nächstes schnappte DaRode sich die Böller. »Mit Dynamit?« Er schlug das Päckchen in die offene Hand.

»Mit Dynamit«, bestätigte Ves – auch wenn das vielleicht ein klein wenig übertrieben war. »Lasst uns jetzt erst mal die Sachen im Ort erledigen. Was zum Futtern besorgen und die Boxen von Finn holen.« Schwungvoll erhob er sich, und die Jungs taten es ihm gleich. Sie klopften die Blätter von den Hosen und machten sich auf den Weg.

»Der Grubanger wird ausflippen, wenn die Dinger explodieren. Der wird total durchdrehen. Hoffentlich erwischt er uns nicht«, sagte Elias.

»Ach, komm!« Ves machte eine wegwerfende Handbewegung. »Vor dem habe ich keine Angst.«

»Du bist so ein Angeber«, konterte Balthi.

»Wieso? Was soll er denn tun?« Ves lachte auf. »Wir sind doch viel schneller als er.« Sie kamen am Froschteich vorbei und kreuzten das Birkenwäldchen.

»Na, der wird wieder denken, dass es sich um irgendwelche Geister aus dem Wald handelt, lebende Bäume oder irgend so ein Mist. Und der alte Spinner ist unberechenbar, das weiß man doch!« DaRode hatte einen Ast gefunden, den er nun gegen die Stämme schlug.

»Ich mach mir gleich in die Hosen, Mann.« Mit einem Satz sprang Ves über einen kleinen Busch und wartete dann wieder auf die anderen.

»Dahinten ist das Haus der Kräuterhexe«, brachte nun der

kleine Finn hervor. Angeblich hatte er einmal beobachtet, wie sie mit Pilzen gesprochen hat. Als Ves das Heidi erzählt hatte, musste diese nur schmunzeln. Hinter einer Gruppe von Tannen gingen die Jungs in Deckung und spähten zwischen den Baumstämmen hinüber zum Haus seiner Großtante. Es hatte wirklich Ähnlichkeit mit einem Hexenhaus: der wilde wuchernde Garten, die getrockneten Kräuterbüschel, das windschiefe Dach.

»Ihr seid alle solche Schisser.« Ves tat so, als ob er sich vor Zittern kaum halten konnte.

»Und du der größte Aufschneider«, sagte Balthi. »Wenn du wirklich so mutig bist, dann, dann …« Sein Blick schweifte durch Heidis Garten. »Dann klau den Gartenzwerg der Kräuterhexe.«

»Ja, beweis es«, forderte ihn DaRode auf.

»Nichts leichter als das.« In Ves' Augen funkelte es.

»Das wird er sich niemals trauen, wetten?« Balthi hatte die Arme vor der Brust verschränkt.

Ves zog eine Augenbraue hoch. »Du willst wetten?«, fragte er. »Kein Problem. Wenn ich kneife, bekommst du die Böller und das Feuerzeug. Wenn ich mich traue, dann zahlst du den ganzen Proviant fürs Wochenende.« Nun kam Balthi nicht mehr raus.

»Abgemacht. Die Böller gehören schon mir«, blaffte er. »Eine Bedingung noch: Du musst es jetzt sofort machen.«

»Ich habe nichts anderes vor«, willigte Ves ein. »Lass uns rüber zu ihrem Hexenhaus gehen.« Es wäre ein Leichtes, Tante Heidi den albernen Pilzzwerg zu stehlen, und er konnte ihn ihr am Abend bereits zurückgeben. Damit wäre es nicht einmal Diebstahl, sondern nur ausleihen. Einzig, dass sie aus dem Haus kommen könnte und ihn mit ihrer Begrüßung vor den Jungs verraten würde, machte ihm Sorgen.

Elias spähte zwischen den Stämmen der Tannen hindurch. Das Steinhäuschen, in dem Tante Heidi wohnte, stand mitten im Wald am Ende eines kaum befahrbaren Weges. Ves und auch die anderen kniffen die Augen zusammen. »Hinter dem Rosenbusch gleich neben dem Walnussbaum steht der Gartenzwerg. Man sieht nur den Hut.«

»Du musst durch den gesamten Vorgarten«, brachte DaRode hervor, und in seiner Stimme schwang Respekt mit.

»Das ist kein Problem.« Ves tat den Einwand mit einem Schnauben ab.

»Ich habe gehört, die Bäume in ihrem Garten sind Kinder, die sie verwandelt hat, weil sie ihrem Haus zu nahe kamen.« Balthi wollte ihn einschüchtern, aber Ves wusste es natürlich besser.

»Für den Fall, dass sie mich erwischen sollte, will ich eine Birke werden.« Er lachte und klopfte sich mit der Faust auf die Brust.

»Na, dann los!«, verlangte Balthi.

»Kein Problem.« Ves duckte sich und schlich mit gebeugtem Rücken zwischen den hochwachsenden Gräsern bis zum Gartenzaun. Dort ging er in Deckung. Ein Blick über die Schultern verriet ihm, dass seine Kumpel jeden seiner Schritte angespannt verfolgten. Vorsichtig öffnete er das Tor, das beinahe aus den Angeln fiel. So leise wie möglich schlich er zwischen den wuchernden Kräutern in Richtung des Zwergs. Der würzige Geruch der vielen Kräutersorten erinnerte ihn an seine Kindergartenzeit – damals hatte er sich nur hier sicher gefühlt. Jeden Tag hatten ihn die Kinder ausgelacht, weil er gestottert hatte. Seitdem war er auf der Hut. Immer. Nichts durfte passieren, was andere wieder dazu brachte, über ihn zu lachen – unter keinen Umständen. Auch jetzt passte er bei jedem Schritt, den er nun machte, höllisch auf, dass er nicht stolperte und auf die Nase fiel. Konzentrierte sich auf die Unebenheiten im Boden, hatte gleichzeitig die Tür im Auge. Meter für Meter näherte er sich seinem Ziel.

Plötzlich hörte er ein seltsames Ächzen, als würde man auf uralte Treppenstufen steigen. Er hielt inne, warf erneut einen Blick zu seinen Jungs. Der kleine Finn presste die Hand vor den Mund, aber in Balthis Augen las er, dass dieser nur darauf wartete, ihn kneifen zu sehen. Wieder ertönte dieses Knarzen, und diesmal gesellte sich ein Zischen dazu. Schlängelte sich dort etwas durch die Wiese? Es gab hier doch keine Schlangen? Schnell weiter. Gleich hatte er den Zwerg.

In dem Augenblick, als er nach seiner Trophäe greifen wollte, schossen Wurzeln aus dem Erdreich, umschlangen seine Füße und wickelten seine Beine ein. Er verlor das Gleichgewicht. Die Tür öffnete sich – Tante Heidi! Die Jungs kreischten bei ihrem Anblick. Ves stürzte zu Boden, schlug hart mit dem Kopf auf, und alles wurde dunkel.

»Silvester?« Die warme Stimme seiner Großtante hörte er wie aus weiter Entfernung. Er spürte ihre raue Handfläche an der Wange und eine Art Kissen in seinem Nacken. Blinzelnd wandte er den Kopf. Noch immer lag er im Garten.

»Was ist passiert?«, fragte er wie betäubt. Ein dumpfer Schmerz breitete sich in seinem Kopf aus, und er verzog das Gesicht, befühlte die Stelle, an der es am meisten brannte. Dort ertastete er ein Pflaster.

»Gott sei Dank, du bist bei Bewusstsein!« Tante Heidi strich ihm abermals über die Wange.

»Wo sind die Jungs?« Er rappelte sich hoch. Im Bereich seiner Knöchel entdeckte er braune Spuren auf der Jeans, die die Wurzeln hinterlassen hatten – oder was immer das gewesen war. Ves ließ einen prüfenden Blick über die Wiese gleiten, aber es war nichts Ungewöhnliches mehr zu entdecken. Er verstand einfach nicht, was geschehen war.

»Die haben Reißaus genommen, sobald sie mich sahen.« Obwohl es ein Scherz war, lächelte Heidi nicht. »Wie fühlst du dich?«

»Eigentlich okay. Vielleicht hat mich der Schreck umgehauen.« Aber was hatte ihn denn eigentlich so geschockt? Benommen suchte er erneut die Wiese nach Spuren ab.

Heidis Blick fiel auf seine dreckige Hose. »Ves, ich bin nicht sicher, warum der Baum nach dir gegriffen hat, aber wir sollten dringend deine Schwester finden.« Sie klemmte sich eine graue Strähne hinter das Ohr und griff dann unter seinen Arm. »Kannst du laufen? Nur bis zu Olaf.«

Das konnte doch nicht ihr Ernst sein! Ein Baum hatte ihn attackiert? Vielleicht war seine Kopfverletzung doch schlimmer, als sie sich anfühlte. Benommen verdrängte er, was Heidi eben angedeutet hatte, und antwortete stattdessen: »Es geht schon. Ella ist bei ihrer Ökotruppe. Aber wieso sollen wir zu ihr?«

»Ich habe so ein ungutes Gefühl«, antwortete seine Großtante eindringlich. Mit kleinen Schritten und Heidis Hilfe humpelte Ves zu Olaf, Heidis Kleinwagen, der eigentlich eher *Rostbeule* heißen sollte. Er kletterte auf den Beifahrersitz, und Heidi steckte den Zündschlüssel ins Schloss. Mit lautem Geknatter startete der Motor, der immer so klang, als hätte das Auto Schluckauf.

»Was ist da eben passiert, Heidi?« Ves rieb sich die Hände, um das Zittern zu vertreiben. Er musste sich das eingebildet haben. Wurzeln, die aus dem Boden schossen. So etwas gab es nicht. Und doch waren die Spuren an seiner Hose immer noch zu sehen. Und wieso zur Hölle nahm seine Großtante einen sich bewegenden Baum hin, als wäre es das normalste der Welt? Heidi antwortete ihm nicht, konzentrierte sich stattdessen auf die Straße. Erst fuhren sie den Pfad durch den Wald entlang, dann bog sie auf den Forstweg ein, den Ella meist nutzte.

Plötzlich quietschten die Räder, und Ves wurde in seinem Sitz nach vorne geschleudert. Der Gurt schnitt in seinen Hals. Heidi hatte eine Vollbremsung hingelegt. Erdpartikel und Staub wirbelten durch die Luft. »Da ist ja Philipp«, flüsterte sie und deutete auf einen Eichelhäher, der mitten auf der Straße saß. »Los, aussteigen.«

4
Alte Waldmärchen

Ella konnte nicht mehr weinen. Ihr Hals schmerzte von den Hilferufen, die sie laut geschrien hatte, sobald der Waldschreck außer Hörweite gewesen war. Umsonst. Normalerweise genoss sie die Stille des Forsts, heute verfluchte sie diese. Ella war es gewohnt, alleine zu sein. Alle sahen in ihr immer nur das seltsame Mädchen, das den Wald zu sehr liebte. Ves' uncoole Schwester, die man nach Herzenslust verspotten konnte.

Am Anfang des ersten Schuljahres hatte sie versucht, es Ves gleichzutun und neue Freunde zu gewinnen. Er hatte sie durch diese seltsamen Jungs ersetzt, die sie immerzu an ihren Zöpfen zogen. Seit er mit ihnen befreundet war, fand er es uncool, mit ihr in Pfützen zu springen oder zu zweit durch den Wald hinter Tante Heidis Haus zu streifen. Aber auch Ella würde nicht länger alleine sein. Sie hatte sich einen genauen Plan zurechtgelegt. In ihrer Schultasche war eine Dose mit Keksen, die sie am Tag zuvor mit Mama gebacken hatte, um sie mit ihren neuen Freunden zu teilen. Sie trug ihr schönstes Kleid und um den Hals ihre liebste Kette – ein Herz, das man teilen konnte, um die andere Hälfte seiner besten Freundin zu geben. Sie war fest entschlossen gewesen, den Anhänger zu verschenken. Mit diesen Gedanken war sie losmarschiert.

Doch niemand wollte an diesem Tag die Hälfte ihres Herzens. Die tannenförmigen Plätzchen waren im Matsch des Schulhofs gelandet, nachdem Balthi, einer von Ves' neuen Freunden, ihr die Dose weggenommen hatte. Hilfe suchend hatte sie zu ihrem Bruder geblickt und einen Augenblick lang geglaubt, dass er ihr helfen würde. Mit zornigem Blick hatte er Balthi angestarrt. Doch der Moment war vergangen und sein Gesicht ausdruckslos geworden. Fast unmerklich hatte er mit den Schultern gezuckt und sich in Bewegung gesetzt. Dabei war er über die Kekse hinweggesprungen. »Es schmeckt ohnehin jedes Mal fürchterlich, wenn Ella beim Backen hilft. Kommt, Jungs, lasst uns lieber eine Runde Fangen spielen.«

In den darauffolgenden Tagen, Wochen und Monaten erging es ihr nicht besser. Kein Kind wollte sich mit dem Mädchen anfreunden, das Ves und seine Gang immer wieder verspotteten. Sie gab ihren Plan auf und zog unauffällige Sachen an. Sie hörte auf, Kekse zu backen, die am Ende ohnehin niemand außer den Lehrern annehmen wollte. Und irgendwann hatte Ella ihren Wunsch, *Freunde zu finden*, zusammen mit ihrer Kette ganz unten in ihrem Schmuckkästchen mit dem tanzenden Fuchs verstaut.

Sie schmiedete neue Pläne. Welche, die ohne andere funktionierten. Und da war immer noch der Wald und seine Bewohner. Die sie niemals ablehnten oder hänselten, wo sie immer willkommen war und dessen Schutz zu ihrer erklärten Mission wurde.

Und das stimmte, sie kam alleine zurecht.

Doch jetzt, hier, gefangen in den Ästen eines Baumes, fühlte sie sich einsamer als je zuvor. Selbst der Eichelhäher, der sie intensiv beobachtet hatte, war vor ein paar Minuten – oder waren es Stunden? – davongeflogen. Wie lange würde sie hier festsitzen? Die Aufforster würden nicht nach ihr suchen, es war nicht ungewöhnlich, dass jemand nicht zu einem Treffen erschien. Und Tante Heidi erwartete sie nicht so bald zurück. Ella und Ves durften bis zwanzig Uhr unterwegs sein, wenn sie am nächsten Tag keine Schule hatten. Das waren mindestens noch zwei Stunden. Wie lange würde es dann dauern, bis sie sie fanden? Ves wusste, welchen Weg sie gewöhnlich nahm, aber sie war zu weit vom Forstweg entfernt, als dass man sie von dort aus entdecken konnte. Nun kamen die Tränen doch wieder.

»Ella? Liebes?«, rief eine Stimme durch den Wald.

Ihr Kopf ruckte hoch. War das Tante Heidi, oder hatte sie jetzt schon Halluzinationen wie der Förster?

»Warum müssen wir nochmal ausgerechnet hier nach ihr suchen?« Das war Ves' Stimme, eindeutig.

»Na, wegen Philipp«, hörte sie ihre Tante sagen, und in diesem Moment landete der Eichelhäher wieder auf ihrem Baum und sah sie mit einem seltsam forschenden Blick an.

»Ich bin hier!«, rief Ella nach unten und schluchzte vor Erleichterung.

»Wir kommen, Kind, bleib, wo du bist.«

Als hätte sie eine Wahl. Sie hörte Zweige knacken und sah, wie kleine Tiere durch das Unterholz davonhuschten.

Wenige Augenblicke später kamen die beiden in ihr Blickfeld und sahen sich nach allen Seiten um.

»Hier oben.«

Die Augen ihrer Tante folgten dem Stamm des Baumes, glitten über die Äste und weiteten sich, als sie Ella zwischen all den Blättern entdeckte.

»Ach du liebe Güte.«

Auch Ves' Blick fand sie, seine Miene war unergründlich. »Geht's dir gut?«, fragte er.

Ella nickte, und ihr Bruder musste grinsen. »So langsam nimmst du das mit dem Baumkuscheln wirklich zu wörtlich, oder?«

»Na, na. Jetzt ist keine Zeit für Scherze, wir sollten besser überlegen, wie wir deine Schwester herunterbekommen. Kannst du dich denn bewegen?«

Ella schüttelte den Kopf. »Tante Heidi«, schluchzte sie, »ich schwöre, ich habe keine Ahnung, wie ich hier hochgekommen bin. Geklettert bin ich nicht. Der Waldschreck war hinter mir her, und ich wollte mich einfach nur verstecken, und … und dann wurde ich von etwas hier hochgezogen.«

»Ahh.« Ihre Tante nickte und legte eine Hand auf den Stamm der Buche. »Ich verstehe, du wolltest meine Großnichte also vor dem alten Zausel beschützen.« Sanft streichelte sie über die Borke. »Das war sehr lieb von dir, aber nun ist er ja wieder weg, du kannst sie also runterlassen.«

»Ves? Wird Tantchen langsam verrückt?« Ellas Stimme war dünn.

Ihr Bruder zuckte mit den Schultern, sah aber skeptisch drein.

Tante Heidi ließ sich davon nicht beirren. »Ich danke dir sehr, dass du deine Essenz für Ella genutzt hast, nun bitte ich dich jedoch, sie wieder freizugeben. Du machst ihr nämlich ein wenig Angst.«

»Ich glaube, Papa hat seinen Geräteschuppen nicht abgesperrt«, meinte Ves. »Wir könnten –«

Was auch immer er als Nächstes hatte sagen wollen, ging in Ellas Aufschrei unter. Die Äste des Baums bewegten sich erneut und setzten sie behutsam auf dem Waldboden ab.

Mit großen Augen blickte Ella von ihrer Tante zu der Buche und zurück. Ihr Mund öffnete sich und schloss sich gleich darauf wieder. Erneut schnellte ihr Blick zu dem Baum, der sich unschuldig in einer leichten Brise bewegte. »Was, beim allmächtigen Terminkalender, ist gerade passiert?«

Ihre Tante lächelte. »Das ist etwas ... nun ... kompliziert. Ich werde es euch gleich im Auto erklären.«

Ella verschränkte die Arme vor der Brust. »Kompliziert? Du hast gerade einen Baum gestreichelt und ihn gebeten, mich loszulassen. Und das Verrückteste daran ist, dass diese übergriffige Buche sogar auf dich gehört hat!« Ihre Stimme wurde immer lauter. Ella ließ sich auf den Boden plumpsen und zog ihre Beine in den Schneidersitz. »Ich werde nirgendwo hingehen, bevor mir jemand erklärt hat, was hier passiert ist. Warum hat mich der da«, sie deutete mit dem Kopf in Richtung des Baumes, »plötzlich für seinen Teddybären gehalten?«

»Also ich will mich ja nicht selbst loben, aber ich habe die Sache wesentlich besser weggesteckt«, feixte Ves, dennoch setzte er sich zu seiner Schwester auf den Waldboden. Einen seltsamen Moment lang dachte Ella, Ves wolle sie trösten, doch das war noch unwahrscheinlicher als ein kuschelbedürftiger Baum.

Erst da fiel ihr auf, was er gesagt hatte. »Wurdest du etwa auch gebaumnappt?«

Seine Mundwinkel zuckten. »Nein, aber die Wurzeln von Heidis Birke fanden es lustig, sich um meine Füße zu wickeln. Hat ziemlich wehgetan, als ich mit dem Kopf aufgeschlagen bin.« Er drückte die Brust raus. »Ich wurde nicht einfach nur geschmust. Außerdem müsste dir das doch gefallen haben, oder? Du warst doch ohnehin auf dem Weg zu deinem Baumkuschler-Treffen.«

Ella streckte ihm die Zunge raus.

Tante Heidi seufzte. »Hört zu, ich weiß, dass ihr jede Menge Fragen habt, aber ich befürchte, ich bin nicht die richtige Person für dieses Gespräch.« Gleichzeitig öffneten die Zwillinge den Mund, um zu protestieren, doch Heidi war schneller: »Dennoch werde ich euch alles erzählen, was ich weiß. Aber zuallererst müssen wir uns auf den Weg machen.«

»Wohin?«, fragte Ella.

»Wieso?«, wollte Ves wissen.

»Weil wir hier nicht sicher sind. Und wir haben jetzt keine Zeit für irgendwelche Diskussionen. Los jetzt, ihr zwei.« Nur selten hatte Ella erlebt, dass ihre Tante einen so strengen Ton anschlug, aber wenn sie es tat, sollte man besser tun, was sie sagte. Also rappelte sie sich hoch und ging folgsam mit ihrem Bruder zurück zu dem Forstweg.

Bevor Tante Heidi ihnen folgte, wandte sie ihr Gesicht zur Baumkrone. »Gibst du bitte Bescheid, dass wir kommen?«

Der schrille Schrei des Eichelhähers ertönte, ehe er durch das Blätterdach stob und davonflog.

Mit gerunzelter Stirn schaute Ella ihm hinterher.

»Ich sitze vorne«, sagte sie aus Gewohnheit, als Olaf in Sicht kam.

»Träum weiter, der Ältere sitzt vorne.«

Ella beschleunigte ihre Schritte. »Älter? Nur fünfzehn Minuten, also quasi nichts.«

Zeitgleich griffen die Zwillinge nach der Tür der Beifahrerseite.

»Ihr sitzt beide hinten«, bestimmte Tante Heidi. »Ihr führt euch auf wie Kinder, also sitzt ihr auch auf den Kinderplätzen.« Sie steckte den Schlüssel in das Schloss der Fahrertür und klappte ihren Sitz nach vorne. »Einsteigen bitte.«

Murrend umrundeten Ella und Ves den eisblauen Twingo und kletterten auf die Rückbank. Tante Heidi atmete erleichtert auf, als sie sich an das Steuer setzte.

Schnell ließen sie den Feldweg hinter sich und tauchten wieder in das Gewusel des Fuchsstädter Verkehrs ein. Ella lehnte ihren Kopf an das Fenster und versuchte zu verstehen, was genau passiert war. Es musste eine rationale Erklärung für all das geben. Doch egal, wie sehr sie nachdachte, ihr fiel keine ein. Gerne hätte sie sich eingeredet, dass alles nur ein besonders lebhafter Tagtraum war, wenn sie nicht noch immer den Nachhall der blättrigen Umklammerung fühlen könnte. All die Gefühle, die das in ihr ausgelöst hatte und die nach wie vor in ihr tobten. Das hätte sie sich niemals ausdenken können. Eine Mischung aus Angst und Geborgenheit, befremdlich und doch vertraut.

Ella war so in ihre Gedanken vertieft gewesen, dass ihr erst jetzt auffiel, dass sie nicht den Weg nach Hause nahmen, wie sie gedacht hatte.

»Tante Heidi, wo fahren wir hin?«

»Wie ich sagte, ich bringe euch in Sicherheit«, entgegnete diese entschlossen.

»Zu dir nach Hause?«, fragte Ves. Doch auch dafür hätten sie woanders langgemusst.

»Nein, nicht zu mir.« Sie atmete tief durch. »Erinnert ihr beide euch an die Geschichten, die ich erzählt habe, als ihr nach dem Kindergarten immer bei mir wart?«

»Deine Waldmärchen? Über dieses geheime Volk mitten in den Wäldern, das sich um die Bäume kümmert?«

»Ja, genau. Die *Talissa.*«

»Die Geschichten waren fast so verrückt wie das Zeug, was der Waldschreck immer von sich gibt«, murrte Ves.

»Nun, eventuell liegt das daran, dass wir beide von dem gleichen Volk sprechen. Nur im Gegensatz zu ihm, der nur Vermutungen anstellt und wilde Theorien spinnt, weiß ich, wovon ich rede.«

Tante Heidi schwieg einen Moment. Gab den Zwillingen Zeit, ihre Worte zu verstehen.

»Du meinst … all deine Geschichten, diese Märchen über

Bäume, die umherwandern, Menschen, die mit ihrer Hilfe zaubern und in Baumhäusern leben, all das soll es wirklich geben?«

Ella glaubte selbst kaum, was sie soeben gesagt hatte, aber dennoch, nach diesem Tag schien ihr diese Erklärung beinahe logisch.

Ves neben ihr lachte laut auf. »Keine Ahnung, wer von euch beiden durchgeknallter ist. Heidi, die behauptet, dass Magie wirklich existiert, oder du, die es tatsächlich glaubt.«

»Ja, weil dein Eichelhirn sich nicht mal vorstellen kann, dass es etwas gibt, was du nicht verstehen könntest.«

»Wenigstens muss ich nicht in der Pause alleine in einer Ecke sitzen.«

Ella schluckte. Das hatte gesessen. In Gedanken formulierte sie bereits ihre Erwiderung, doch Heidi fuhr dazwischen und ignorierte Ves' Einwurf und das Gezanke der beiden.

»Nun, ich habe es für euch Kinder etwas mystifiziert. *Talissa* können nicht wirklich zaubern, sie benutzen die Essenz von Pflanzen. Aber ja, es gibt sie wirklich. Und einst gehörte auch unsere Familie zu ihnen.«

Ella sah zu ihrem Bruder. »Ich sage doch schon seit Jahren, dass sie verrückt ist«, flüsterte Ves. »Aber auf mich hört ja keiner.«

»Das bin ich nicht, mein Junge. Ihr werdet es sehen. Wir fahren zur *Silva*, einer Einrichtung der Talissa. Dort werden sie schon wissen, was heute passiert ist.« Heidi zog die Schultern hoch. »Ich habe nämlich nicht die leiseste Ahnung.

Es sollte eigentlich unmöglich sein«, fügte sie kaum hörbar hinzu, als würde sie eher mit sich selbst sprechen.

»Auf gar keinen Fall.« Ves rüttelte an Heidis Sitz. »Halt an und lass mich raus. Ich werde mit dir auf gar keinen Fall zu irgendeiner dubiosen Einrichtung fahren, wo die wer weiß was mit mir machen.«

»Du hast keine Wahl, befürchte ich. Es sieht so aus, als wäre in euch beiden heute das Erbe der Talissa erwacht«, erklärte Tante Heidi milde. »Das sollte nicht möglich sein, weil unser Clan vor langer Zeit ausgestorben ist. Ich bin so wenig Talissa wie eure Mutter. Dennoch ist es die einzige Erklärung.«

»Tante Heidi, das macht doch alles keinen Sinn. Können wir nicht einfach nach Hause? Mama und Papa werden wissen, was zu tun ist, wenn sie Montag wieder kommen.«

»Ich befürchte, eure Eltern können euch da nicht helfen. Ihr müsst zur Silva, denn die Essenz könnte jederzeit wieder ausbrechen. Unkontrolliert ist sie gefährlich – für andere, aber vor allem für euch selbst.« Sie warf Ella im Rückspiegel einen Blick zu. »Vertraut mir, ich will nur, dass ihr zwei in Sicherheit seid.«

5

Der Gärtner

»Sind wir bald da?«, maulte Ves und rutschte tiefer in seinen Sitz. Die angezogenen Beine presste er gegen Heidis Rückenlehne, wobei er genervt einen Blick auf sein Smartphone warf. Eine halbe Stunde fuhren sie bereits. Wie weit weg wollte Heidi sie noch bringen?

Ella änderte irgendwelche Termine auf ihrem Tablet. Die hatte Nerven.

»Wir kommen an, wenn wir ankommen.« Heidi lächelte ihm aufmunternd über den Rückspiegel zu. Wo um alles in der Welt würde seine verrückte Großtante sie nur hinbringen? Die Knöchel pochten – genauso wie die Beule an der Stirn. Dennoch kam es ihm inzwischen so vor, als wäre alles nur ein Traum gewesen. Lebende Bäume, sich schlängelnde Wurzeln.

So etwas gab es einfach nicht.

Er tippte eine Nachricht an Balthi, um herauszufinden, wo die Gang nach seinem Sturz hingelaufen war und ob sie irgendwo auf ihn warteten. Den Rest verschwieg Ves. Ohnehin hätte er nicht gewusst, wie er die Ereignisse erklären sollte. Im Schreiben wurde er aus dem Sitz gerissen und gegen die Fensterscheibe gepresst. Ella quiekte. Um ein Haar wäre ihr das Tablet vom Schoß gerutscht. Heidi war scharf nach links abgebogen.

»Ups, da hätten wir knapp die Abzweigung verpasst.« Entschuldigend zuckte seine Großtante mit den Schultern. Sie hatten die Straße verlassen und fuhren nun auf einem Schotterweg durch den Wald. Die Steinchen unter den Autoreifen knirschten.

Menschen hatte Ves schon seit geraumer Zeit keine mehr gesehen. Diese Einrichtung musste ja einiges zu verbergen haben, wenn sie so tief im Nirgendwo lag. Olaf schnaufte und ratterte, als sich die Straße einen Hügel hinaufschlängelte. Mit Mühe versuchte Ves, sich auf sein Smartphone zu konzentrieren. Die Nachricht an Balthi hatte er verfasst, aber sie ließ sich nicht abschicken. Die Internetverbindung war zu schlecht. Einfach großartig – alles hier. Resigniert legte er das Handy neben sich.

»Ist es das?«, fragte Ella, die mit den Fingern auf ihrem Knie trommelte.

Ves sah durch die Lücke zwischen den Vordersitzen hinaus. Der Wald lichtete sich. Ein maroder Holzzaun säumte den Straßenrand, dahinter lag eine Wiese, die bis zu einem imposanten Gebäude reichte. Dieser Kasten sah nicht aus wie eine vertrauenerweckende Einrichtung, sondern erinnerte vielmehr an ein verlassenes Krankenhaus. Ves kniff die Augen zusammen. »Sag bitte, dass wir noch nicht da sind.«

Aber seine Großtante machte jede Hoffnung zunichte. »Doch, meine Schätzchen, hier sind wir genau richtig.« Sie zog eine Augenbraue hoch, ehe sie Olaf direkt vor dem schmalen Gartentor parkte. »Na los, aussteigen. Es ist ohnehin schon ziemlich spät.«

Die Sonne stand knapp unterhalb der Baumwipfel, und der Wald lag in Schatten. Ves schälte sich nach seiner Schwester von der Rückbank hinter dem umgeklappten Beifahrersitz hinaus ins Freie. Die Luft war herbstkühl und trug den Geruch von Tannennadeln zu ihm. Kurz sprang er auf und ab, um die Steifheit in den Knochen loszuwerden.

»Lass das! Du machst mich total nervös.« Ella drückte ihre Tasche gegen die Brust. Wobei sie von links nach rechts linste. Ganz wohl fühlte sich Madame Ich-hab-alles-im-Griff auch nicht.

»Kann ja nicht jeder so geübt im stundenlangen Sitzen sein wie du.« Ves inspizierte die Gegend. Das Gelände war riesig und völlig verwaist. Konnte dieser verlassene Bau wirklich ein Ort sein, an dem man ihnen helfen würde? Die schief hängenden Fensterläden und die abbröckelnde Farbe wirkten alles andere als einladend. Sein Blick wanderte über die Wiese, wo Holzbänke vor sich hin faulten. Früher hatten sich hier sicher Patienten zu einem Spaziergang im Garten mit der Verwandtschaft getroffen. Oder – wenn er es sich recht überlegte – womöglich hatten die Kranken hier gar keinen Besuch gehabt. Bestimmt hatte man Experimente mit ihnen angestellt. Ein Schauer lief ihm über den Rücken. »Das ist ein Geisterhaus«, stellte er fest und gab sich nicht die geringste Mühe, seine Abscheu zu verbergen. Vehement verschränkte er die Arme vor der Brust und raunte Ella zu. »Lass uns hier abhauen.«

»Obwohl ich das nicht gerne tue, stimme ich Ves zu, Tante Heidi. Das hier«, Ella machte eine ausladende Geste, »hat keine Ähnlichkeit mit deinen Märchen – überhaupt nicht. Bist du sicher, dass dieser Ort der richtige ist? Vielleicht haben die Talissa das Gebäude aufgegeben. Wann warst du denn das letzte Mal hier?« Seiner Schwester kam der Begriff *Talissa* über die Lippen, als hätte sie nur darauf gewartet, eine zu sein.

»Nun ja.« Tante Heidi räusperte sich.

Da hörten sie plötzlich eine kratzige Vogelstimme hinter sich. Instinktiv duckten sich die Kinder, als mit ausgebreiteten Flügeln der Eichelhäher knapp über ihre Köpfe hinwegschwebte.

»Was zur Hölle ...« Ves verfolgte seine Flugbahn. Der Vogel stieg wieder hoch in die Lüfte, drehte eine Runde über das Anwesen und landete schließlich auf der Schulter eines Mannes, der sich aus dem Schatten des Gemäuers schälte. Mit seinem grauen Umhang hatte Ves ihn vor der steinernen Fassade vorhin übersehen.

Heidis Lippen umspielte ein Lächeln, während sie den Kindern das Gartentor aufhielt. »Nun bin ich ganz sicher, dass wir hier richtig sind.«

Der Mann mit dem Vogel auf der Schulter setzte sich in Bewegung und kam geradewegs auf sie zu. Der Umhang, fast bodenlang, schwang bei jedem Schritt mit. Unter der Kapuze konnten die Kinder seine Gesichtszüge kaum erahnen, selbst als er nur noch wenige Meter entfernt war.

»Und wer ist das bitte schön? Der Totengräber dieser Anlage hier?«, flüsterte Ves seiner Schwester zu.

»Scht«, raunte sie, rückte aber dennoch näher an ihn heran.

»Ich bin einfach der Gärtner«, stellte sich der Fremde

vor. »Kein Bestatter.« Er zwinkerte Ves zu. Wie hatte der Mann Ves' geflüsterte Worte hören können? Am liebsten hätte er sich hinter Heidi versteckt, aber das war nun doch alles andere als seines Alters würdig. Der Blick des Mannes glitt zur Großtante der Zwillinge, dann breitete sich ein Lächeln auf seinem Gesicht aus, und er zog sich die Kapuze vom Kopf. Darunter kamen ein blonder Kurzhaarschnitt und blaue Augen zum Vorschein.

»Heidrun Blum, wie lange ist es her, seit wir uns das letzte Mal gesehen haben?« Er schloss Heidi in die Arme, wobei der Eichelhäher erschrocken einen Meter in die Höhe flatterte. Seine Tante erwiderte die freundschaftliche Geste. Ves traute seinen Augen nicht.

»Carpinus.« Heidi löste sich aus seiner Umarmung, und der Vogel landete abermals auf der Schulter des Fremden.

»Wie sehr ich mich freue, meine alte Freundin zu treffen.«

Ein merkwürdiger Typ.

»Ich finde es auch schön, dich wiederzusehen. Aber du weißt ja, dass wir nicht zum Plauschen hier sind.« Heidi schloss das Gartentor hinter ihnen. Wie alt war der Mann? Mitte vierzig?

»Ja, Philipp hat mir alles über das Mädchen berichtet.« Er lotste seinen Vogel auf den Unterarm und streichelte ihm das Gefieder.

Heidi legte je einen Arm um Ves und Ella. »Es geht sogar um beide. Zur gleichen Zeit ist auch Ves etwas passiert, dass ich nur als Essenzausbruch deuten kann.« Seine Großtante blinzelte in die Wolken, weil es zu nieseln begann.

Der Mann legte den Zeigefinger an die Lippe, dann kratzte er sich am Kinn. »Hm. Das ist in der Tat seltsam. Kommt doch erst einmal mit hinein.«

Sie sollten diese Bruchbude betreten? Hoffentlich würde das Dach nicht einstürzen. Heidi und der Gärtner gingen voran, auf den Eingang zu. Carpinus Estenfeld steckte einen riesigen Schlüssel in eine schwere Holztür und schloss sie auf.

Im Inneren war niemand zu sehen. Jeder ihrer Schritte hallte auf dem rissigen Marmorboden. Es roch vermodert, gar nicht wie ein Ort, an dem sich regelmäßig viele Menschen aufhielten. Die Gänge breiteten sich in alle Richtungen aus und waren hell beleuchtet, aber Lampen sah Ves keine – zumindest keine, die funktionierten. Was sollte das? Wieso war hier niemand? Ves spürte ein Ziehen tief in der Magengegend. So schnell es irgendwie möglich war, wollte er wieder verschwinden. Hoffentlich holten sie diese *Essenz* einfach aus ihm raus, und gut war's.

»So, nun kommt erst einmal mit zur Anmeldung. Das ist das Zimmer dort am Ende des Flurs«, wies der Mann sie an. Der Eichelhäher hatte es sich inzwischen wieder auf seiner Schulter gemütlich gemacht.

»Wozu das?«, wollte Ves wissen.

»Damit alles seine Ordnung hat, natürlich.« Ella hielt sich am Riemen ihrer Tasche fest und schritt voran.

»Damit alles seine Ordnung hat.« Ves rollte mit den Augen.

Gerade noch bemerkte er, wie Carpinus Estenfeld und seine Großtante einen merkwürdigen Blick austauschten, ehe sie das Büro erreichten – ein leerer Raum mit einem Tresen.

Offenbar befand sich dahinter ein Arbeitsplatz, denn der Mann umrundete den Counter und ließ sich dann auf einem Stuhl nieder. Das Licht eines Computerbildschirms erhellte sein Gesicht.

»Der Gärtner sind Sie, ja?« Ves legte seine Unterarme auf dem Tresen ab.

»Gärtner, Hausmeister, Rezeptionist – ich habe viele Jobs und helfe, wo ich kann.« Carpinus Estenfeld tippte etwas. »Elana und Silvester Sturmbach, richtig?«, versicherte er sich. »Clan der Äonen. Ausgestorben.«

»Exakt.« Heidi nickte und biss auf ihrer Lippe herum. »Es ist so merkwürdig.«

Ella tippte sie an der Schulter an. »Erinnere ich mich richtig? Die Talissagesellschaft besteht aus verschiedenen Clans, die jeweils einer Baumart zugeordnet sind?«

»Allerdings«, sagte der Mann, ehe er weiterfragte. »Andere Linien vorhanden? Könnte sich im Blut des Vaters etwas verbergen?« Seine Augenbraue wanderte zwei Zentimeter nach oben, und der Eichelhäher plusterte das Brustgefieder auf.

»Nein, er ist hundertprozentig ein Mensch«, antwortete Heidi. Ves' und Ellas Köpfe drehten sich von links nach rechts und zurück, um diesem Frage-Antwort-Spiel zu folgen.

»Eindeutig eine Anomalie.« Der Mann erhob sich hinter dem Tresen. »Die Kinder sollten wenigstens drei Tage bei uns bleiben, um sicherzugehen, dass es sich um einen einmaligen Vorfall handelt. Wir unterziehen sie ein paar Tests, und höchstwahrscheinlich können sie im Anschluss nach Hause. Ist ein Clan ausgestorben, ist die Essenz in den Angehörigen erloschen. Sie können keine Pflanzenmagie mehr nutzen. Es muss sich bei den Kindern um einen einmaligen Vorfall handeln.«

Ella seufzte. Wahrscheinlich brachte das eine Menge in ihrer Planung durcheinander. Aber Ves hatte nur eines gehört: Tests! Er hatte es die ganze Zeit gewusst. Die wollten irgendwelche Experimente machen. Drei Tage sollte er in diesem maroden Gebäude verbringen? Das konnten die alle vergessen! »Äh«, sagte er. »Nein. Ich bleibe hier hundertpro keine Minute länger.«

»Musst du ja auch nicht.« In Carpinus Estenfelds Augen glitzerte etwas. Ves ahnte, dass diese Antwort nicht bedeutete, dass er heute Abend wieder in seinem eigenen Bett schlief.

»Drei Tage?«, wiederholte Heidi nachdenklich. »Aber die Kinder haben keine Sachen dabei.«

»Was sie brauchen, erhalten sie von uns. Ein paar Kleidungsstücke aus der Fundkiste. Zahnbürsten haben wir. Essen sowieso.«

Ves drehte sich der Magen um. Es glich jetzt schon alles einem Albtraum, aber Klamotten aus der Fundgrube! Das hörte sich an wie eine Drohung aus der Hölle.

»Am Montag haben wir eine Matheklausur«, wandte Ella ein.

»Ernsthaft?« Ves schüttelte den Kopf über seine Schwester. »Die veranstalten Tests mit uns. Drei Tage spielen wir die Versuchskaninchen. Und das hier«, er warf die Hände von sich, »in dieser Bruchbude! Und du denkst an die Schule?«

Ella riss die Augen auf, aber ehe sie etwas erwiderte, griff Heidi ein. »Jetzt beruhigt euch bitte. Es ist wirklich wichtig, auszuschließen, dass so ein derartiger Vorfall nochmals passiert. Seid lieb und bleibt die paar Tage, im Anschluss hole ich euch wieder ab. Dann ist bestimmt alles wie immer.« Sie blickte zu Carpinus Estenfeld. »Das hoffe ich wenigstens«, setzte sie leise hinzu, aber Ves hatte es genau gehört.

»Ihr bleibt ja nicht hier, hier«, erklärte der Gärtner nochmals und betonte das letzte Wort mit einer Handbewegung. »Verabschiedet euch. Bis zum Dienstag, und da bin ich ganz zuversichtlich, haben wir Klarheit.«

Heidi musterte die beiden Kinder mit einem Blick, bei dem man ihr nicht mehr widersprach. »Es ist wirklich gefährlich, falls ihr noch mal einen unkontrollierten Essenzausbruch haben solltet. Ihr könntet euch selbst oder andere verletzen. Bitte hört auf Carpinus. Er meint es gut.«

Ella seufzte resigniert, und Ves ließ die Schultern hängen. Drei Tage würde er wohl aushalten, wenn das hieße, dass danach der ganze Spuk vorbei war. »Also gut«, willigte er ein. »Dann bleiben wir.«

»Mach dir keine Sorgen, Tante Heidi. Wir werden die Tests natürlich machen, wenn man so herausfindet, was mit uns los ist«, sagte Ella.

»Danke, meine Schätzchen.« Ihre Großtante gab beiden einen Kuss auf den Scheitel. Ves kratzte sich danach die Stelle am Kopf.

»Wunderbar.« Der Gärtner stützte sich am Tisch ab und drückte noch ein paar Knöpfe am PC, ehe das Licht des Bildschirms erlosch. »Heidrun, du findest alleine den Ausgang, richtig?«

»Natürlich. Macht's gut, Kinder. Wir sehen uns bald wieder.« Noch einmal streichelte sie erst Ella und dann Ves über die Wange. Anschließend verließ Heidi das Büro. Die Zwillinge blickten ihr nach – auch noch, als sie längst nicht mehr zu sehen war. Schließlich hörten sie das große Eingangstor wieder ins Schloss fallen.

»Dann wollen wir mal.« Der Mann steuerte auf eine Tür zu, die eher wie ein Notausgang wirkte, wobei er die Kinder zu sich winkte. »Hier entlang, bitte.« Der Ausgang führte direkt in einen Garten, den Teil des Anwesens, den sie bei der Ankunft nicht hatten einsehen können, weil er hinter dem Gebäude lag. Das Gelände war weitläufig, größer, als man es von vorne vermutet hätte. Es gab eine Menge Beete mit Gemüse, Beeren und Stauden. Der Nieselregen ließ zahllose Kürbisse, die auf einem Komposthaufen vom Ausmaß eines Klassenzimmers wuchsen, in kräftigem Orange glänzen.

»Was für Tests werden das sein?«, wollte Ella wissen. Wie seine Schwester das Wort *Tests* aussprach, klang es, als wäre das etwas Spaßiges.

»Unsere Expertin für Essenznutzung, Lilliana Flussstein, wird ausprobieren, ob sie die Essenz wieder wecken kann. Wenn nicht, dann seid ihr fein raus aus der Sache. Wir werden euch unterschreiben lassen, dass ihr niemals jemandem davon erzählen werdet. Und tut ihr es doch, haben wir Mittel und Wege.« Er zwinkerte.

Ves riss die Augen auf. Natürlich hatten sie hier *Mittel und Wege* – er wollte gar nicht wissen, welche. Egal, sobald der Spuk vorbei war, würde er nie wieder von diesen Ereignissen sprechen.

»Und wenn sie etwas in uns weckt?«, erkundigte sich Ella.

»Tja, dann sehen wir weiter. In diesem Fall ist die Art der Essenz, die in euch schlummert, entscheidend. So bestimmen wir den Clan, dem ihr angehört. Da der Clan der Äonen ausgestorben ist, vermute ich, dass sich andere Linien gekreuzt haben.«

»Hm. Welche könnten das sein?« Ella war wie immer kaum aufzuhalten, wenn es darum ging, Neues zu erfahren.

Ves aber klinkte sich aus. Die Dämmerung hatte sich über die Anlage gelegt wie ein dunkles Tuch. Inmitten von Obstbäumen und kleinen Äckern führte ein schmaler Pfad tief in das Dickicht aus Pflanzen hinein. Er schlängelte sich zwischen Hügeln hindurch und an einem Kräutergarten vorbei, an dem Heidi ihre Freude gehabt hätte. Der Geruch nach Salbei und Thymian machte ihn ganz schwindelig.

Plötzliche erschien ein Haus aus Glas auf einer Anhöhe. Drei moosbedeckte Steintreppen führten zum Eingang des Gewächshauses. »Hier herein, bitte.«

Ves runzelte die Stirn.

Philipp gab einen kehligen Laut von sich und flatterte davon.

»Und hier sollen wir bleiben?«, informierte sich Ella.

»Nein.« Carpinus Estenfeld schmunzelte. »Das ist nur der

Bahnhof«, erklärte er mit voller Stimme. Ves horchte auf. *Bahnhof*? Hieß das, es ging noch weiter in die Tiefen des Nirgendwos hinein? Das konnte doch nicht sein Ernst sein. Und welcher Zug hielt hier überhaupt?

Im Gewächshaus war es warm, stickig, und es roch nach nassen Pflanzen. Im hinteren Teil entdeckte er einen Schacht. Eine Treppe führte unter die Erde. Ellas Augen wanderten umher, und Ves wusste, dass sie in diesem Moment sein Spiegelbild war. Alles hier war seltsam und fremd.

Der Gärtner schritt die Stufen hinab.

Die Zwillinge zögerten, dann folgten sie ihm. Aus den Wänden wuchsen Wurzeln, und die Erde strahlten eine Wärme ab, die Ves den Schweiß auf die Stirn trieb – oder kam das von dem beklemmenden Gefühl, das ihn ausfüllte?

Am Ende der Treppe öffnete sich ein dunkler Gang in eine große Halle mit einer Plattform aus Holz. Der Mann ging zu einem aus dem Boden ragenden Pfeiler. Mit einer Handbewegung wischte er über den grün leuchtenden Knopf, sodass dieser sich orange verfärbte. Gleich darauf erschütterte ein Dröhnen das Innere der Tunnel.

Ves rieb sich die Augen, weil er nicht glauben konnte, dass ein Waggon, geformt wie ein ausgehöhlter Baumstamm, aus den unterirdischen Gängen herausfuhr, als wäre das eine Achterbahn im Vergnügungspark. Dann erkannte er, dass es sich bei dem Gebilde vor der Plattform um Schienen handeln musste, aber sie sahen eher aus wie eine viel zu breite Bobbahn. Er schluckte gegen einen Kloß in seinem Hals an, als Carpinus Estenfeld sagte: »Einsteigen bitte.«

»Wo schnallt man sich an?« In Ellas Stimme nahm er die gleiche Sorge wahr, die er auch selbst empfand.

»Es gibt nichts, um sich abzusichern. Solange der Wagen auf den Schienen fährt, hält euch die Essenz im Sitz wie ein Kleber.« Auf einem bernsteinfarbenen Terminal am vorderen Teil des Waggons tippte der Gärtner etwas ein. »Das Ziel«, erläuterte er. Das Display leuchtete gelb auf. »Wir haben freie Fahrt. Seid ihr so weit?«

Die Zwillinge setzten sich auf die hintere Bank, als Carpinus Estenfeld mit den Händen eine schwungvolle Vorwärtsbewegung machte.

Der Fahrtwind schlug ihnen entgegen, als wollte er sie aus dem Wagen reißen. Ves konnte sich gerade noch am Rand des Baumstammes festhalten. Sie schossen in den Tunnel auf der gegenüberliegenden Seite der Plattform. Die Flugkraft drückte sie fest in ihren Sitz, sodass sie sich kaum bewegen konnten. Alles, was über ihre Lippen kam, war ein einzelner Schrei. Der Waggon legte sich wie ein Rennwagen in die Kurve. Er glitt nach rechts und links. Schwebte wie ein Hoverboard in atemberaubender Geschwindigkeit über die Schienen.

Dann gab es einen Ruck.

Der Baumstamm hatte angehalten.

Ella schnappte neben ihm nach Luft. Und auch Ves gab ein japsendes Geräusch von sich.

Vor ihnen erhob sich abermals eine Art Bahnhof, diesmal aber war es ein riesiger Raum, rundum mit Holz verkleidet. Um die Dachbalken herum zwirbelten sich kunstvoll Wurzeln. Stellenweise schillerten die Wände lilafarben. Fluoreszierende Pilzarten hatten sich in Mustern angesiedelt, sodass sie wie abstrakte Gemälde wirkten.

Der Gärtner bat die Kinder mit einer Handbewegung, auszusteigen. »Hier entlang, ihr beiden.«

Er führte die Zwillinge zu einer breiten Treppe aus Holz, das Geländer glatt poliert, sodass es sich wie Samt unter Ves' Händen anfühlte. Schon von hier aus hörte er ein Stimmengewirr, ein regsames Summen und Flirren, das immer lauter wurde, je näher sie der Oberfläche kamen.

Sie schritten durch einen Torbogen, und diesmal erschlug sie der Anblick förmlich.

Ella und Ves blieb der Mund offen stehen. Er legte den Kopf in den Nacken, um die fantastischen Baumhauskonstruktionen in ihrer Gänze zu erfassen. Ein Dorf, angelegt zwischen Baumwipfeln und Wurzeln. Da gab es mehrstöckige Häuser, die an mächtigen Baumstämmen angebracht waren, vereinzelte Plattformen mit Geländer, Wendeltreppen, Hängebrücken und Lianen. Auf dem Waldboden waren gigantische Tipis errichtet worden, Feuerstellen, Stege und Brücken. Überall herrschte eine Betriebsamkeit wie in einem Ameisenhaufen. Das Rauschen der Blätter regnete auf sie herab. Die Wipfel bewegten sich sanft im Wind.

Alles wirkte wie ein einziger riesenhafter Organismus.

Auf jeder Ebene des Waldes strömten Kinder hin und her. Jemand führte einen Luchs spazieren. In den Büschen leuchteten kleinste Lebewesen. Und überall gab es Lichtkugeln. Es roch nach Honig, Moos und Pilzen. Darüber schwebte der Geruch von frisch gebackenem Brot.

»Willkommen an der Silva Akademie«, sagte Carpinus. »Zumindest für die nächsten drei Tage.«

Ellas Augen leuchteten. Aber Ves sah das alles mit tiefer Bestürzung, denn eines war ihm klar: Hierher gehörte er genauso wenig wie ein Smartphone in den Urwald. Es würden drei sehr lange Tage werden.

6
Kronendinner

»Es ist eine Schule«, flüsterte Ella ehrfurchtsvoll und ließ ihren Blick über die Szenerie schweifen. Früher hatte sie sich oft ausgemalt, wie es wäre, im Wald zu leben, in einem riesigen Baumstamm wie Winnie Puuh und seine Freunde, doch das hier überstieg all ihre Vorstellungen. Es war, als hätte die Wurzelbahn sie direkt in eine Märchenwelt gebracht. Zusammen mit Ves folgte sie dem Gärtner einen gewundenen Pfad entlang, und sie ließen die Aufgänge zu dem Meer aus Baumhäusern, Seilen und Hängebrücken zu ihrer Enttäuschung links liegen. Es brannte Ella unter den Fingernägeln, hoch in die Kronen zu steigen, um den Wind durch ihre Haare wehen zu spüren. Dafür würde sie sogar ihren sorgsam festgesteckten Dutt öffnen.

Mit einem tiefen Atemzug sog sie die erdige Waldluft ein und fühlte sich sofort geborgen. Wie immer, wenn sie im Wald war. Eine der vielen Eigenschaften, die sie an ihm liebte.

»Ich bringe euch jetzt zum Erstklässler-Baumhaus, dort wartet schon die Hausmutter, um euch die Zimmer zu zeigen.«

»Unsere Zimmer?«, fragte Ves skeptisch. »Wir brauchen keine Zimmer, wir bleiben nicht länger als unbedingt nötig.«

Ella verdrehte die Augen. »Verhalte dich nicht wie ein

bockiges Kind, du hast doch gehört, was Tante Heidi gesagt hat. Es ist gefährlich, wenn wir einfach zurück nach Hause gehen. Und irgendwo wirst du deinen Sturkopf in den nächsten Tagen zum Schlafen hinlegen müssen, oder?«

Ves öffnete den Mund, um etwas zu erwidern, doch der Gärtner kam ihm zuvor: »Hier sind wir, darf ich vorstellen? Das ist Marianne Kaiserling. Sie ist eure Hausmutter und wird sich um euch kümmern.«

Die Frau musste klein sein, denn selbst als Ella sich auf die Zehenspitzen reckte, um über die Schulter des Gärtners zu spähen, konnte sie niemanden erkennen. Ihr Begleiter trat einen Schritt zur Seite und zwinkerte den Zwillingen zu. Ellas Blick glitt tiefer und tiefer und traf schließlich in Kniehöhe auf glänzende schwarze Augen unter einem lila Pilzhut.

»Ihr müsst Ves und Ella sein, schön euch zu treffen«, sagte die kleine Pilzfrau mit rauer Stimme.

Unfähig zu antworten, ließ Ella ihren Blick über die Gestalt gleiten. Ihre fast weiße, pergamentartige Haut, den kaum vorhandenen Hals, hoch zu ihrem rundlichen Gesicht mit der Stupsnase. Zuletzt zu ihrer Stirn, die anstelle von Haaren in den Hut eines lila Pilzes überging, der wie ein großer Sonnenhut ihren Kopf einrahmte.

Sie sieht aus wie ein Lacktrichterling, schoss es durch Ellas Gedanken. *Nur die Farbe des Stamms stimmt nicht,* denn wenn sie sich nicht täuschte, war dieser ebenfalls lila. In ihrem Nacken kribbelte es, wie konnte es möglich sein, dass sie noch nie von lebenden Pilzen gehört hatte? Seit Jahren las sie jedes Buch und sah sich alle Dokus an, die sie über

Wälder und ihre Bewohner fand, aber von einem Lebewesen wie Marianne war noch nie die Rede gewesen. Moment, das stimmte nicht.

Sie hatte davon gehört – früher. In Tante Heidis Märchen.

»Na, na. Hat man euch beiden nicht beigebracht, dass man andere nicht anstarrt?« Mit strenger Miene stemmte die Pilzfrau die Hände in die Hüften. »Aber ich werde euch dieses eine Mal verzeihen, weil ihr noch nie einen Pilzling gesehen habt.«

»Einen Pilzling?«, fragte Ella mehr an sich selbst gewandt und versuchte, sich zu erinnern, ob auch die lebenden Pilze in den Geschichten ihrer Tante so hießen.

»Was soll das sein?«, ergänzte Ves.

»Nicht was, sondern wer, wenn ich bitten dürfte, junger Mann.« Sie strich sich die schneeweiße Schürze glatt, die sie über ihrem Kleid trug. »Ich bin ein Pilzling oder, genauer gesagt, eine Pilzin. Jetzt aber Schluss mit der Fragerunde. Wenn ihr mit den anderen zum Essen gehen wollt, müssen wir uns sputen.« Ihr Blick schweifte hinüber zu ihrem Begleiter. »Bei allem Respekt, Herr Direktor, aber mit so viel Schlamm an den Schuhen werden Sie mein Baumhaus nicht betreten.«

Direktor? Ella und Ves starrten den vermeintlichen Gärtner an.

»Oh Marianne, jetzt haben Sie mich verraten.«

Die Pilzin zog eine Schnute. »Glauben Sie bloß nicht, dass mir das leidtut. Sie sollten sich schämen, die Kinder so hinters Licht zu führen.«

Mit diesen Worten drehte sie sich um und ging auf eine

dicke Eiche zu. Die Zwillinge tauschten einen kurzen Blick und folgten Marianne. Erst als sie näher kamen, erkannte Ella, dass der Stamm von einer hölzernen Wendeltreppe umschlungen war. Es sah jedoch nicht so aus, als hätte jemand diese Stufen an dem Baum befestigt, vielmehr schienen sie aus ihm herausgewachsen zu sein. Doch das konnte nicht sein, so etwas war unmöglich. Oder? Vor ein paar Stunden wäre die Antwort auf diese Frage noch ein klares *Nein* gewesen. Jetzt war sie sich nicht mehr so sicher.

Marianne führte die Zwillinge die Treppen hinauf. Mit jeder Stufe, die sie erklommen, konnten sie das Schulgelände besser überblicken. Überall waren Häuser verschiedenster Art auf unterschiedlichen Höhen angebracht. Unzählige Hängebrücken verbanden alles miteinander. Schwebende Lichter tauchten die gesamte Anlage in ein sanftes Leuchten. Selbst ganz oben in den Kronen konnte sie noch einen Lichtschein erkennen.

»Wenn ich den Direktor richtig verstanden habe, wissen wir nicht, wie lange ihr hierbleibt, da das von einigen Tests abhängt«, sagte Marianne und warf den Zwillingen einen neugierigen Blick über die Schulter zu.

Es war nicht wirklich eine Frage. Ella nickte dennoch.

»Wir sind froh, euch an der Akademie zu haben, auch wenn es nur ein paar Tage sind. Nun, auch wenn ihr nur vorübergehend hier seid, werdet ihr – wie alle anderen – die Regeln befolgen müssen. Die Zimmer werden in Ordnung gehalten. Dreckige Schuhe zieht ihr bitte vor der Tür aus, und um zehn Uhr abends ist Schlafenszeit. Aufgestanden wird am Wochenende spätestens um halb neun und an den Schultagen um halb sieben.«

Ves stöhnte auf, was ihm einen strengen Blick der Pilzin einbrachte.

»Ohne Ausnahme. Ich bin berüchtigt dafür, meine verschlafenen Zöglinge mit einem Eimer Eiswasser zu wecken.«

Ella sah, wie ihr Bruder schluckte, während sie ihr Tablet aus der Tasche zog und die Notizapp öffnete. »Können Sie das bitte noch mal wiederholen? Ich möchte es mitschreiben.«

Marianne warf ihr einen amüsierten Blick zu. »Später. Jetzt haben wir keine Zeit mehr. Jeden Moment werden alle zum Abendessen gehen.«

Inzwischen waren sie am Treppenabsatz eines Balkons angekommen. Er verlief einmal um das achteckige Baumhaus herum. Ella trat einen Schritt zurück und blickte nach oben. Sie konnte zwei weitere Etagen entdecken. Auch sie waren von Geländern umgeben.

»Wohnen alle Schüler hier?«

»Aber nein, jede Jahrgangsstufe hat ihr eigenes Baumhaus. Hier leben nur die Erstklässler. An der Silva Akademie gibt es fünf Klassen. Je höher die Klassenstufe, desto höher hängt das Baumhaus.«

»Wow«, hauchte Ella und drehte sich um die eigene Achse. Sie versuchte, zu erkennen, welche Häuser zu den verschiedenen Klassen gehörten, doch in ihrer unmittelbaren Umgebung konnte sie keine weiteren Gebäude entdecken, die ihrem ähnlich waren. Zwar führten einige Hängebrücken von ihrem Baum weg, aber soweit Ella sah, waren die umliegenden Baumhäuser deutlich kleiner als das der Erstklässler.

»So, nun kommt rein, ihr werdet noch genug Zeit haben, euch hier umzusehen.«

»Darauf kann ich verzichten«, murmelte Ves und stapfte Marianne hinterher.

»Ich nicht.« Ella konnte nicht anders und lächelte breit, als sie den beiden folgte.

Diese Schule war der Hammer.

Der Raum war offen gestaltet. Verschiedene Sitzgruppen, auf denen sich ein paar Kinder lümmelten, waren im Raum verteilt, am hinteren Ende war ein großer Esstisch neben einem abgetrennten Küchenbereich. Ein prall gefülltes Bücherregal mit einer gemütlichen Leseecke und sogar einen Fernseher gab es, vor dem ein Junge mit einer schief sitzenden Beanie auf dem Kopf irgendein Videospiel spielte.

»Ihr habt hier Strom?«, fragte Ves verwundert.

»Hat ein Pilz Sporen? Unter der Schule befindet sich ein Essenzkraftwerk, und die Grimmole sorgen dafür, dass wir rund um die Uhr mit Energie versorgt werden.

»Was sind Grimmole?« Ella stolperte beinahe, als ihr Marianne kraftvoll das Knie tätschelte.

»Das und vieles mehr werdet ihr hier lernen. So, nun sollten wir uns aber sputen.« Sie hielt auf die Mitte des Raums zu, wo der Stamm das Zimmer teilte. An ihm führte ebenfalls eine Wendeltreppe nach oben. Von der in diesem Moment drei Jungs lautstark herunterpolterten.

»Ah, Oliver. Ist Narek noch auf seinem Zimmer?«, fragte die Hausmutter.

»Der ist schon beim Essen«, antwortete ihr ein dunkelblonder Junge in leicht genervtem Ton. »Er konnte ja mal wieder nicht auf uns warten.«

»Und Ruby?«

»Die müsste oben sein.« Er beschleunigte seine Schritte, als ahnte er, dass Marianne noch nicht mit ihm fertig war. »Jetzt warte mal, junger Mann«, rief sie empört.

Doch der Junge war schon durch die Tür geschlüpft.

»Na gut, dann anders. Tax, Flo.« Sie winkte die beiden übrigen Jungen zu sich. »Wärt ihr bitte so nett, Ves mit zum Abendessen zu nehmen?«

»Klar«, meinte der rothaarige Lockenkopf schulterzuckend. »Kommst du von einer anderen Akademie?«, fragte er an ihren Bruder gewandt.

»Nein, aus der normalen Welt«, entgegnete dieser mit hochgezogener Augenbraue. Als die Jungs nicht weiter darauf eingingen, wandte er sich an Marianne. »Ich habe keinen Hunger. Kann ich nicht einfach auf das Zimmer gehen?« Ella sah zu ihrem Bruder und glaubte, hinter der coolen Fassade Erschöpfung zu erkennen. Dieser Tag schien ihn mehr mitgenommen zu haben, als sie gedacht hatte.

Marianne musterte ihn einen Moment lang streng, nickte aber schließlich. »Ich werde dir ausnahmsweise ein Dunkelhonigbrot aufs Zimmer bringen.« Sie sah zu Ella. »Wie sieht es bei dir aus? Möchtest du dich auch lieber ausruhen?«

Entschieden schüttelte sie den Kopf. »Ich will alles sehen,

solange ich hier sein darf.« Marianne lächelte milde. »Deine Zimmernachbarin wird sich sicher freuen, dir das Schulgelände zu zeigen. Ich habe das Gefühl, dass ihr euch gut verstehen werdet.«

Das bezweifelte Ella. Die zermatschten Tannenbaumkekse huschten durch ihre Gedanken. Wenn sie Ves als Maßstab nahm, sah es ziemlich anstrengend aus, Freunde zu finden. Nie durfte man sein, wie man wirklich war. Musste immer den Coolen spielen, bloß keine Gefühle zeigen. Das war nicht der Bruder, mit dem sie früher jauchzend über Wurzeln gesprungen war und der mit ihr die Punkte von Marienkäfern gezählt hatte.

In ihrem Magen machte sich ein flaues Gefühl breit. Sie wollte nicht anders sein. Ella mochte, wer sie war, auch, wenn es sonst niemand in ihrem Alter zu tun schien. *Vier Tage*, rief sie sich selbst ins Gedächtnis. Egal, ob sie sich mit ihrer Zimmernachbarin verstehen würde, sie waren nur vier Tage hier. Bereits jetzt verspürte sie einen Stich bei dem Gedanken, die Silva Akademie wieder zu verlassen. Außer natürlich, sie würde die Tests bestehen, worin auch immer diese bestanden. Sie für ihren Teil würde heute Abend auf jeden Fall ihre Bücher über Wälder querlesen, die sie als eBooks auf ihrem Tablet hatte. Vielleicht hatte sie so größere Chancen, hierbleiben zu dürfen.

»Kommst du?«, riss Marianne sie aus ihren Gedanken. Die Pilzin stand bereits auf dem oberen Treppenabsatz.

»Einfach nicht beachten, Ella träumt nur mal wieder vor sich hin«, meinte Ves.

»Ich träume nicht«, schoss sie zurück. »Ich denke nach, solltest du auch mal versuchen.« Sie beeilte sich, zu den anderen aufzuschließen.

»Wie ich deinem Bruder eben erklärt habe, ist das hier das Stockwerk für die Jungen. Hier haben junge Damen nichts zu suchen. Eure Zimmer sind eine Etage höher.«

Ella zog die Nase kraus, es müffelte eindeutig nach Jungs. Hier würde sie sich sicher niemals freiwillig aufhalten. Marianne wandte sich an Ves und wies auf eine der Türen. »Das dort ist deines. Narek, mit dem du dir das Zimmer teilst, ist bereits beim Essen. Also hast du noch etwas Zeit für dich.« Er nickte und ging auf die Tür zu, ohne zurückzublicken. Ein Schaudern überkam sie, und mit einem Mal war ihr ganz mulmig zumute. Ves mochte ein Eichelhirn sein, aber er war dennoch ihr Bruder, und solange er bei ihr gewesen war, hatte sich das alles hier weniger furchteinflößend angefühlt. Ella schluckte schwer und drückte den Rücken durch. »Also ich muss noch weiter nach oben, sagten Sie?« Sie war stolz, dass ihre Stimme nicht zitterte.

»Wie du siehst, gibt es bei euch Mädchen ebenfalls fünf Zimmer. In jedem stehen zwei Betten, ihr habt auch alle euer eigenes Bad. Alles andere erklärt dir deine Mitbewohnerin.« Und mit diesen Worten öffnete Marianne eine der Türen. Ein heiteres Quietschen ertönte, und ehe Ella auch nur blinzeln konnte, schlangen sich zwei Arme fest um ihren Hals.

»Hi, du musst Ella sein, ich bin Ruby, na eigentlich Rubina, aber niemand nennt mich so. Ich freue mich so sehr, dass du da bist, weil alleine ein Zimmer zu haben definitiv nur halb so viel Spaß macht.«

Das Mädchen löste sich von ihr und lächelte sie strahlend an.

»Ähm … Hallo?«, entgegnete Ella unsicher.

»Ich habe extra auf dich gewartet, damit wir gemeinsam zum Essen gehen können. Du musst doch bestimmt hungrig sein.«

»Ähm ja, vielleicht ein klein wenig.«

Marianne nickte zufrieden. »Schön, ich wusste doch, dass ihr zwei euch verstehen werdet. Ich vertraue dir, Ruby, dass du Ella hilfst, sich hier zurechtzufinden.«

Ihre neue Zimmernachbarin hakte sich bei Ella unter und salutierte. »Sie können sich auf mich verlassen, Marianne.« Dabei glitzerten die Spangen in ihrem Haar mit ihren Ohrringen um die Wette.

»Dann werde ich mich mal um die Brotzeit für deinen Bruder kümmern. Viel Spaß euch beiden.«

»Deinem Bruder?«, fragte Ruby, sobald die Pilzin verschwunden war.

»Ja, Ves, er ist in einem der Zimmer unten.«

»Sollen wir ihn mitnehmen zum Essen?«

Ella schüttelte den Kopf. »Er will lieber für sich sein. Ihn hat das heute wohl doch mehr mitgenommen, als ich dachte«, fügte sie nachdenklich hinzu.

Außerdem wollte sie nicht riskieren, dass er ihrer neuen Zimmernachbarin erzählte, wie unbeliebt sie in Wahrheit war.

»Weil wir gerade davon reden. Was genau ist heute denn passiert? Es kommt nicht jeden Tag vor, dass jemand an die Schule kommt, der nicht aus unserer Gesellschaft stammt.«

Ellas Magen knurrte.

»Aber all das kannst du mir auf dem Weg zum Kronendeck erzählen«, meinte Ruby grinsend und zog sie mit sich.

»Das ist einfach unglaublich.« Ella blinzelte zum Himmel über ihr, als sie auf dem Kronendeck angekommen waren. Die ersten Sterne zeigten sich, während der blaugraue Schleier der Dämmerung langsam immer dunkler wurde.

»Ja, essen unter freiem Himmel hat definitiv etwas für sich, vor allem, weil eine Kuppel aus Essenzmagie dafür sorgt, dass es wohlig warm bleibt. Aber wenn dich das schon beeindruckt, müsstest du mal sehen, wie sich bei Regen das Blätterdach über das Kronendeck schiebt.«

Geistig machte sich Ella eine Notiz, das Wetter für die nächsten Tage nachzuschauen, sobald sie Zeit hatte. Hoffentlich würde es nochmals regnen, so wie vorhin bei ihrer Ankunft. Beinahe tat es ihr leid, dass der Himmel wieder aufgeklart hatte. Sie war so fasziniert, dass sie kaum darauf achtete, was Ruby ihr auf das Tablett lud. Selbst die Pilzlinge, die das Buffet betreuten, nahm sie nur am Rande wahr.

Hier gehöre ich hin, dachte sie bei sich. Hier oben in der Krone des Baumes fühle ich mich frei.

»Ziemlich überwältigend, was?«, fragte Ruby und grinste Ella an. »Na komm, ich stelle dich meinen Freunden vor.«

Sie folgte ihr zu einem Tisch am Rande des Rondells, an

dem zwei Jungs saßen. Einer davon war vorhin im Gespräch mit Marianne ohne Antwort durch die Tür verschwunden. Unsicher trat sie von einem Fuß auf den anderen, während Ruby sich auf eine hölzerne Sitzbank gleiten ließ.

»Na, alles klar bei euch? Ich muss euch jemanden vorstellen. Diese Cutie ist Ella, meine neue Zimmernachbarin. Wir lieben sie jetzt schon, also seid gefälligst nett zu ihr, in Ordnung?« Sie schenkte Ella ein breites Grinsen »Und nun komm schon her, Olli und Narek beißen nicht, versprochen.«

Mit einem tiefen Atemzug rutschte sie neben Ruby. »Hi«, sagte sie schüchtern lächelnd.

Der Junge mit den dunklen Haaren nickte ihr zu, ehe er den Blick wieder auf den Teller mit *Pilzgulasch* senkte.

»Ella also, hm?«, fragte der andere. »Habe ich dich nicht vorhin mit Marianne gesehen?«

»Ja genau.«

»Jaaahhh, sorry dass ich abgehauen bin, aber ich dachte, sie wollte mir Babysitterdienst aufbrummen. Ist nichts Persönliches.«

»Kein Problem«, entgegnete Ella und war sich selbst nicht sicher, ob sie es so meinte.

»Ich bin Oliver von Lilienberg, und ja, von DEN Lilienbergs«, erklärte er im gelangweilten Ton.

»Es tut mir leid, ich weiß nicht, was du damit meinst.« Ella hasste es, wenn sie sich dumm vorkam.

»Ollis Mutter ist in der Talissapolitik ein ziemlich hohes Tier«, sprang ihr Ruby bei. »Ellas Bruder Ves schläft übrigens bei dir, Narek«, wandte sie sich an den anderen Jungen.

»Schon gehört.«

»Willst du gar nicht wissen, wie er so ist?«

Narek warf Ella einen schnellen Blick zu. »Schnarcht er?«

»Nein.«

»Mehr muss ich nicht wissen.«

Ruby und Olli brachen in Gelächter aus. Und als wäre Lachen der Schlüssel, verflog alle Anspannung am Tisch.

»Hast du sie schon vor Heidemann gewarnt?«, wollte Olli wissen und wandte sich an Ella, nachdem Ruby den Kopf geschüttelt hatte. »Unser Lehrer für Alchemie. Er ist kleiner als die meisten von uns, aber egal was du tust, lass ihn niemals merken, dass du das weißt.«

Die anderen beiden nickten heftig.

»Eik Feilson, dem Kommandanten der Ambergarde, sollte man auch nicht schiefkommen. Er ist unheimlich streng.« Ruby macht ein gequältes Gesicht. »Und unbarmherzig im Sportunterricht.«

»Du meinst, weil er sich deine Ausreden, warum du nicht mitlaufen kannst, nicht anhören wollte?«, fragte Olli feixend.

Ihre Zimmernachbarin zuckte mit den Schultern. »Ich sage dir schon seit der Grundschule, dass ich nicht für Sport geschaffen bin.«

»Kennt ihr euch alle schon seit der ersten Klasse?«, fragte Ella und biss sich auf die Innenseite ihrer Wange. Wieder war sie die Außenseiterin.

»Nein«, entgegnete der dunkelhaarige Junge. »Die zwei schon. Waren auf demselben Internat. Ich kenne sie erst, seit wir Anfang September auf die Silva gekommen sind.«

»Genau, aber wir sind in dieser kurzen Zeit schon zu einem unschlagbaren Trio zusammengewachsen«, flötete Ruby. Narek grinste und schob sich einen weiteren Löffel Gulasch in den Mund. Olli verdrehte die Augen, lächelte aber ebenfalls. »Auf jeden Fall sind wir das bessere Trio als die da.« Er deutete mit dem Kinn zu drei hübschen Mädchen, die an einem der anderen Tische die Köpfe zusammensteckten.

Narek folgte seinem Blick und nickte.

»Die DDFs«, erklärte Ruby, »Dafne, Daisy und Flora. Unsere Klassenzicken. Halten sich für die Königinnen der Schule.«

So ging es eine ganze Weile weiter, und Ella sog jeden Tropfen Information in sich auf, bis ihr Kopf pochte und es in ihren Ohren seltsam wimmernd summte.

7
Knorrige Gesichter

Was sollte Ves jetzt tun? Die kleine Frau mit lila Pilzhut hatte ihm vor einer Viertelstunde ein Brot hingestellt, was gar nicht so übel gewesen war. Dunkelhonig hatte sie das Zeug genannt. Von Nachtbienen hergestellt – von wem auch sonst? Hier war alles fremd. Aber geschmeckt hatte es eher nach Schokocreme, und die liebte er.
Nun saß er auf dem Bett, in dem er heute schlafen sollte. Die Matratze fühlte sich merkwürdig an: hart und weich gleichzeitig, als wäre sie mit Holzwolle gefüllt. Selbst der Geruch erinnerte ihn an die Tischlerei auf seinem Schulweg. Wobei, genau genommen roch es hier an diesem Ort überall nach Holz, Tannen und Moos. Das alles schien ihn zu erdrücken. Ves hatte sich ein Lager im Wald gewünscht, ja, aber doch nicht so. Was seine Freunde wohl trieben? Bestimmt dachten sie, Heidi hätte ihn in eine Birke verwandelt. Er grinste. Den Jungs würden die Augen aus dem Kopf fallen, wenn er spätestens am Dienstag aus heiterem Himmel wieder auftauchen würde – weil er der Kräuterhexe *entkommen* war. Ves schüttelte sich. Hatte er sich soeben danach gesehnt, die Schule nach dem Wochenende zu besuchen? Dieser Ort hier trieb ihn in den Wahnsinn.

Mit baumelnden Beinen sah er sich um. Gegenüber im

Raum standen die gleichen Möbel wie auf seiner Seite, nur spiegelverkehrt angeordnet. Ein Taschenmesser und mehrere Schulbücher lagen auf dem Nachtkästchen. Ves erhob sich. Die Sachen mussten dem Jungen gehören, der in diesem Zimmer wohnte. Er schielte nach rechts und links, ehe er zum Kleiderschrank seines Zimmernachbarn schlenderte und ihn öffnete. Zwei sauber gefaltete Jeanshosen und vier Hemden auf Bügeln. Entweder der Junge besuchte die Silva ebenfalls nur zeitweise, oder er besaß nicht mehr Klamotten. Ves zuckte mit den Schultern und schloss den Schrank wieder. Herausfinden brauchte er das nicht, denn das lohnte sich bei drei Tagen ohnehin nicht.

Eine Glastür zwischen den beiden Schreibtischen ließ etwas Mondlicht ins Innere. Frische Luft konnte nicht schaden. Er drückte den Fenstergriff und trat hinaus auf den Balkon, der den ganzen Baum umgab, wobei jedes Zimmer eine eigene Parzelle besaß.

Die Regenwolken hatten sich verzogen, und der Mond warf Schatten auf den Waldboden. Er stützte die Hände auf dem Geländer ab, und Gänsehaut überzog seine Arme. Die Grillen zirpten, begleitet vom Rascheln der Blätter im Wind. Außerdem hörte er ein Summen. Schätzungsweise gab es hier Bienen, denn auch der Dunkelhonig entstand ja nicht von alleine.

Von hier aus hatte er einen erstklassigen Blick auf eine überwältigend große Baumgruppe, in deren Kronen eine Plattform schwebte. Es juckte ihn in den Beinen. Er würde nicht hierbleiben, aber wenn, dann würde er dort einmal hinaufklettern – ohne die albernen Hängebrücken und Wendeltreppen – nur er und die Baumstämme. Ves entdeckte in der Ferne Kinder am Geländer lehnen und quatschen. Vermutlich gab es dort oben das Abendessen. Dafür sprach zudem, dass die Lampendichte an dieser Stelle übertriebene Ausmaße annahm. Die runde Plattform und die vielen Lichter erinnerten ihn an den *Millennium Falken* aus *Star Wars*. Aber *Star Wars* kannte hier hundertpro keiner dieser Baum-Nerds. Ein weiterer Grund, warum er sicher nicht bleiben konnte – er liebte *Star Wars*.

Plötzlich summte es in Ves Ohren deutlich lauter. Oder war es eher ein Wimmern? Auf jeden Fall klang es hilflos. Bienen hörten sich anders an – bestimmt galt das auch für diese Nachtbienen.

Leise öffnete er die Zimmertür, lauschte und schlich sich hinaus auf den Gang. Er nahm die Wendeltreppe hinunter in den jetzt leeren Aufenthaltsraum. Ein Schüler hatte seinen Pullover auf einer Stuhllehne vergessen, und bei der Sitzgruppe hatte jemand sein Buch offen aufgeschlagen liegen gelassen.

Ves blieb stehen und horchte abermals.

Dann schritt er die Wände des Baumhauses ab, spitzte die Ohren und versuchte zu orten, aus welcher Richtung das wimmernde Summen kam. Obwohl ihm das Wimmern im Inneren des Baumhauses ohne das Zirpen der Grashüpfer lauter vorkam, hatte er nicht den Eindruck, dass er die Ursache hier finden würde. Nein, wenn das Geräusch irgendwoher kam, dann von draußen.

Kurz entschlossen öffnete er die Holztür und stieg die Treppen hinab. Der Waldboden unter seinen Füßen war weich von den vielen Tannennadeln. Ves drehte den Kopf in alle Richtungen. Wo sollte er mit der Suche beginnen?

Nicht weit entfernt erkannte er einen geschlungenen Pfad. Eingesäumt von grünen Lichtern auf Kniehöhe führte er weg vom Schulgelände in die dichte Dunkelheit. Kam das Wimmern nicht offenkundig von dort? Nein, eindeutig war es nicht. Jedoch schien es zumindest etwas an Lautstärke zu gewinnen, je weiter er den Pfad entlanglief. Er konnte sich täuschen, aber im Prinzip war es egal, wo er zu suchen anfing.

Rechts und links des Pfades wuchsen die Tannen immer dichter, sodass er gerade einmal zwei Meter weit spähen konnte – danach glich der Wald einem pechschwarzen Brei. Ihm taten die Augen vor Anstrengung weh.

Da entdeckte er plötzlich einen lilafarbenen Lichtschimmer zwischen den Bäumen. Und wurde das Wimmern nicht lauter? Nein, das nicht. Aber das Flackern war eigenartig. Es zog ihn an wie ein Magnet.

Ohne lange zu überlegen, verließ er den beleuchteten Pfad und bemerkte, dass es sich um eine versteckte Abzweigung handelte. Er zückte sein Smartphone, um die Taschenlampe einzuschalten. So konnte er wenigsten erahnen, wo er seine Füße hinsetze.

Der violette Lichtschein wuchs zwischen den Bäumen – er näherte sich der Quelle. Das Wimmern wurde ebenfalls einen Ticken lauter, oder bildete er sich das ein?

Wenige Augenblicke später erhob sich vor ihm eine zwei

Meter hohe Hecke. Das obere Ende verschmolz mit der Finsternis. Den Lichtquellen so nah, begriff Ves, dass inmitten der Zweige winzige Wesen mit fledermausartigen Flügeln schwebten. Ihre Rüsselspitzen leuchteten lila, als wären es Scheinwerfer. Eine fünf Zentimeter große, pummelige Elfe – ja anders ließ sich das schwirrende Ding nicht bezeichnen – mit Rüssel und grüner Haut landete auf Augenhöhe direkt vor ihm. Sie musterte ihn aus runden Augen und – pupste ihm ins Gesicht. Ein unangenehmer Geruch breitete sich aus.

»Hey«, entfuhr es ihm. »Spinnst du?« Ves war im Begriff, nach der lebenden Glühbirne zu greifen, als sich diese erschrocken ins Innere der Hecke zurückzog. Mit der Taschenlampe seines Smartphones leuchtete er hinterher, aber da gab sein Akku den Geist auf. Bis auf den lilafarbenen Schein der Elfen war es finster.

Verdammte Kacke! Er verfluchte das Handy, dieses Summen im Ohr und die furzende Elfe. Das war ja einfach mal wieder alles großartig!

Abermals vernahm er das Wimmern und Brummen. Womöglich war er der Ursache doch schon näher, als er bis eben vermutet hatte. So ein Heckengebilde stand nicht ohne Grund in einem Wald. Dahinter verbarg sich etwas, dessen war er sich sicher. Umgeben von den Schatten der Nacht schlich Ves an der Hecke entlang.

Alles dicht gewachsen. Da gab es kein Durchkommen.

Erst als er ein paar Minuten an der Hecke entlanggelaufen war, erhob sich ein Torbogen, der mitten durch das Gestrüpp ins Innere führte, und Ves schlüpfte hindurch. Das lilafarbene

Licht, das die Wesen abstrahlten, half ihm, Einzelheiten zu erkennen. Bäume standen herum, genau wie im Wald. Nur waren sie hier weniger dicht nebeneinander und ihre Stämme jeweils von einem Steinkreis umgeben. Es schien, dass jeder Baum seinen Platz hatte.

Vorsichtig näherte er sich einem. Die Anordnung von Steinen war nicht naturgemacht, so viel stand fest. Diese Felsbrocken haben Menschen dort abgelegt – oder Talissa, versteht sich ja von selbst. Außerdem reichten sie bis zur Wade, sodass man bequem darauf sitzen konnte, wie er feststellte, als er sich auf einem der Steine niederließ.

Die Bäume unterschieden sich alle in Form und Gattung. Er bemerkte eine Eiche, eine Ulme, eine Tanne, eine Fichte. Keiner schien von derselben Art zu sein. Vor ihm ragte eine Buche auf, deren Stamm sicher einen Umfang von sieben oder acht Metern hatte. Wie alt waren diese Ungetüme?

Es raschelte nah bei ihm, und er zuckte zusammen. Vergeblich suchte Ves mit den Augen die Umgebung ab. »Nur ein Tier«, murmelte er. »Nur ein Tier.« Aber in dieser Schule hatte er einige Geschöpfe gesehen, denen er bei Nacht nicht begegnen wollte, wie diesem Luchs, den er bei seiner Ankunft entdeckt hatte.

Wieder knackte es, diesmal hinter ihm.

Blitzschnell drehte er sich und spähte auf die andere Seite des Hains. Bewegte sich dort etwas? Sein Puls beschleunigte sich. Was war hier los? Hatte diese Eiche nicht eben *im* Steinkreis gestanden? Sein Knie begann zu wippen, und er zog die Brauen zusammen. Wieder knarzten und knirschten Äste, und diesmal riss er die Augen auf. Die Eiche bewegte sich – und zwar nicht durch den Wind, nein, sie wanderte.

Beinahe wäre er hinterrücks vom Stein gefallen, hätte ihn nicht ein verästeltes Blätterbett aufgefangen.

Dann lachte jemand. Tief, voll und ächzend – eine Stimme, uralt.

Langsam drehte er den Kopf und blickte genau in zwei dunkle Augen mitten auf dem Stamm der Buche ihm gegenüber. »Wieso denn so schreckhaft?«, dröhnte es. Ein knorriger Mund im Baumstamm schälte sich aus der Rinde und sprach diese Worte aus. Ves bekam vor Schreck keine Luft mehr. Er stolperte rückwärts über einen der Steine und fiel hin. »Hm, nun bist du doch gestürzt«, stellte die Buche bedächtig fest. Ihre Gesichtszüge waren, jetzt da ihre riesenhaften Augen ihn anstarrten, klar zu erkennen. Sogar die knorrige Nase in der Borke nahm Form an. Er schluckte schwer.

»Bitte, tut m-m-mir nichts«, stotterte Ves.

Die Buche lachte donnernd und langsam wie grollendes Gewitter. »Natürlich nicht. Du bist ja ein lustiger Kauz. Als ob eines von euch Talissakindern schon jemals etwas von uns Seelenbäumen zu befürchten gehabt hätte.«

Schnell sprang er auf die Beine. In seinen Wangen brannte die Hitze. »Ja, das weiß ich ja«, log er. Sicher war sicher. »Seelenbäume, schon klar, und ihr könnt … reden und … laufen. Was sonst.« Er kratzte sich am Kopf, bemüht darum, seine Coolness nicht zu verlieren, oder was davon übrig war.

»Darfst du denn hier sein?«, wollte die Buche wissen.

Ves setzte den Fuß auf einem der Steine ab und schob das

Kinn vor. »Jein. Keine Ahnung. Ich bin neu und nur drei Tage an dieser Schule«, gestand er – immer noch fassungslos, dass er mit einem Baum sprach.

»Hm. Dann versteck dich besser, denn Marianne und ihr Mann Bernhard nähern sich dem Hain. Ich spüre ihre Schritte in meinen Wurzeln.« Die Buche senkt einen Ast. »Setz dich«, lud sie ihn ein.

Da hörte auch Ves die Stimme seiner Hausmutter und eine zweite männliche Stimme. Einen Moment zögerte er, dann aber dachte er an den Eimer Wasser, mit dem die Pilzin Schlafmützen gedroht hatte. Er wollte lieber nicht herausfinden, was sie mit Streunern anstellte. Mit angehaltenem Atem nahm er auf dem Ast der Buche Platz.

»Halt dich fest«, rauschte es in den Blättern, und schon sauste der Ast nach oben. Drei Sekunden später fand Ves sich in luftiger Höhe wieder, verborgen unter einem bunten Blätterdach.

Im gleichen Augenblick betraten die zwei Pilzlinge den Hain durch den Torbogen. Marianne trug eine Laterne in der Hand, Bernhard einen Eimer mit Gartenwerkzeug. Sie unterhielten sich. Die Stimme der Pilzin klang aufgeregt. »Carpinus meinte, man müsste zunächst einmal ihren Clan finden. Bis jetzt scheinen sie keinen zu haben – die Armen. Es sei das erste Mal, dass es einen solchen plötzlichen Essenzausbruch gegeben habe – ohne dass die Familie zu den Talissa gehörte.«

»Seltsam, seltsam«, grummelte ihr Mann. »Was willste machen? Kannste nichts machen.« Schulterzuckend steckte er den Kopf in ein Astloch und atmete hörbar ein. »Hmmm. Dunkelhonig.«

Sie schlug ihn auf den Oberarm. »Natürlich kann man etwas tun, du alter Honigkopf. Testen. Und das wird ja morgen auch geschehen. Liliana wird eine Antwort finden.« Marianne richtete ihre Aufmerksamkeit auf die Seelenbäume. »Guten Abend, ihr Lieben!«, grüßte sie, und ein Knacken, Rauschen und Knistern hallte durch den Hain und erfüllte ihn mit einem Stimmengewirr.

Wirklich alle Bäume waren lebendig, unglaublich!

»Wenn wir schon hier sind ... braucht ihr etwas? Sollen wir Hubertus Bescheid geben?« Wieder erklang das Raunen und Wispern. Ves' Herz hämmerte. Würde ihn einer der Seelenbäume verraten? Er wartete, verhielt sich stumm und beobachtete die knorrigen Gesichter, die überall im Schein der Laterne auftauchten.

»Nichts? Na gut, wenn alle zufrieden sind. Dann kommen wir morgen wieder.« Marianne und Bernhard tippelten zurück durch den Torbogen.

Ves wartete einen Moment ab, ehe er sich erhob und vom Ast der Buche sprang.

»Nicht schlecht«, lobte ihn der Seelenbaum knarzend. »Ein neuer Baumläufer?«, erkundigte er sich.

»Keine Ahnung, was du damit meinst, aber wie gesagt, ich bleibe nicht lange. Du hast es ja gehört, wir haben keinen Clan und gehören eigentlich gar nicht hierher.« Plötzlich erklang wider das Summen und Wimmern in seinem Ohr.

Ves zögerte, überlegte kurz, dann fragte er: »Sag mal, hörst du das? Dieses Jammern oder Brummen? Ich kann es nicht gut beschreiben.« Entschuldigend hob er die Schultern.

»Nein«, antwortete die Buche gedehnt. »Ich höre nichts Ungewöhnliches. Nur die übliche Geräuschkulisse der Nacht.« Sie gähnte genüsslich, und Ves blickte in das holzige Innere des Baums.

»Okay, danke.« Nachdenklich lauschte Ves dem wimmernden Summen. Wie konnte die Buche das nicht hören? Und im selben Augenblick dämmerte ihm, dass er sich solche Gedanken über einen Baum machte – einen Baum, der sprach und laufen konnte. Dieser Ort verwandelte ihn in einen Freak, und wenn er das richtig verstanden hatte, dann waren seine Schwester und er sogar die Freaks unter den Freaks, weil sie keinen Clan hatten. Wenigstens war er mit dieser Bürde nicht allein. Ves seufzte tief.

8
Testpanik

Das energische Piepsen ihres Handyweckers ließ Ella zusammenzucken. Sie hatte vergessen, ihn auszustellen. Hastig angelte sie nach dem Smartphone, doch es glitt ihr aus den Fingern und polterte zu Boden.

Ihr Blick schoss zu Rubys Bett, während sie das Telefon aufhob und der Wecker endlich verstummte. Unter der Bettdecke rührte sich nichts. Sie atmete erleichtert auf. Der Abend gestern war so fantastisch gelaufen, und Ruby behandelte sie fast wie eine Freundin. Vielleicht – Ella wagte den Gedanken kaum Form annehmen zu lassen – hatte sie wirklich eine Chance auf Freundschaft. Das wollte sie sich nicht gleich wieder verderben. Immerhin war Samstag, und die Schüler durften bis halb neun schlafen. Ella war sich sicher, dass Ruby nicht begeistert wäre, so früh geweckt zu werden.

Sie selbst war schon seit einer Ewigkeit wach, hatte geduscht und sich für den Tag zurechtgemacht. So gut es eben ging, wenn man nur die Sachen vom Vortag hatte, die noch dazu von einer beschützenden Buche zerknittert worden waren. Aber zumindest ihr Dutt saß akkurat. Hoffentlich würde ihre Zimmernachbarin es ihr nicht übel nehmen, dass sie sich dafür deren Bürste ausgeliehen hatte.

Nun saß Ella am Schreibtisch, drückte ihr Rückgrat durch und senkte den Blick wieder auf ihr Tablet. *Jeder Wald verfügt über ein unsichtbares Netzwerk. So kommunizieren Bäume beispielsweise durch die unterirdischen Pilzfäden miteinander und tauschen Nährstoffe sowie Informationen zu Schädlingen aus. Auch bei der Aufzucht der Setzlinge sind die Pilze unverzichtbar. Wie ein Kindermädchen kümmern sie sich um die jungen Triebe und versorgen sie mit allem, was sie zum Wachsen brauchen.*

Ein Lächeln stahl sich auf Ellas Gesicht. Zwar hatte sie das schon gewusst, aber nachdem sie Marianne kennengelernt hatte, bekamen die Worte mehr Gewicht. Denn die Pilzin kümmerte sich gewissermaßen auch um Setzlinge. Ebenso wie die anderen Pilzlinge, die sie gestern Abend auf dem Kronendeck gesehen hatte. Alle schienen darauf bedacht zu sein, die Schüler der Silva Akademie zu umsorgen. Auf Zehenspitzen schlich Ella zu dem bodentiefen Fenster zwischen ihren Betten. Sie öffnete den Vorhang einen Spaltbreit und linste nach draußen. Wie viele Pilzwesen oder Kinder es hier wohl gab? Beim Abendessen war sie zu aufgekratzt gewesen, um darauf zu achten. Doch jetzt wollte sie alles wissen! Jeden Tropfen Information aufsaugen. Sie vergrößerte den Spalt zwischen den Stoffbahnen, um das Baumhaus besser betrachten zu können, das nur wenige Bäume entfernt in der Morgensonne glitzerte.

»Wenn du diesen Vorhang auch nur einen Zentimeter weiter öffnest, werde ich Moosketiere in dein Bett setzen.«

Erschrocken zog Ella die Gardinen wieder zu. Ruby funkelte sie aus zwei dunkelblauen Augen an.

»Tut mir leid«, flüsterte sie und schlich auf Zehenspitzen zurück zu ihrem Schreibtisch. »Ich wollte dich nicht wecken.« Behutsam nahm sie ihr Tablet an sich, vergaß jedoch den zugehörigen Stift zu befestigen, der klappernd auf dem Boden landete.

Ruby schnaubte.

»Heiliger Terminplaner, sorry, ich gehe hinunter in den Gemeinschaftsraum. Schlaf weiter. Tut mir leid.«

»Schon gut, Bambi, beruhige dich. Das mit den Moosketieren war doch nur ein Witz.« Ruby setzte sich auf und rieb sich die Augen. »Jetzt bin ich ja eh wach.« Ella blieb auf dem Boden sitzen und nestelte am Aufschlag ihrer Hose, wagte es jedoch nicht, Ruby die Frage zu stellen, die ihr auf der Zunge lag.«

Ihre Zimmernachbarin gluckste. »Jetzt spuck es schon aus, ich sehe dir doch an der Nasenspitze an, dass du etwas sagen willst.« Sie streckte sich ausgiebig. »Ich bin zwar kein Morgenmensch, aber ich werde schon nicht beißen. Versprochen.«

Ellas Mundwickel zuckten. »Na ja, ich frage mich einfach, was Moosketiere sind? Wenn du mir schon damit drohst, sollte ich doch wissen, um was es sich handelt, damit es mir den gebührenden Schreck einjagt.«

Ruby erwiderte ihr Grinsen. »Das stimmt natürlich. Wir wollen ja nicht, dass du den Ernst der Lage nicht begreifst.« Umständlich kam sie auf die Knie und schnappte sich eines der Bücher, die im Regal über ihrem Bett standen. Sie blätterte darin und hielt es schließlich Ella hin. Ein Bild von einem Wesen, das sie entfernt an einen Igel erinnerte. Nur hatte es statt Stacheln einen Mantel aus Moos.

Mit großen Augen sah Ella zu Ruby. »Das war deine Drohung? Sie sind irgendwie, na ja, süß.«

»Ja klar, bis du versehentlich einen berührst, der sich im Moos versteckt hat. Dann bekommst du Mooskrätze und kratzt dich die nächsten zwei Tage schlimmer als ein Wolf, auf dem eine ganze Flofamilie lebt.«

»Okay, ich nehme alles zurück. Deine Drohung ist furchterregend«, sagte Ella und hob kapitulierend die Hände.

»Ja, vergiss das bloß nicht«, sagte Ruby und sah sie dann prüfend an. »Sag mal, stehst du immer so früh auf?«

»Na, ja, spätestens um halb sieben.«

Ein tiefes Seufzen ertönte. »Ich glaub, mich kneift ein Borkenkäfer, sie haben mir eine Lerche zugeteilt. Das hat Marianne mit Absicht getan.«

Ella fragte sich, ob Ruby eine jener Schützlinge war, von denen die Pilzin gestern in Bezug auf die Wassereimer gesprochen hatte. Doch sie hütete sich, das andere Mädchen danach zu fragen.

Ruby nahm einen tiefen Atemzug. »Dabei lief es bisher so gut zwischen uns beiden«, meinte sie theatralisch. »Aber wie soll der junge Trieb unserer Freundschaft das überstehen?« Hätte ihre Zimmernachbarin dabei nicht so breit gegrinst, hätte Ella sich wohl wirklich gesorgt.

»Ich könnte nächstes Mal runtergehen in den Gemeinschaftsraum«, schlug Ella vor und ärgerte sich, dass sie nicht eher daran gedacht hatte.

»Das klingt gut. Was machst du so früh überhaupt schon?«

»Also samstags wiederhole ich normalerweise immer den Stoff, den wir während der Woche in der Schule durchgenommen haben. Am Sonntag lese ich ein wenig in Fachzeitschriften, erledige Organisatorisches für die Aufforstungsgruppe und plane die kommenden Tage.«

Rubys Augen weiteten sich mit jedem Wort. »Jemanden wie dich habe ich noch nie getroffen.«

Ella wusste nicht, ob das gut oder schlecht war.

»Aber mir kommt das ziemlich klug vor. So hast du früh am Morgen schon alles erledigt und kannst den Rest des Tages die Seele baumeln lassen und nur tun und lassen, was dir Spaß macht.«

»Eigentlich macht mir das Spaß«, erwiderte Ella kleinlaut.

Den Ausdruck, der auf Rubys Gesicht erschien, kannte sie nur zu gut. Er tauchte immer auf, wenn Mitschüler begriffen, wie eigenartig sie war. Schon fast schmerzlich sehnte sie sich nach den Igeln, die stets ein offenes Ohr für sie hatten.

Sie vertrieb diesen Gedanken mit einem Kopfschütteln. *Konzentration, Ella.* Es gab jede Menge zu tun. Neben den Vorbereitungen auf die Tests, die heute starteten, musste sie ihren Planer komplett überarbeiten, um ihre alten und neuen To-dos zu sortieren. Außerdem überlegte sie, was sie den Aufforstern sagen würde, falls sie an der Silva bleiben konnte. Würde man ihr erlauben, einmal die Woche ein Treffen zu besuchen? Oder zumindest via Videochat teilzunehmen?

Und was, wenn sie und Ves die Akademie verlassen mussten? Ob sie rechtzeitig für die Schule dienstags zurück wären? Ein Mathetest stand an, den sie nur ungern verpassen würde. Bei diesem Gedanken zog sich Ellas Magen zusammen. Sie wollte nicht wieder weg. Sie war sich sicher, dass sie hierhergehörte, dass ein Teil von ihr schon in der Silva Akademie Wurzeln geschlagen hatte.

Einen Moment schloss sie die Augen und holte tief Luft. Sie würde alles dafür tun, bleiben zu dürfen.

Ella erhob sich und lächelte Ruby an. »Entschuldige, dass ich dich geweckt habe. Ich werde jetzt hinuntergehen und noch ein wenig für die Prüfungen lernen.« Sie war schon an der Tür, als sie sich nochmals zu ihrer Zimmernachbarin umdrehte. »Du weißt nicht zufällig, was abgefragt wird? Ich bin mir etwas unsicher, auf welchen Themenbereich ich mich vorbereiten soll. Der Wald als Ökosystem, die Unterschiede bei den Baumarten oder Bäume im Allgemeinen?« Ella scrollte durch die eBooks auf ihrem Tablet.

»Ach, Bambi«, sagte Ruby und rappelte sich hoch. »Ich befürchte, das, was da geprüft wird, kannst du nicht lernen.«

Ella wurde ganz schummrig »Du … Du meinst, ich kann mich nicht vorbereiten?« Sie torkelte zurück zu ihrem Schreibtischstuhl und ließ sich darauf fallen. »Ich kann nichts tun, um hierbleiben zu können?«

Ihre Sicht verschwamm, doch sie blinzelte die Tränen hektisch weg.

Im nächsten Augenblick stand Ruby neben ihr und schlang die Arme um ihre Schultern. »Tut mir leid.« Sie strich ihr über den Rücken und legte ihre Wange an Ellas. »Was hältst du davon, wenn ich mich anziehe, wir zusammen frühstücken gehen und ich dir alles erzähle, was dir vielleicht helfen könnte.«

Dankbar nickte Ella.

»Gut, gib mir zehn Minuten.«

Die morgendliche Sonne kitzelte Ellas Nase, als sie gemeinsam mit Ruby über die Hängebrücken schlenderte. Beide hielten ein mit Dunkelhonig beschmiertes Brot in der Hand. Hatte die Anlage gestern in der Dämmerung ihr den Atem geraubt, war das nichts gegen den Anblick bei Tageslicht. Wo sie hinsah, schlängelten sich Brücken und Stege von einem Baum zum nächsten – verbanden Baumhäuser in allen Formen und Größen. Kleine, die kaum mehr als ein Zimmer umfassten, bis hin zu mehrstöckigen, wie das Wohngebäude der Erstklässler. Manche waren aus Holz und verschmolzen fast vollkommen mit dem Wald, andere hatten Glaskuppeln, die im morgendlichen Licht funkelten.

Ella nahm einen Bissen von ihrem Hirsebrot und genoss den schokoladigen Geschmack des Honigs, während sie den Blick über den Waldboden gute dreißig Meter unter ihr schweifen ließ. Auch dort entdeckte sie Hütten und Wege sowie eine steinerne Gartenmauer, die einen Teil des Waldes abgrenzte. Gerade wollte sie Ruby fragen, was dahinter lag, als diese sagte: »So ein Spaziergang am Morgen weckt doch echt die Lebensgeister. Komm wir setzen uns da vorne hin.« Sie zeigte zu einem der kleineren Baumhäuser. »Das ist eines der Gästezimmer und meistens unbewohnt.«

Die beiden Mädchen ließen sich nah an dem Geländer der

Plattform nieder und baumelten mit den Beinen über dem Abgrund.

Ellas Zimmernachbarin biss genüsslich in ihr Brot und kaute quälend langsam. Sie hatte klargemacht, dass sie erst bereit war, Ellas Fragen zu beantworten, wenn sie etwas im Magen hatte. Eindeutig die Rache für das frühe Wecken. Als Ruby dann auch noch vorgeschlagen hatte, nicht im Kronendeck zu essen, war Ella kurz davor gewesen umzudrehen, um weitere Bücher zu wälzen und so die verbleibende Zeit sinnvoll zu nutzen.

Doch ihre Mitbewohnerin hatte recht gehabt. Dieser Platz war so viel besser als ein Tisch in der Cafeteria, wo die Schüler die Geräusche der Natur übertönten. Ella schloss die Augen, holte tief Luft und lauschte dem frühen Zwitschern der Vögel. Aus dem Augenwinkel linste sie zu ihrer Zimmernachbarin hinüber und wünschte sich dennoch, dass diese sich ein wenig beeilte. Es war kaum mehr Zeit bis zur Prüfung. Um neun erwartete der Direktor sie im Essenzarium, was immer das sein mochte.

»Also«, setzte Ruby endlich an, und Ella atmete erleichtert auf, »ich weiß es natürlich nicht, weil niemand von uns anderen getestet werden musste, aber ich denke mal, dass sie eure Essenz prüfen werden.«

»Unsere Essenz?« Bereits gestern hatten Tante Heidi und der Direktor dieses Wort benutzt.

»Na ja, das, was uns Talissa von Menschen unterscheidet. Durch uns fließt Essenz.« Ruby zuckte mit den Schultern, als würde das alles erklären.

»Aber was ist das?«

»Die Magie der Bäume. Ihre ureigene Kraft.«

Ella blinzelte und hatte das Gefühl, mit jeder Antwort von Ruby weniger zu verstehen. »Und Talissa besitzen auch diese Kraft?«

»Jein, wie gesagt, sie fließt eher durch uns, und solange es unseren Seelenbäumen gut geht, können wir diese Kraft nutzen. Und der Seelenbaum bestimmt den Clan, dem man angehört. Jede Baumart hat ihren eigenen Clan. Ich gehöre zu den Birken, Olli zu den Fichten und Narek zum Kiefernclan.«

Tausend neue Fragen schossen Ella durch den Kopf. Doch sie hatte keine Zeit, alle zu stellen, deshalb entschied sie sich für die wichtigste.

»Und wie kann ich mich auf diese Essenzprüfung vorbereiten? Denn Ruby«, sie holte tief Luft, »ich will unbedingt an der Silva bleiben.«

Das andere Mädchen lächelte traurig. »Ja, es wäre schön, wenn du bleibst. Ich weiß es nicht. Essenz ist für mich, für uns alle hier, wie atmen. Wir sind unter Talissa aufgewachsen. Die Essenz war immer schon Teil unseres Lebens. Wir sind hier, um zu lernen, wie wir sie bündeln können, um sie einzusetzen. Bei dir und deinem Bruder liegt die Sache einfach anders.«

»Ja, anders zu sein, ist irgendwie mein Ding«, seufzte Ella und ließ den Kopf hängen.

»Ach, komm schon, Bambi«, sagte Ruby, stand auf und zog sie mit sich auf die Beine. »Es wird sicher alles gut gehen. Und falls es doch ein Irrtum war, verstecke ich dich einfach unter dem Bett, damit du bleiben kannst. Ich habe nämlich beschlossen, dass du meine Freundin wirst, selbst wenn du eine Frühaufsteherin bist.«

Das Essenzarium war ein halbrundes Baumhaus, dessen kuppelförmige Wände aus dicht miteinander verschlungenen Ästen geformt waren. Licht fiel durch goldgelb getrübte Glasfenster und ließ den hellen Boden leuchten. Pulte und Stühle waren gestapelt worden und standen zusammen mit zahlreichen eingetopften Baumschößlingen an den Wänden. In der Mitte des Raums wartete der Direktor auf die Zwillinge. Nur dass ihr Bruder nicht hier war. Ella sah auf ihre Smartwatch. Es war zwei Minuten nach neun. Wo blieb er nur? Ob er sich verlaufen hatte? Sie hätte ohne Rubys Hilfe den Weg zu der hohen Birke definitiv nicht direkt gefunden.

Gerade als sie anfing, sich Sorgen zu machen, spazierte Ves durch die Tür. Die Hände in den Hosentaschen stellte er sich wortlos zu ihr.

»Du bist zu spät«, raunte Ella.

»Ist mir doch egal«, erwiderte ihr Bruder.

Sie seufzte. Er war mal wieder unausstehlich, wie üblich. Manches änderte selbst eine magische Akademie nicht.

»Die paar Minuten machen ja nichts«, beschwichtigte der Direktor und lächelte die beiden breit an. »Wie ist es euch in eurer ersten Nacht hier ergangen?«

Ves zuckte mit den Schultern, während Ella »Es ist alles so aufregend« rief.

»Schön zu hören. Dann wollen wir mal versuchen herauszufinden, ob ihr der Silva Akademie länger erhalten bleibt.«

Ves murmelte etwas, das Ella nicht verstand, aber es klang stark nach »Bloß nicht«.

Sie selbst hingegen würde ihr Bestes geben, und Ves sollte besser nicht versuchen, ihr diese Chance zu verbauen. Sie wusste, wo er den Teddybären aufbewahrte, den er so sorgsam vor seinen Freunden versteckte.

»Ella, Ves, ich möchte euch Professorin Flussstein vorstellen. Sie unterrichtet Essenznutzung hier an der Schule und ist somit eine wahre Expertin.«

Eine blonde Frau winkte ihnen zu und lächelte freundlich. »Ich habe schon so viel von euch gehört und freue mich, heute herauszufinden, ob wirklich das Erbe der Talissa in euch schlummert.«

»Und wie genau soll das funktionieren?«, wollte Ves wissen. »Denn nur damit das klar ist, ich lasse mir keine Sonden ins Nasenloch stecken.«

Argwöhnisch beäugte er den Direktor, der etwas von einem der Tische an der Wand nahm. Das schwarze Rechteck erinnerte Ella an eine Fernbedienung. Statt der üblichen Zahlen waren gelbe und orange Knöpfe eingearbeitet. Darunter konnte sie einen größeren Drehknopf erkennen.

»Keine Sorge, nichts dergleichen wird passieren«, versprach Professorin Flussstein.

Der Schulleiter kam wieder zu ihnen und drehte dabei an dem großen Schalter. Eine Antenne fuhr aus dem Gerät. Die Zwillinge wichen instinktiv einen Schritt zurück und rückten näher zusammen.

»Das hier«, begann Direktor Estenfeld und hob das

schwarze Rechteck hoch. »Ist ein Essenzflusssensor, kurz EFS. Mit diesem Gerät können wir feststellen, ob und wie stark durch euch das Erbe der Talissa fließt.«

»Und wie?«, fragte Ella kleinlaut.

Anstelle einer Antwort wandte sich der Schulleiter an die Lehrerin »Darf ich?«

Sie nickte, und er richtete die Antenne des EFS auf Liliana. Augenblicklich leuchteten sieben der zehn Knöpfe auf.

»Bei euch wird der Ausschlag vermutlich schwächer sein«, fügte der Direktor an.

Die junge Lehrerin setzte sich im Schneidersitz auf den Boden und sah die Zwillinge erwartungsvoll an.

Nach kurzem Zögern folgte Ella ihrem Beispiel, und auch Ves ließ sich murrend nieder, nachdem der Direktor ihm eine Hand auf die Schulter gelegt hatte.

»Um die Essenz, die in uns fließt, zu bündeln, sind zwei Dinge nötig. Erstens Konzentration und zweitens Imagination, eure Fantasie«, erklärte die Professorin. »Alles andere, wie die passenden Handbewegungen oder bestimmte Formeln, sind Feinheiten, die ihr im Laufe der Ausbildung hier lernen würdet. Doch heute geht es nur darum, prinzipiell festzustellen, ob die Essenz in euch vorhanden ist. Dafür werden wir meditieren und uns auf das innere Erbe fokussieren. Sucht nach einer Kraft, die nicht euch gehört, aber sich so vertraut anfühlt wie die Umarmung eurer Eltern.« Bei den Gedanken an Mama und Papa, breitete sich ein warmes Gefühl in Ellas Brust aus.

»Da die Baumart eurer Familie bereits ausgestorben ist,

müssen wir herausfinden, ob und, wenn ja, welches Talissaerbe noch in euch schlummert«, führte der Direktor aus. »Da der Fichtenclan der größte in unserer Region ist, werden wir heute mit dieser Baumart starten.« Er holte den Nadelbaumsetzling und stellte ihn vor Ella und Ves. »Während ihr mediert, werde ich mit den EFS hinter euch stehen und die Werte messen.« Er schenkte ihnen ein aufmunterndes Lächeln. »Aber seid bitte nicht enttäuscht, sollte es mit der Fichte nicht klappen. Dann versuchen wir es als Nächstes mit der Birke und danach mit der Buche, weil das die Bäume waren, bei denen euer Erbe sich zum ersten Mal manifestiert hat. Und immer so weiter, bis wir alle achtundzwanzig Arten, die bei uns heimisch sind, durchhaben.« Er zwinkerte ihnen zu. »Macht euch keine Sorgen, wir finden schon raus, ob ihr zu einem Clan gehört. Konzentriert euch, und den Rest erledigen wir.

Ellas Miene hellte sich auf. Konzentration war der Schlüssel? Dann würde das ein Kinderspiel werden.

Drei Stunden später war ihr das Lächeln vergangen. Schwer atmend ließ sie sich nach hinten fallen und starrte missmutig hoch zu der goldgelben Glasplatte, die den Schlussstein der Kuppel bildete. Keine Essenz, nicht das winzigste Anzeichen hatte sich bei ihr oder Ves gezeigt. Egal bei welcher der sieben Baumarten, die in den letzten Stunden getestet wurden. Sie hatten meditiert und sich so gut wie möglich konzentriert, während der Schulleiter sie mit seinem Messgerät umkreist hatte. Doch außer ein paar minimalen Ausschlägen war nichts passiert. Und selbst diese waren nicht aussagekräftig, da sie so schwach waren, dass sie ebenso gut Versprengungen von der Essenz der beiden Lehrer hätten sein können.

»Macht euch keine Sorgen«, beschwichtigte Direktor Estenfeld. »Nach den Ausbrüchen gestern könnte es auch sein, dass eure Akkus leer sind. Eure Essenz muss sich wahrscheinlich erst wieder aufladen, bevor wir sie messen können. Das muss nicht heißen, dass keine vorhanden ist. Wir werden es morgen noch mal versuchen.« Er blickte zu Professorin Flussstein. »Dann werden wir sehen, wie ihr auf eine der anderen Baumarten reagiert.«

»Ja, das wäre vernünftig. Ihr müsst wissen, jeder Talissa gehört einem Baumclan an, und obwohl wir mit jeder Essenz arbeiten können, sind wir doch stets am stärksten mit der unseres eigenen Clans. Hier in den Bernsteinplatten des Essenzarium sind verschiedenste Essenzen gespeichert, was es ein wenig verwässert, wenn man so will.« Sie wies auf die Elemente der Kuppel, die Ella für Glas gehalten hatte.

»Und was dann? Dürfen wir danach endlich wieder gehen?«, fragte Ves und zog die Augenbrauen hoch.

»Wir werden sehen. Ich habe mit Heidi vereinbart, dass ihr auf jeden Fall bis Dienstag bleibt. Nur um ganz sicherzugehen, dass nicht doch Essenz in euch schlummert und möglicherweise zu weiteren Ausbrüchen führt. Was mich daran erinnert, dass ich mit euch besprechen wollte, wie ihr die Tage hier verbringt. Ich fände es sinnvoll, wenn ihr euch dem Unterricht am Montag anschließen würdet.«

»Oh ja, das machen wir«, entgegnete Ella mit strahlenden Augen, ehe Ves überhaupt den Mund öffnen konnte. Sein vehementes Kopfschütteln ignorierte sie genauso wie der Direktor.

»Gut, dann ist das beschlossene Sache.«

9
Fesselnde Liane

»Merkt euch, so herrlich ihr Name ist, so tödlich sind die Ranken der Efeuglöckchen. Kommt ihr den Blüten zu nahe, schleudern diese ihre Pollen in die Luft. Atmet man den Samen ein, sind Übelkeit und Erbrechen die Folge. Im schlimmsten Fall kann diese Pflanze eine Lähmung der Stimmbänder hervorrufen. Korrekt dosiert sind die Efeuglöckchen jedoch eine wichtige Zutat für die Essenzalchemie.« Der kleine drahtige Lehrer marschierte wie ein Soldat vor den Regalen mit den unzähligen Kräutern und Reagenzgläsern auf und ab, bloß dass seine Uniform aus einem weißen Kittel bestand.

Ves gähnte.

Die Beine hatte er von sich gestreckt, die Arme baumelten über der Lehne seines Stuhls, und sein Blick wanderte zwischen der Glaskuppel und seinen Mitschülern hin und her. Die meisten der Kinder schrieben fleißig mit, allen voran Ella. Mit glänzenden Augen lauschte sie dem Lehrer für *Alchemurks* oder so. Ein Glück, dass er sich die Namen all dieser Fächer nicht zu merken brauchte, denn heute war Montag, und morgen würde er endlich wieder nach Hause fahren. Da konnte Ella noch so eifrig alles in ihrem Tablet notieren.

Bislang hatte es keinen weiteren Essenzausbruch gegeben.

Und es würde niemals mehr einer folgen.

Das ganze Wochenende lang waren Ella und er Tests unterzogen worden. 28 Baumarten – bei keiner zeigte sich eine Reaktion. Essenzmagie suchte man in ihrem Inneren vergeblich – nicht das kleinste bisschen war vorhanden. Ella war rot wie eine Tomate angelaufen, und es hatte ausgesehen, als säße sie auf dem Klo, so dermaßen hatte sie sich angestrengt, einen Tropfen Essenz aus einem der verschiedenen Bäume aufzunehmen. Er hatte vor Lachen fast keine Luft mehr bekommen.

Schnee von gestern. Freakshow ade.

Heute wurden nur noch abschließende Tests gemacht, aber das beunruhigte ihn nicht. Mit an Sicherheit grenzender Wahrscheinlichkeit versagte sie auch bei diesen.

Ves schaukelte mit dem Stuhl und lächelte zufrieden. Sein Zimmernachbar Narek warf ihm aus dunkelbraunen Augen einen finsteren Blick zu, ehe er sich wieder über seine Aufzeichnungen beugte. Groß und dünn wirkte er wie ein gebogenes Streichholz. Der lief Ella in Sachen Streber echt den Rang ab. Selbst als Ves versucht hatte, mit ihm zu sprechen, hatte dieser nur abgeblockt und seine schmale Nase in ein Buch gesteckt. Dabei hatte er dessen Messer nur mal kurz ausleihen wollen, sehen, wie scharf es war.

Egal. Morgen saß er in seinem eigenen Zimmer in Fuchsstadt, und das alles hier war Vergangenheit. Zuerst würde er Balthi und die Jungs zusammentrommeln und ein Treffen im Wald organisieren. Oder hatten seine Kumpel ohne ihn ein neues Lager errichtet? Obwohl, nein, das glaubte er nicht.

Im Grunde brachte die Gang nichts zustande, wenn er nicht das Kommando übernahm.

Ein Klopfen an der Tür des Klassenzimmers riss ihn aus seinen Gedanken.

»Herein«, rief Herr Heidemann mit volltönender Stimme. Die Tür wurde geöffnet, und der Schulleiter Carpinus Estenfeld trat ein. »Herr Direktor«, grüßte der Lehrer und salutierte.

Heute trug der Direx einen Kapuzenpullover und Cargohosen. Ves grinste. Neben dem klein gewachsenen *Alchemurks*lehrer, der allergisch auf Zwergenwitze reagierte, das hatte er vorhin feststellen müssen, wirkte der Rektor wie ein übergroßer Schuljunge.Carpinus Estenfeld grüßte knapp, dann sah er in die Klasse. »Silvester, Elana, kommt ihr? Eure Eltern und eure Großtante sind hier, um euch abzuholen.«

»Heute schon?«, murmelte Ella. »Das ist zu früh! Sie sollten doch erst morgen kommen.«

Lief ja besser als geplant! Ves sprang auf, ließ Zettel und Stift achtlos liegen und marschierte durch die Reihe nach vorne. Erst als er sich umdrehte, um zu sehen, wo seine Schwester blieb, bemerkte er, dass sie die Tränen in den Augenwinkeln heftig fortblinzelte. Beinahe tat sie ihm leid. Ihre Zimmernachbarin Rubina hielt sie im Arm und flüsterte ihr etwas ins Ohr. Daraufhin nickte Ella.

Der Direx ließ den beiden Zeit.

Blass um die Nase, griff sich seine Schwester ihr Tablet, verstaute es mit zittrigen Fingern in ihrer Umhängetasche und presste diese an sich. Zögerlich folgte sie ihm durch den Mittelgang nach vorne zur Tür. Als sie neben Ves stand, flüsterte er: »Nimm's nicht so schwer.« Sie schüttelte stumm den Kopf. Ihr Blick schwankte zwischen der Frage *Bist du so doof?* und der Erkenntnis *Du wirst mich nie verstehen*. Dabei war Ves schon klar, dass Ella hier ihren *Tribe* gefunden hatte: Wald, Bäume, sie erntete Anerkennung für ihr schnödes Ökowissen und hatte sogar so etwas wie Freunde. Aber hierzubleiben hieße halt genauso, sein Leben aufzugeben. Und das wollte er unter gar keinen Umständen. Optimal wäre es natürlich, wenn er ohne sie abfahren könnte – und das gleich in zweifacher Hinsicht. Zum einen wäre sie glücklich, zum anderen würde sie ihm zu Hause nicht mehr auf die Nerven gehen.

»Na kommt, ihr beiden«, forderte sie der Direktor auf. »Wir sollten den Unterricht nicht länger stören. Fahren Sie fort, Herr Heidemann.« Behutsam fasste er Ella und Ves an den Schultern und schob sie aus dem Baumhausklassenzimmer hinaus ins Freie. Sie stiegen die Wendeltreppe hinab und folgten einem Pfad, bis sie zu einem Steg über ein schmales Flüsslein kamen. Ves ließ beschwingt eine Hand am Geländer entlanggleiten.

»Diese Brücke gibt es, da hier im Bach Taipa leben. Das sind Wesen, die wie Steine aussehen. Du wusstest das nicht, richtig Ves?«, stellte Ella fest, wobei sie ein Schluchzen kläglich unterdrückte. »Weil es dir egal ist. Aber mir nicht. Ich habe darüber gelesen. Ich habe alles am Wochenende gelesen, was ich konnte. Und jetzt ist es vorbei.« Die Tränen liefen ihr die Wangen hinab.

Ves zog eine Schnute. »Dafür kannst du nun wieder Bäume kuscheln mit den anderen Ökos.«

Verzweifelt zog Ella die Stirn in Falten, schnaubte und drängelte sich an ihm vorbei. »Das reicht mir nicht. Für mich geht es um so viel mehr.«

Sie passierten das Warnschild am Eingang zur Wurzelbahn: *Betreten auf eigene Gefahr, Licht nicht vergessen.* Was auch immer das zur Hölle bedeuten sollte, ihm konnte es egal sein. Jetzt ging es nach Hause. Sie schritten die Stufen in die Tiefe hinab, wo sich die Plattform ausdehnte. In Ves' Ohren summte es laut auf. Hatte er erst einmal diesen Ort hinter sich gelassen, dann verstummte hoffentlich auch jener jämmerliche Ton, der ihn so nervte. Er steckte die Zeigefinger in die Ohrmuschel und rubbelte im Gehörgang – wie die letzten Tage – vergeblich.

Carpinus Estenfeld wischte wie beim ersten Mal über den grün leuchtenden Knopf am Pfeiler. Nachdem dieser sich orange gefärbt hatte, erklang das Grollen in den Tunneln, und der ausgehöhlte Baumstamm erschien. Diesmal freute Ves sich auf die Fahrt, denn der Wagen würde ihn nach Hause bringen. Leichtfüßig sprang er ins Innere und beobachtete, wie Ella mit kalkweißem Gesicht hineinkletterte. Sobald sie saß, presste sie wieder ihre Tasche gegen den Bauch. Sie sah aus wie damals in der ersten Klasse, als Balthi Ellas Kekse in den Matsch geworfen hatte. Es zog in seinem Magen, als er an die Szene dachte. Es wäre seine Aufgabe gewesen, Ella zu schützen, aber dann hätte er den Spott abbekommen und wäre nie in die Gang aufgenommen, geschweige denn zum Anführer geworden.

Der Direktor gab auf der Bernsteinplatte das Ziel ein. »Freie

Fahrt, haltet euch fest. Los geht´s.« Der Waggon katapultierte sich aus dem Nichts heraus auf Höchstgeschwindigkeit und schoss wie ein Pfeil in das unterirdische Tunnelsystem.

Als Ves zwischen dem Schulleiter und seiner Schwester durch den Garten zum Haupthaus der Schule steuerte, federte sein Herz im Takt seiner Schritte. Der Direx öffnete die Tür, die in sein Büro-Empfangszimmer führte.

»Mama, Papa!« Ves stürmte nach vorne und umarmte beide. Es war lange her, dass er sich so gefreut hatte, seine Eltern zu sehen, aber nachdem die Umarmung vorbei war, riss er sich am Riemen. Nicht dass seine Mutter und sein Vater einen falschen Eindruck bekamen. Ella schmiegte sich stumm an Heidi. »Ach, Kindchen.« Mitleidig tätschelte seine Tante ihr den Rücken.

»Elana, Silvester! Was sind wir froh, euch wiederzuhaben.« Seine Mutter strich Ella über den Kopf.

»Ihr wärt gar nicht hier, wenn eure Großtante nicht in völligem Übereifer beschlossen hätte, euch zu diesen Ökospinnern zu bringen. Und schon gar nicht warten wir bis morgen, um euch zu holen.« Im Gesicht seines Vaters gruben sich die Zornesfalten so tief in seine Haut wie Schluchten.

»Wenn ich Sie darauf aufmerksam machen dürfte, dass noch nicht alle Tests abgeschlossen sind …«, setzte der Direx an, aber sein Vater schnitt ihm das Wort ab.

»Das interessiert mich nicht. Es sind meine Kinder, und die nehmen wir jetzt wieder mit!«, donnerte er.

»Herr Sturmbach, ich bitte Sie …«

Seine Mutter ergriff die Hand ihres Mannes. »Herr Estenfeld, Sie müssen verstehen, wir haben uns Sorgen gemacht.« Mit einem Lächeln schaffte sie es immer, die Furche zwischen den Augen seines Vaters verschwinden zu lassen. »Jetzt beruhige dich wieder, Robert. Heidi hat auch nur getan, was sie für das Beste hielt.«

Sein Vater grummelte eine Antwort in seinen Schnauzer.

»Gut, dann kommen Sie bitte alle mit.« Carpinus Estenfeld zuckte mit den Schultern, schüttelte leicht den Kopf und führte die ganze Gruppe in einen Nebenraum. Dort baumelten Kletterpflanzen in Hängetöpfen von der Decke. Efeututen, wenn er sich nicht täuschte, denn die kannte er aus Heidis Hexenhaus. Außerdem standen eine Menge Kakteen auf der Fensterbank.

In der Mitte hatte jemand vier Stühle platziert. »Sehen Sie, Herr und Frau Sturmbach, da Sie Menschen sind, müssen wir Sie genauso wie ihre Kinder darum bitten, Stillschweigen zu bewahren und eine Verschwiegenheitserklärung zu unterzeichnen. Ich hoffe, Sie verstehen das.«

»Über was denn … über das, was Sie hier in Ihrer merkwürdigen Schule treiben?« Sein Vater lachte auf. »Soll mir nur recht sein«, brummte er. »Von mir erfährt niemand etwas, sonst halten mich die Leute noch für einen Spinner.«

»Bestens.« Der Schulleiter rückte die Stühle ein wenig auseinander. »Dann setzen Sie sich bitte, und wir erledigen den formalen Akt.«

»Ist dieser Zirkus wirklich nötig?«, wollte Ves' Vater wissen.

»Was, wenn sich bei uns erst später noch mal die Essenz zeigt? Können wir dann zurück. Tante Heidi hat ja auch noch Kontakt mit euch.« Ella wischte sich über die Augen.

Zur Beruhigung legte ihre Mutter seiner Schwester die Hand auf die Schulter. »Komm schon, mein Liebling, nimm es nicht so schwer. Nichts wird passieren. Das ist alles ausgemachter Unfug.«

»Deine Tante ist eine unserer Verbündeten in der Menschenwelt. Aber bei ihr hat sich die Essenz nie gezeigt – genau wie bei eurer Mutter. Und jetzt sind die beiden ohnehin zu alt, als dass etwas Derartiges noch passieren könnte.« Mitfühlend kräuselte der Direx die Lippen, während Ella laut aufschluchzte.

»Das ist so ungerecht.« Bei diesen Worten löste sie sich von ihrer Mama und stapfte durch das Zimmer, die Hände in die Hüften gestemmt. »Was hätte ich hier nicht alles werden können?« Sie schniefte, holte ein Taschentuch aus ihrer Tasche und schnäuzte hinein.

Daraufhin schnitt Ves eine Grimasse. »Also, ich bin so weit«, verkündete er unbeschwert und setzte sich auf einen Stuhl. »Können wir endlich unterschreiben und dann gehen?« Seine Eltern folgten.

Nur Ella stand nach wie vor am Fenster. »Du hast es natürlich eilig, zu deinen ach so coolen Freunden zurückzukehren«, fauchte sie – weniger traurig als nun vielmehr wütend. Und dann tat sie etwas, das sie noch nie gewagt hatte. Sie stampfte tatsächlich heftig mit dem Fuß auf. Ihre Wangen hatten inzwischen eine pinke Färbung angenommen, und in ihren Augen glühte es. »Ich fühle einfach, dass ich eine Talissa sein sollte! Dass ich schon immer eine war.« In einer ausladenden Geste umfasste sie das gesamte Territorium. »Ich hätte hier wachsen können wie die Setzlinge im Wald. Hätte eine glänzende Karriere starten können, vielleicht sogar richtig groß werden. Ich hätte gelernt, die Wälder wirklich und wahrhaftig zu beschützen. Das ist verdammt noch mal nicht fair!«

Ein ohrenbetäubendes Knarzen schnitt durch den Raum.

Das ziehende Geräusch übertönte Ellas Wutanfall, und alle Augen richteten sich auf die Fensterbank, vor der sie stand.

Es quietschte und ächzte.

Wie wild gewordene Bestien wuchsen die Kakteen hinter Ella empor, die sich ebenfalls staunend umdrehte. Wüstenblüten öffneten und schlossen sich wieder, um wie im Zeitraffer zu verwelken. Seine Eltern sprangen auf. Die Blumentöpfe zerborsten, und das Fensterbrett drohte unter dem wachsenden Gewicht zu brechen. Mit einem Krachen stießen die ersten Kakteenköpfe an die Zimmerdecke. »Was um alles in der Welt ist das? Tun Sie doch etwas«, rief sein Vater Carpinus Estenfeld zu. »Die werden uns noch aufspießen!«

Seine Mutter drückte sich gegen den Arm ihres Ehemanns, versteckte sich halb hinter ihm. Ves' Beine waren festgefroren. Sein Unterbewusstsein hatte begriffen, was dieser Essenzausbruch seiner Schwester – und etwas anderes konnte es nicht sein – bedeuten würde.

Die Stacheln der Wüstenpflanzen hatten die Größe von Stricknadeln angenommen. Immer weiter schoben sie sich in das Zimmer hinein. Der Raum verdunkelte sich. Die Körper der Kakteen schluckten das Licht. Erst als ein Kakteenarm durch das Fenster stieß und Glas klirrend zu Boden fiel, stoppten das Knarzen und der Wachstumsschub der Pflanzen.

Ella wich zurück, aber auf ihrem Gesicht zeichnete sich nicht wie bei seinen Eltern oder ihm selbst Angst ab, sondern ein zartes Lächeln.

Im Zimmer blieb es sekundenlang still.

»Das gibt es ja gar nicht«, hauchte Tante Heidi und bestaunte mit tellergroßen Augen den Kakteenwald, der sich vor dem Fenster erhob.

»Das war ein Essenzausbruch!« Ella ballte ihre Hände zu Fäusten und zog sie vor der Brust zusammen. »Jetzt müssen wir bleiben, richtig?« Sie drehte sich einmal um die eigene Achse. »Yippie!«

»Aber ich nicht!« Vor Schreck vibrierte Ves' Stimme. In seinem Inneren breitete sich eine lähmende Panik aus. »Bei mir hat sich nichts gezeigt.« Wie wild schüttelte er den Kopf. »Ich bin ein Mensch, nicht mehr und nicht weniger.« Ängstlich suchte er Augenkontakt zum Direktor, dessen Stirn sich nachdenklich in Falten legte.

Als er keine Antwort bekam, schrie Ves empört auf. »Nein! Nicht mit mir.« Er sprang vom Stuhl hoch und eilte zu seinem Vater. »Du lässt mich doch nicht hier bei diesen Ökospinnern? Ich will nach Hause!«

Der aber starrte immer noch fassungslos auf die riesenhaften Gewächse und rieb sich verdattert die Augen.

»Ich lass mich hier nicht einsperren.«

»Beruhige dich, Junge«, flüsterte Heidi und wollte einen Schritt auf ihn zugehen, aber Carpinus Estenfeld legte ihr die Hand auf die Schulter.

»Wir werden dich nicht nach Hause lassen, Ves«, antwortete der Direktor stattdessen. »Du wirst deine Freunde *nie wieder* sehen.«

Eiskalt lief es Ves den Rücken hinunter, schnürte ihm die Luft ab. Diese Worte zogen ihm den Boden unter den Füßen weg, und er fühlte sich wie in einem Gefängnis. Alles in ihm schrie danach, von hier zu verschwinden. Sie wollten ihn hier festsetzen? Dafür mussten sie ihn erst einmal erwischen. Er sprintete zur Tür und riss an der Klinke. Ehe er sie nach unten drückte, kringelte sich etwas Grünes über seine Schulter. Er zuckte zusammen. Schnell wie Aale im Wasser flossen die Lianen der Hängepflanzen durch seine Haare, an seinem Körper hinab und umwickelten seine Gelenke.

Wieder entwich der Kehle seiner Mutter ein Schrei.

»Nicht er auch noch!«, rief sein Vater, der sich endlich gefangen hatte und aus seiner Starre erwacht war.

Ves zerrte an den Efeututen, die ihn fesselten, riss dabei die hängenden Blumentöpfe aus der Verankerung, sodass sie zu Boden krachten. Die Pflanzen ließen nicht locker. Umwickelten ihn umso stärker, je heftiger er sich wehrte. Sie zogen sich um seinen Hals zusammen, nahmen ihm die Luft.

»Helfen Sie ihm«, kreischte Ella. »Er kann nicht mehr atmen!«

Ves sah nichts, die Lianen nahmen ihm die Sicht. Er hörte

schnelle Schritte und seine Eltern den Direx anschreien. Da fiel er wie ein verschnürtes Paket um.

»Entspann dich, Junge«, sagte der Direktor von weit weg. »Lass die Gedanken ziehen. Lass los.« Sanft strich der Schulleiter über die Schlingpflanzen. »Und ihr beruhigt euch. Hier wird niemand gefangen gehalten.«

Bis auf seine zuckende Atmung blieb Ves reglos liegen. Keinen Zentimeter konnte er sich bewegen, und er hatte das Gefühl zu ersticken. Unter Aufbietung aller Kräfte versuchte er, sich auf seinen Herzschlag zu konzentrieren. Dem Rat des Direktors zu folgen – und an nichts mehr zu denken.

Erst als er seinen Kampf gegen die Schlingpflanze aufgab, löste sich der zangenartige Lianengriff. Es dauerte einen Moment, ehe ihn die Gewächse freigaben.

»So ist es richtig«, lobte ihn Carpinus. »Das machst du gut, Silvester.«

Er schnappte nach Luft, als sich die Efeututen allmählich in Gänze zurückzogen.

Der Direktor hielt Ves die Hand hin. »Steh auf, Junge. Es tut mir leid.«

Ves fixierte ihn keuchend und voller Zorn.

»Ich hatte keine Wahl. Ich musste dich provozieren. Deine Vorstellungskraft musste so stark aktiviert werden, damit wir einen Essenzausbruch wirklich hätten ausschließen können – und das geht nun, wie du siehst, leider nicht mehr.« Traurig und voller Verständnis blickte er Ves an. »Natürlich wirst du deine Freunde wiedersehen, selbst jetzt, da du bei uns bleiben wirst. Die Ferien dürft ihr zu Hause verbringen. Und du wirst an der Silva Akademie neue Freunde finden.« Er legte Ves die Hand auf die Schulter, aber der schlug sie weg. Er wollte nichts mehr hören. Unter all den Freaks würde er versauern, das hatte er schon kapiert.

»Herr und Frau Sturmbach, die Verschwiegenheitsklausel unterschreiben wir draußen. Es ist äußerst wichtig, dass Sie ihre Kinder nicht durch unbedachte Bemerkungen in Gefahr bringen. Sie sehen ja, was bei unkontrollierten Essenzausbrüchen passieren kann, und haben vielleicht eine Ahnung, wie Menschen auf solche Ereignisse reagieren würden. Darum halten wir unsere Kräfte im Verborgenen. Ves und Ella müssen jedoch erst einmal lernen, ihre Kräfte zu kontrollieren. Ansonsten stellen sie eine Bedrohung für sich und andere dar.«

Sein Vater und seine Mutter nickten wie Schafe.

»Um herauszufinden, welchem Clan ihre Kinder angehören, werden wir weitere Setzlinge aus anderen Akademien und Regionen bestellen. Sprösslinge von Seelenbäumen sind schwer zu bekommen, daher kann einige Zeit vergehen, bis diese hier eintreffen.«

Wieder hoben und senkten seine Eltern das Kinn.

»Könnten Sie heute Nachmittag Kleidung und andere Dinge vorbeibringen, die den Kindern die Eingewöhnung erleichtern?«

Abermals nickten die beiden.

Und damit war es beschlossene Sache. Ves' Zukunft lag an der Silva Akademie. Das war ja mal wieder einfach großartig.

10

Baumperlen

Die Hängebrücke wippte unter Ellas hastigen Schritten. Wann war sie das letzte Mal so spät dran gewesen? Doch ihre Schulbücher waren schlicht zu faszinierend. Seit zwei Wochen besuchte sie die Silva Akademie, und noch immer entdeckte sie jeden Tag neue Wunder.

Mit einem letzten Sprint erreichte sie das Kronendeck und hastete auf das Buffet zu, als Rubys klare Stimme das Geplapper der Schüler übertönte: »Bambi, dein Müsli wartet hier schon auf dich.«

Lächelnd änderte sie ihre Richtung und eilte auf ihre Freunde zu. *Freunde* … dieses Wort fühlte sich seltsam an. Wie ein Puzzleteil, das in der falschen Packung gelandet war.

Ruby zwinkerte ihr zu. »Na, hab ich dir vorhin nicht gesagt, du sollst lieber gleich mitkommen, anstatt weiter im Wesenskunde-Buch zu schmökern.«

»Das steht doch heute gar nicht auf dem Stundenplan, oder?«, fragte Olli und runzelte die Stirn. Narek blickte alarmiert von seinem Brot hoch.

»Nein, heute haben wir Waldökologie und Baumkunde, Grundkurs Essenzwirkung, jeweils in Doppelstunden, und dann noch Sport.« Bei dem letzten Wort verzog Ella das Gesicht. Dieses Fach mochte sie genauso gern wie klebrige Spuren auf ihrem Tablet. Was zum Teil daran lag, dass es bisher die einzigen Stunden waren, in denen ihr Bruder sie übertrumpfte.

Unweigerlich glitt ihr Blick über die anderen Schüler, und sie entdeckte Ves innerhalb von Sekunden. Wieder einmal saß er alleine an einem Tisch und starrte sein Frühstück so finster an, als wollte er es dazu bringen, davonzurennen.

Der Löffel ihres eigenen Müslis, den sie sich in den Mund geschoben hatte, schmeckte mit einem Mal schal, und in ihrer Brust zog es. Ves war zwar das doofste Eichelhirn auf Erden, dennoch tat er ihr leid.

Er vermisst seine Freunde sicher unheimlich, vielleicht sollte ich zu ihm rübergehen.

Bei diesem Gedanken hätte Ella sich beinahe verschluckt. Bilder von zerbrochenen Plätzchen und lachenden Jungs tauchten vor ihrem inneren Auge auf. Von Pausen, in denen sie so einsam dagesessen hatte wie er jetzt. Ves hatte es nie gekümmert, niemals hatte er seine Freunde zurückgehalten. Nein, er verdiente ihr Mitleid nicht.

»Er ist selbst schuld, weißt du«, sagte Narek, der ihrem Blick gefolgt war. »Er hat sich von Anfang an dazu entschieden, hier alles und jeden schlecht zu finden. Was du säst, das wirst du ernten.«

Der armenische Junge sprach nie viel, aber wenn er es tat, traf er meist den Nagel auf den Kopf.

Ella nickte, warf noch einen Blick auf ihren Bruder und versuchte, ihr schlechtes Gewissen zu ignorieren. Ruby stupste sie mit ihrer Schulter an. »Schluss mit dieser grüblerischen Miene. Sieh mal.« Sie griff in ihre Büchertasche und zog ein grünes Samtbeutelchen hervor. »Das habe ich für dich gemacht.«

Ellas Augen wurden groß. »Für mich?«

»Na klar, Bambi, für wen sonst? Die Jungs wüssten es doch gar nicht zu schätzen. Nun mach schon auf.«

Mit zitternden Händen öffnete Ella den Beutel und holte eine silberne Kette hervor, an der eine hölzerne Perle hing. Sie fuhr mit den Fingerspitzen behutsam über die glatt polierte Oberfläche. »Sie ist wunderschön«, hauchte sie und sah Ruby mit feuchten Augen an.

»Selbst gemacht.« Ihre Zimmernachbarin grinste zufrieden.

Ella schluckte gegen den Kloß in ihrer Kehle an. »Danke schön. Ich habe noch nie ... niemals hat jemand ...«

Ruby winkte ab. »Schön, dass sie dir gefällt. Die Perle ist von einer Birke im Garten unserer Familie.« Sie nahm Ella die Kette aus den Händen und legte sie ihr um den Hals. »Da du keinen eigenen Clan hast, dachte ich, ich mache dich einfach zu einem inoffiziellen Ehrenmitglied meines Clans.«

Nun passierte es doch, und die Tränen schwappten über. Ella fiel ihrer Zimmernachbarin um den Hals, die in den letzten zwei Wochen zu so viel mehr geworden war.

»Mädchen«, stöhnte Olli. »Immer so gefühlsduselig. Na, kommt schon. Wir sollten los. Nicht dass uns der Fliegenpilzinger eine Strafarbeit aufbrummt.«

In letzter Sekunde kamen sie in dem Tipi aus Ästen an. Die Strecke vom Kronendeck hinab bis zum Waldboden unterschätzte Ella immer wieder. Waldökologie und Baumpflege war das einzige Fach, das von einem Pilzling unterrichtet wurde, und eine der wenigen Stunden, die nicht oben in einem der Baumhäuser stattfand. Sie huschten zu ihren Plätzen, die in einem Halbkreis um das Lehrerpult angeordnet waren. Noch ehe sie sich hingesetzt hatten, rauschte Hubert Fliegenpilzinger in den Raum, warf die Tür hinter sich zu und strafte die vier mit einem strengen Blick durch seine ovale Nickelbrille. Mehr war gar nicht nötig, damit Ella sich vornahm, nie wieder so spät vom Frühstück aufzubrechen.

»Guten Morgen, liebe Schüler.«

»Guten Morgen, Herr Fliegenpilzinger«, antworteten sie im Chor.

Zufrieden nickte er und setzte sich an sein Pult. »Schön, schön. Wieder ein wundervoller Tag in unserem Wald voller Wunder.« Sein Vollbart erzitterte, als er über sein eigenes Wortspiel kicherte. Die Klasse verdrehte die Augen.

»Muss er uns wirklich jedes Mal so begrüßen?«, raunte Olli, der mit Narek an dem Tisch rechts von Ella saß. Sie hingegen mochte die Begeisterung des Pilzers für sein Lehrgebiet.

»Voller Wunder fürwahr,« sinnierte der Lehrer weiter. »Auch wenn die Menschen«, er ließ seinen Blick über die Klasse schweifen, »oder, sagen wir, viele von Ihnen immer noch nicht verstehen, dass er der wahre Schatz unseres Planeten ist. Dass in einer einzigen Hand voll Walderde mehr Lebewesen enthalten sind, als es ihresgleichen gibt.« Traurig schüttelte er den Kopf.

»Heute scheint er wieder in Plauderlaune zu sein. Wurzelfäulnis aber auch. Das wird eine sehr lange Doppelstunde«, jammerte Ruby neben ihr leise.

Doch Ella hörte sie kaum. Mit geöffneter Notizapp, hing sie an Professor Fliegenpilzingers Lippen, bereit, jederzeit mitzuschreiben.

»Leider muss ich euch mitteilen, dass es nicht weit von hier, in unserem Wald, letzte Nacht einen furchtbaren Vorfall gab. Ein paar unachtsame Kinder haben ein Lagerfeuer im Wald entfacht und, als sie nach Hause gingen, die Glut schwelen lassen.« Er griff sich an die Brust und holte tief Luft. »Die Essenz von drei Eichensetzlingen und einer Kiefer erlosch bei diesem Vorfall für immer, und die Rinde einer Buche wurde schwer beschädigt. Lasst uns einen Moment innehalten und dem Verlust unseres Waldes gedenken.«

Wie eine einzige Person schlossen alle die Augen und legten ihre Hände flach auf das Holz ihrer Pulte. Jeder Baum, der auf so unnötige Weise verendete, war ein Grund zur Trauer für die Talissa.

»Nun gut«, sagte der Pilzer schließlich. »Dann wollen wir mit dem heutigen Unterricht beginnen.« Er holte einige Unterlagen aus seiner Aktentasche. »Mal sehen, was ihr euch aus der letzten Stunde gemerkt habt. Welche Baumart war im deutschen Urwald einst dominant?«

Ellas Hand schoss in die Höhe. Ein Lächeln erschien auf dem Gesicht des Professors, als er ihr zunickte.

»Die Eiche.«

»Korrekt, Ella«, er kam hinter seinem Tisch hervor und

reichte ihr einen Zettel. »Aber bei deiner Leistung im letzten Test nicht wirklich überraschend.«

Eine glatte Eins lächelte ihr von ihrem Prüfungsblatt entgegen.

»Es passiert nicht oft, dass jemand eine Arbeit ohne einen einzigen Fehler abgibt. Mach weiter so.«

Ella strahlte über das ganze Gesicht.

»Nun, wer kann mir sagen, welcher Baum die Eiche abgelöst hat? Ja, Oliver?«

»Die Fichte«, erwiderte dieser mit vor Stolz geschwellter Brust.

»Das kam ein wenig später. Circa im 18. Jahrhundert, als die Menschen immer mehr Brennholz für die Industrie benötigten«, korrigierte Hubert Fliegenpilzinger, wobei er weiter durch die Reihen schritt und die Tests austeilte. Ella sah, wie er Ves, der alleine an einem Tisch hinten im Klassenraum saß, sein Blatt überreichte und wie sich die Stirn ihres Bruders in Falten legte. Er klatschte das Papier mit der bedruckten Seite nach unten auf das Pult und begegnete ihrem Blick. Seine Gesichtszüge verhärteten sich, ehe er sich abwandte.

»Es war die Buche, die die Eiche ablöste, aber auch dabei hatte der Mensch seine Finger im Spiel. Durch die stete Abholzung der Urwälder für Hütten und Ähnliches ermöglichte er den Aufstieg der wesentlich schneller wachsenden Buche.«

Inzwischen war der Lehrer wieder an der Stirnseite des Klassenzimmers angekommen.

»Nun gut«, sagte er und strich sich über sein Tweedjackett. »Ich denke, es wird Zeit für ein wenig praktischen Unterricht. Teilt euch in Zweierteams auf.« Ruby griff augenblicklich nach Ellas Hand. »Jedes Paar schnappt sich ein Mikroskop. Heute werden wir den Waldboden beim Bachlauf unter die Lupe nehmen.« Bei diesen Worten steckte er seine Bügelfaltenhose in quietschgelbe Gummistiefel und verließ, allen Schülern voran, das Klassenzimmer.

»Dieser Schultag war endlos«, stöhnte Ruby und ließ sich erschöpft auf ein geblümtes Sofa im Gemeinschaftsraum fallen.

Ella konnte ihr da nur zustimmen. So schön die ersten beiden Stunden waren, danach ging es steil bergab. In Essenznutzung waren sie von der Theorie zur Praxis übergegangen, und egal wie sehr sie sich konzentrierte, sie bekam die Essenz einfach nicht zu fassen. Im Gegensatz zu allen anderen, mit Ausnahme von Ves. Die anschließende Sportstunde tat das Übrige, um ihre Laune in den Keller fallen zu lassen. Professor Feilson hatte sie erst sinnlos Runde um Runde über das Waldgelände gejagt und dann zu allem Überfluss Zirkeltraining angesetzt. Selbst als es zu nieseln angefangen hatte, kannte ihr Lehrer kein Erbarmen. Wenn Ella jetzt die Augen schloss, hörte sie ein klägliches Summen, das nur von ihren Muskeln kommen konnte. Nur Ruby zuliebe hatte sie durchgehalten, die dieses Fach mindestens genauso verabscheute wie sie selbst.

»Das war kein Sportunterricht«, murrte ihre Freundin, »sondern eindeutig der Versuch, unseren Geist zu brechen. In meinem ganzen Leben habe ich nicht so viel Schweiß verloren wie in der letzten Stunde. Widerlich.«

Ella nickte.

»Wie kommt es eigentlich«, fragte Ruby an die Jungs gerichtet, die auf ihren Platz zusteuerten. »Dass ihr nicht halb so zerstört ausseht, wie ich mich fühle?«

Narek setzte sich auf den Boden und lehnte sich an die Wand. »Es gibt Schlimmeres.« Einen Moment lang schwieg er, nur um leiser fortzusetzen. »Viel, viel Schlimmeres.«

Etwas in Ellas Brust zog sich bei diesen Worten zusammen. Sie hatte keine Ahnung, wovon er sprach, doch der Schmerz in seiner Stimme war offensichtlich.

»Ach, kommt schon, Mädels, besser, als noch eine Stunde in einem muffigen Klassenzimmer zu sitzen«, meinte Olli und setzte sich auf den Sessel gegenüber.

Ruby nieste.

»Ob er uns auch im Winter bei Wind und Wetter draußen rumscheuchen wird?«, fragte Ella.

»Nein, für Regen, Schnee und Kletterball gibt es eine unterirdische Turnhalle«, erklärte Olli.

»Füße vom Tisch, mein Lieber«, flötete Marianne und kniff ihm im Vorbeigehen in die Zehen.

»Es ist wirklich unheimlich, wie sie überall auftaucht, wenn man auch nur daran denkt, eine ihrer Regeln zu brechen«, beschwerte er sich und schwang die Beine stattdessen über die Armlehne des Sessels.

»Ist bestimmt irgendein siebter Hausmuttersinn.« Ruby griff an ihren Pferdeschwanz und verzog das Gesicht. »Ich muss jetzt auf jeden Fall duschen. Sollen wir uns in einer Stunde wieder hier treffen, mit der Wurzelbahn ins Haupthaus fahren und dort ein wenig netflixen?«

»Ich weiß nicht«, sagte Ella. »Professor Fliegenpilzinger hat uns jede Menge Hausaufgaben aufgebrummt.«

»Für die wir eine Woche Zeit haben.«

»Ja, aber wenn ich sie heute erledige, kann ich den Rest der Woche den Stoff wiederholen.«

Olli schnaubte amüsiert.

»Nichts da, du kommst mit. Seit du hier angekommen bist, verkriechst du dich jeden Abend in deinen Büchern. Ich war sehr geduldig, weil du Stoff aufholen musstest, aber heute entkommst du mir nicht.« Rubys Augen funkelten herausfordernd.

Ellas Finger wanderten über die Baumperle an der Kette. »Gut, ich bin dabei.«

»Sehr gut. Narek, Olli, wir sehen uns in einer Stunde«, erklärte ihre Freundin, sprang vom Sofa und zog Ella mit sich.

»Ich komme nicht mit«, rief Olli ihr hinterher.

»Du willst mir jetzt aber nicht weismachen, du würdest auch lernen?«, gluckste Ruby.

»Nein, ich habe heute einfach keinen Bock. Ich treffe mich mit Narziss und den anderen.«

»Diesem Viertklässler, der immer so großkotzig ist?« Ruby verschränkte die Arme vor der Brust. »Nicht dein Ernst.«

Olli rollte mit den Augen.

»Du ziehst diese Idioten deinen Freunden vor?«

»Sie sind auch meine Freunde. Wir kennen uns vom Clantreffen.«

»Ach, und auf einmal sind deine Fichtenfreunde wichtiger als wir? Du und ich, wir kennen uns schon seit der ersten Klasse Grundschule.« Ruby schüttelte fassungslos den Kopf.

Olli erhob sich und steuerte auf die Wendeltreppe zu. Im Vorbeigehen tätschelt er ihr die Schulter. »Ganz ruhig bleiben, Birkchen, nicht dass dir noch die Blätter abfallen. Wir sehen uns morgen.«

Besorgt beobachtete Ruby, wie er auf den Treppen nach oben verschwand.

11
Herbstfest

Die Schüler strömten an Ves vorbei hinaus ins Freie. Am schwarzen Baum, der die gleiche Funktion wie ein schwarzes Brett hatte, prangte ein Plakat für das Herbstfest heute Abend. Wie hatte sein Lehrer in Wurzelkunde das Ganze genannt? Ach ja, ein »fröhliches Beisammensein am Lagerfeuer mit dem besten Essen, das der Wald uns schenken kann«. Ves hätte gut und gerne verzichtet, aber es bestand Anwesenheitspflicht.

Die Laubbäume trugen kaum mehr Blätter. Ihre von der Sonne beleuchteten Äste erinnerten ihn daran, dass heute Pommes-Freitag war. Seine Freunde hauten sich wie jede Woche Burger im Schnellrestaurant rein – jetzt ohne ihn. Der Direx und seine Eltern hatten beschlossen, allen zu Hause zu erzählen, er würde ein Internat in der Schweiz besuchen, genau wie Ella. Aus den Textnachrichten mit seinen Jungs schloss er, dass Balthi ihm seine Position streitig machte, aber oft melden konnte er sich bei ihnen nicht. Nur im Haupthaus gab es Zugang zum Internet. Im Wald erreichte man lediglich das Rootnet, ein schulinternes Netz.

Er warf einen Blick auf seine Smartwatch. Jetzt war es Viertel nach vier.

»Hey, du, Lust auf 'ne Runde Kletterball?«, fragte ein Junge aus seiner Klasse. »Uns fehlt noch ein Mitspieler.«

Ves sah verwundert über die Schulter.

»Meinst du mich?«

Vitus oder so ähnlich hieß der korpulente Typ mit der Zahnspange und der Beanie auf dem Kopf, die er nur zum Schlafen auszog. »Jap.«

»Warum nicht?« Ves kickte einen Zweig von sich. Beinahe hätte er gelächelt. Klettern war seine Spezialität.

»Bestens, *Fesl!* Dann komm mal mit«, rief der Junge, und seine Freunde lachten über den bekloppten Spitznamen, den ihm der Kerl verpasst hatte. Fesl hatte man seinen Großvater genannt. Von ihm hatte Ves seinen Namen, aber der war ungefähr in der Steinzeit geboren. Die konnten ihn alle mal! Er würde ihnen schon zeigen, was er draufhatte. Früher oder später würde jeder hier begreifen, dass er kein Looser war.

»Was ist Kletterball?« Ves folgte den Jungs, die sich zusammengefunden hatten.

»Das ist wie unterirdisches Fußballspielen, nur nicht auf einem freien Feld. Sondern …«

»Sag nichts, Vitus.« An Ves gewandt meinte ein anderer, der recht sportlich aussah und den alle Flo nannten. »Wart's ab.«

Sie steuerten eine Tür an, hinter der eine steinerne Treppe in die Tiefe führte. Mindestens fünf Minuten stiegen sie hinab. Ein mulmiges Gefühl krabbelte seine Rippenbögen entlang, genau wie die Asseln hier an den Wänden. Bisher hatte der Sportunterricht ausschließlich im Freien stattgefunden. Wie weit unter der Erde lag das Spielfeld? Es roch feucht und nach frischem Lehm. Essenzkugeln waberten an der Decke umher und beleuchteten den Weg in hellem Gelb.

Endlich breitete sich ein ebenerdiger Gang aus. Einer der Jungs stieß eine Flügeltür auf.

Ves konnte kaum glauben, was er sah. *Nicht zu fassen!* Die Spielfläche glich in Sachen Größe tatsächlich einem Fußballfeld. Aber die Decke reichte sicher zehn Meter hoch, und über das gesamte Areal verteilt wuchsen von oben Wurzeln in unterschiedlicher Länge und Dicke herab. Auch aus dem Boden stießen sie in riesenhaften Bögen. Rechts und links des Feldes lag die Tribüne für das Publikum.

»Cool, oder?«

»Schon. Aber, wie kann man darauf spielen?«, fragte Ves und bestaunte das gewaltige Knollengebilde.

»Na, die Planzenteile gehören zum Spiel dazu. Man benutzt sie, um den Ball daran abprallen zu lassen, darauf zu klettern oder den Gegner auszutricksen«, sagte Vitus, der Junge mit der Beanie.

»Okay?«

Flo antwortete: »Bei den *Silva Steinböcken*, unserer Schulmannschaft, sind einige so gut, dass sie die Wurzeln schneller als ein Eichhörnchen hochklettern. Von oben aus kann man dann ein Tor schießen, vorausgesetzt, du fängst den Ball. Wichtigste Regel: Auf der freien Fläche dürfen die Hände keinen Ballkontakt haben, auf den Wurzeln schon.«

»Aber wir spielen erst einmal ohne Klettern – so fängt man am besten an.« Vitus teile ihn einer Mannschaft zu – drei gegen drei. »Du bist Torwart. Darfst aber auch mitspielen – solange keine Gefahr durch den Gegner besteht.«

»Seid ihr so weit?«, rief Flo, der auf und ab hüpfte, um

sich aufzuwärmen. Wahrscheinlich war er der Einzige, der es außer ihm draufhatte.

»Sicher«, antwortete Vitus von der anderen Seite.

»Dann los.«

Ves spannte die Muskeln an, sein Blick schärfte sich. *Den Ball wie den Gegner im Auge behalten* – das war es, worauf es ankam. Volle Konzentration. Er stürmte los, sprintete, wich den Knollen aus, und als einer der Spieler aus der gegnerischen Mannschaft seine Bahn kreuzte, nahm er ihm den Ball ab. Mega! Er sauste weiter, umspielte die Wurzelstränge und nutzte sogar einen davon als Liane, um sich ein Stück über das Spielfeld zu schwingen. Kurz ließ er sich ablenken. Knapp unterhalb der Decke flog ein Eichelhäher entlang und landete auf einem der Tribünenplätze. Das musste Philipp sein, denn kein anderer Vogel würde sich freiwillig unter die Erde begeben.

»Ich bin frei!« Vitus winkte ihm vor dem Tor. Es wäre gelacht, wenn Ves das Ding nicht alleine heimbrachte. Er dribbelte, spielte den nächsten Widersacher aus. Da näherten sie sich zu zweit. Verdammter Mist.

»Hey, Fesl, das war's!«, provozierte ihn einer der Gegner.

»Schieß endlich hierher«, brüllte nun auch Flo aus seinem Team.

Aber das musste klappen! Er holte aus, zielte auf das Tor.

Da passierte es.

Einer seiner Verfolger schnappte sich den Ball und wechselte die Richtung.

Nein! Hinter ihm war alles frei. Das eigene Tor ungeschützt. Schuss – und 1:0 für die anderen. Das durfte doch nicht wahr sein! Wut züngelte wie eine Flamme in seinem Bauch. In den Ohren summte und wimmerte es, aber dieses Geräusch begleitete ihn schon seit Wochen. Was zur Hölle war das nur – *stressbedingter Tinnitus*? Mit geballten Fäusten beobachtete er den Jubelschrei der gegnerischen Mannschaft.

»Mann! Das hätte so gut geklappt. Wieso hast du nicht abgegeben, Fesl?«, rief Vitus und schmiss seine Beanie auf den Boden.

»Ja, Fesl, verwurzelt noch mal! Was sollte dieser Alleingang«, beschwerte sich auch Flo lautstark.

Ves presste die Lippen aufeinander. »So halt!«, zischte er. Es war sowieso ein saublödes Spiel. Und plötzlich reichte es ihm schon wieder. Mit einem stechenden Gefühl im Magen stampfte er vom Platz und ließ die anderen stehen.

Im Sprint nahm er den Weg zurück die Treppen hinauf und wurde erst langsamer, als er im Freien war. Voller Wut kickte er gegen einen Pfeiler, traf ungünstig und haute sich das Schienbein an. »Verdammte Kacke! Das ist ja mal wieder einfach alles großartig.«

Er stromerte eine Weile durch die Gegend, um den Kopf freizubekommen, und gelangte schließlich zur Lichtung in der Mitte des Schulgeländes. Hier herrschte reges Treiben. Buffettische wurden aufgebaut, auf denen sich die ersten Speisen stapelten: *eingelegte Pilze, bäh, Moosknödel – brachte man kaum runter – und Waldsalat, würg*. Immerhin dampften dort hinten Krüge voller Eichelkakao. Der schmeckte ihm.

Zwei Pilzlinge schichteten Holzscheite übereinander für eine Feuerstelle im Zentrum. Stimmt, ein Lagerfeuer sollte es ja auch geben. Ves hoffte auf Stockbrot ohne Talissa-Schnickschnack, damit er satt wurde.

In der Unterkunft der Erstklässler kündigte Stimmengewirr an, dass die meisten Schüler im Aufenthaltsraum zusammensaßen, um gemeinsam zum Fest aufzubrechen. »Ey, Fesl, hab gehört, du hast es heute richtig versaut«, rief ihm dieser saudumme Olli-Doofschnösel hinterher. Wie hatte sich seine Niederlage so schnell herumgesprochen? Sofort überrollte ihn erneut eine Welle der Wut – auf sich selbst, weil er nicht getroffen hatte, und auf den Rest dieser Idioten. Ella stand ebenfalls bei der Gruppe, aber anstatt einzugreifen, inspizierte sie betreten ihre Schuhspitzen.

Die konnten ihn alle gernhaben.

Ohne nach rechts oder links zu sehen, durchquerte er den Tagesraum, nahm zwei Stufen auf einmal und war froh, als er die Zimmertür hinter sich zuschmeißen konnte. Er warf sich auf sein Bett, verschränkte die Arme über der Brust und starrte an die Decke. »Verdammte Kacke noch mal. Es hätte klappen müssen.« Mit beiden Händen raufte er sich die Haare, dann schnappte er sich sein Kissen und brüllte hinein.

»Warum bist du so laut?«

Ves' Kopf fuhr herum. Auf dem Bett gegenüber saß Narek mit dem Rücken an der Wand, ein Buch auf den Knien abgelegt. »'tschuldige, Alter, ich hab dich gar nicht bemerkt.«

»Man kann nichts sehen, wenn man schreit.«

»Was soll das denn bedeuten?« Ves richtete sich auf und

sah den Jungen mit den dunklen Haaren und den noch schwärzeren Augen verständnislos an.

»Vergiss es.« Weiter schenkte Narek ihm keine Aufmerksamkeit, sondern steckte die Nase wieder in sein Buch. Auf seinem Nachtkästchen entdeckte Ves eine Figur, einen goldglänzenden Wolf.

»Was ist das?« Er trottete hinüber und betrachtete das Tier.

»Geschnitztes Wurzelharz. Extrem klebrig in der Verarbeitung. Damit kleben sogar Steine an der Wand.« Zu weiteren Erklärungen ließ sich der Junge nicht hinreißen.

Ves stellte die Figur zurück, stöhnte und fiel wieder auf sein Bett. In dreißig Minuten startete das Herbstfest. Weil er vom Spielen komplett verschwitzt war, beschloss er, noch schnell zu duschen.

Als Ves zurück ins Zimmer kam, stand Narek in Hemd und Pullunder vor seinem Kleiderschrank und stopfte sich erschrocken die Kette unter die Kleidung, die er stets trug.

»Keine Sorge, ich klau dir das Ding schon nicht«, brummte Ves. »Du musst sie nicht immer verstecken.«

»Soll ich warten?«, fragte sein Zimmernachbar, ohne auf seinen Kommentar einzugehen. Anders als dieser hatte Ves nicht vor, sich für ein dämliches Herbstfest in seine beste Kleidung zu schmeißen.

Dass er geduscht hatte, war Zugeständnis genug.

»Mir egal.« Im Grunde wäre Ves froh, gemeinsam mit jemandem auf dem Fest aufzukreuzen, aber das musste Narek nicht wissen.

»Dann halt nicht.« Mit diesen Worten verließ der Junge das Zimmer, und Ves war mal wieder alleine. Es brummte in seinem Schädel, und er hörte abermals dieses leise Summen und Weinen, was inzwischen gar nicht mehr so leise war und ziemlich nervte. Nur die Ursache hatte er trotz aller Anstrengungen bislang nicht gefunden.

Schnell schlüpfte er in seine Jeans mit den Löchern am Knie, zog einen schwarzen Kapuzenpullover über den Kopf und setzte das Basecap auf. So trat er hinaus auf den Gang. Ella kam ihm entgegen, die Hände auf die Ohren gepresst. Aber als sie ihn entdeckte, ließ sie sie sofort sinken. »Hey, Ves, hab nur etwas vergessen. Wir sehen uns ja sicher gleich.« Schon war sie weitergeeilt.

Merkwürdig.

Die Luft hatte sich spürbar abgekühlt. Mit Essenz leuchtende Kugeln trieben zwischen den Bäumen. Wie rote, orange und gelbe Fruchtbonbons sah das aus. Auf den Stegen lief er hinüber zur großen Lichtung in der Mitte des Geländes nahe dem Eingang zur Wurzelbahn. Dort saßen sie alle, schwatzten und aßen gemeinsam »die Geschenke des Waldes«.

Wo sollte er sich denn hinsetzen?

Das Feuer wurde angezündet, als er an den Buffettischen entlangschlich. Ella hatte einen Platz zwischen Narek und Rubina, mit denen sie sich unterhielt. Nur Olli-Doofschnösel war nicht zu sehen. Gerade lachte seine Schwester aus vollem Hals. Hatte er Ella jemals so gelöst gesehen? Egal.

Schließlich schnappte er sich eine Tasse Eichelkakao und

etwas Hirsebrot. Damit ließ er sich auf einer der Bänke nieder, die um die Feuerstelle herum aufgebaut waren – allein. Die meisten Kinder aßen an den Tischen. Gelangweilt stöhnte Ves, betrachtete den Pilzer Bernhard, wie er in die Glut pustete, und biss in das Brot.

»Ein schöner Herbstabend, oder?«

Ves riss die Augen auf. *Nicht sein Ernst!* Der Direx ließ sich neben ihn auf die Bank fallen, streckte die Beine von sich und faltete die Hände hinter dem Kopf. Auch er trug Kapuzenpullover und Basecap. *Ich muss dringend meinen Kleidungsstil ändern*, notierte sich Ves in Gedanken. Nervös sah er sich um, ob jemand bemerkt hatte, mit wem er da am Feuer *plauderte*.

»Ja«, war seine knappe Antwort.

»Ich habe den Eindruck, es gefällt dir bei uns nicht so gut.«

»Doch, alles super.« Ves hoffte, dass er den Direktor schnell wieder loswurde. Guckten die anderen schon? Am Ende galt er als Lehrerliebling. Dann war sein Ruf endgültig im Eimer.

»Vielleicht kannst du einem der Clubs beitreten? Wir haben auch ein paar für sportliche Kinder wie dich«, schlug der Schulleiter vor, ohne ihn dabei direkt anzusehen.

»Hm. Dafür habe ich leider keine Zeit – zu viele Verpflichtungen – Sie verstehen schon. Daher muss ich auch los, meine Freunde warten auf mich«, sagte Ves.

Der Direx hob eine Augenbraue. »Dann will ich dich nicht aufhalten.«

»Gut, dann. Man sieht sich.« Ves erhob sich. Ohne zuwissen, wohin, marschierte er los – Hauptsache, weg vom Schulleiter.

Die Geräusche des Herbstfests wurden zunehmend leiser.

Da hörte er plötzlich Stimmen ganz in seiner Nähe. Eine davon kannte er. Sie gehörte diesem Olli-Doofschnösel aus Ellas Clique. Einem Instinkt folgend duckte er sich hinter einen Busch und lauschte. Vorsichtig lugte er hervor. Tatsache. Olli, ein Mädchen und zwei andere Kerle standen im Schutz der Fichten – und lästerten.

»Wieso hängst du überhaupt mit dieser bunten Birkenmutti und ihrem Geschwader ab? Der heimatlose Kiefern-Hohlkopf und die Nuss ohne Clan. Peinlicher geht's kaum.« Es war einer der älteren Schüler, er war blond, groß und hatte einen fiesen Zug um den Mund. Ves kannte ihn nicht. Wie würde Olli reagieren? Immerhin beschimpfte dieser Typ dessen Freunde.

»Nichts geht über den Fichtenclan, Narziss«, antwortete Olli. *Narziss.* So hieß der blonde Kerl also. Der zweite Typ hatte blaue Haare, und das Mädchen sah ziemlich sportlich aus. »Ihr wisst, wie ich denke. Und ihr kennt meine Mutter.« *Verräter.* Olli-Doofschnösel lehnte sich obercool gegen einen Baumstamm. »Ich mag die Trottel nicht mal, die kleben an mir wie Harz. Und was soll ich machen. Bin nun mal ein sozialer Typ und habe ein Herz für Freaks.«

Die anderen lachten. Das Mädchen sagte: »Du kannst jederzeit mit Narziss, Rimon und mir abhängen. Dann musst du dich nicht um die Sozialfälle kümmern.« Wieder brachen die Typen in Gelächter aus.

»Jawoll, Sozialfälle!«, echote Rimon, der seinen Kopf wohl in ein Tintenfass gehalten hatte. »Du bringst es auf den Punkt, Jasmin.«

Wut flackerte in Ves' Bauch auf. Diesen Hohlköpfen, allen voran diesem Mistkerl Olli, sollte mal jemand die Meinung sagen. Es war unter aller Sau, über die eigenen Freunde zu lästern. So etwas taten nur Feiglinge.

»Habt ihr gesehen, was die eine für Klamotten trägt. Sieht aus wie meine Oma. Ja und der Junge, kann der überhaupt sprechen? Ich glaub, ich habe den noch nie etwas sagen gehört. Stumm wie Holz.«

Auch Olli feixte. »Diese Ella hat echt ein Rad ab, plant jede Minute in ihrem Leben. Und Ruby, die kenne ich schon ewig. Der musste ich einfach alles über die Talissa beibringen, weil ihre Eltern keinen Stolz haben. Eigentlich kannste die ganze Schule vergessen. Ich wünschte, meine Mutter hätte den Beschluss für die claninternen Schulen durchbekommen, dann wären wir Fichten wenigstens unter uns. Fichten über alles!«

»Ja, Fichten über alles«, krächzte der Blauhaarige, dessen Name offenbar Rimon war.

Jetzt reichte es Ves. Er sprang aus seinem Versteck. »Sag mal, geht's noch? Du spinnst wohl. Was bist denn du für ein Kack-Freund?«

Olli zuckte nur kurz zusammen, dann sah er hinter sich und erkannte seinen Vorteil. »Der Fesl, ach ne. Spiel dich nicht so auf.« In seinen Augen glomm es hinterhältig. »Ich weiß nicht, was schlimmer ist, clanlos oder ein Freak zu sein. Oh«, sagte er süßlich, »ich vergaß, du bist ja beides.«

Ves wollte auf ihn losstürmen, diesem Großmaul eine verpassen, als er eine Hand auf seiner Schulter spürte, die ihn aufhielt. »Ich denke, ihr solltet alle zurück zur Lichtung gehen.« Carpinus Estenfeld musterte sie streng unter seiner Schirmmütze. Was hatte er von dem Gespräch mitbekommen? »Auf getrennten Wegen.« In seiner Stimme lag eine Schärfe, der niemand zu widersprechen wagte.

Ves ließ die Schultern hängen. Mit Olli-Doofschnösel wäre er locker fertiggeworden. Aber vier gegen einen? Puh! Doch Ves war schnell. Dem Schnösel eine verpassen und dann abhauen, das hätte schon geklappt.

Tja, war nicht weit her mit Ellas neuen Freunden. Aber selbst wenn er ihr das erzählte, glauben würde sie ihm doch nicht.

Was ihn jedoch wirklich wurmte, war das Auftauchen des Direx. Denn der ahnte nach dem Streit nun sicher, dass Ves keine Freunde hatte, und welche Folgen das für ihn bedeuten würde, konnte er sich vorstellen. Immerhin hatte der Schulleiter es sich offenbar auf die Kappe geschrieben, ihn persönlich in diese Kack-Schule zu integrieren.

12
Essenzfrust

»Vergesst nicht, dass der Erfolg von eurer Konzentration abhängt. Visualisiert in euren Gedanken, wie ihr die Essenz des Setzlings einfangt. Stellt euch vor, wie ihr sie mit jener Essenz bündelt, die durch euch hindurchfließt und schließlich durch eure Fingerspitzen wie Regen auf die Kressesamen hinabfällt, um ihnen beim Wachsen zu helfen«, wiederholte Professorin Flussstein zum gefühlt hundertsten Mal und trieb Ella damit zur Verzweiflung. »Habt ein Bild im Kopf, wie das erste Grün sich durch die Schale kämpft und sich dem Licht entgegenreckt.« Anfangs hatte sie die Stimme ihrer Lehrerin als angenehm, beinahe meditativ empfunden. Inzwischen glich sie eher Fingernägeln auf einer Tafel. Denn egal, wie sehr sie sich konzentrierte und die Essenz visualisierte, sie bekam sie nicht zu fassen.

»Man fragt sich doch wirklich, wie sie es geschafft hat, hier aufgenommen zu werden.« Gekicher erklang hinter ihr. Sie musste sich nicht umdrehen, um zu wissen, dass es Dafne und ihre Freundinnen waren, die sich mal wieder auf ihre Kosten amüsierten. Dafne, Daisy und Flora schienen niemanden außerhalb ihrer kleinen Clique zu mögen. Mal abgesehen von Korbinian dem Klassensprecher, der immer heftige Blinzelanfälle bei ihnen auslöste. Seit die DDFs mitbekommen hatten, wie schwer sich Ella mit Essenz tat, versäumten sie keine Gelegenheit, um sich über sie lustig zu machen. Das wiederum verunsicherte sie, sodass es ihr noch schwerer fiel als ohnehin schon. Diese Zicken hatten es auch bei Ves versucht, doch an ihm schienen ihre Worte abzuperlen wie Wasser von einem Seerosenblatt. Ella hingegen erinnerte es zu sehr an ihr bisheriges Leben.

Frustriert legte sie den Kopf in den Nacken und blies die Wangen auf. Sie tat ihr Bestes, um die drei Mädchen zu ignorieren und sich auf ihre Aufgabe zu konzentrieren. In keinem Fach, nicht mal in Sport, war sie so miserabel wie in Essenznutzung. Dabei wusste sie, was zu tun war. Hatte sich die Theorie eingeprägt. Doch in der Praxis haute nichts hin.

»Eine interessante Technik, Ella.« Die Lehrerin war neben sie getreten und ließ ihren Blick über den Halbkreis aus Blumentöpfen wandern, den Ella auf ihrem Pult errichtet hatte. In jedem steckte ein anderer Setzling.

»Ich hatte gehofft, dass es meine Chancen erhöhen würde, wenn ich viele auf einmal nehme«, nuschelte Ella.

»Und hattest du Erfolg?«

Kaum merklich schüttelte sie den Kopf. »Die Essenz ist da, ich spüre sie wie ein sanftes Kribbeln bei jedem einzelnen Setzling, doch sie entgleitet mir jedes Mal.« Händeringend suchte Ella nach den richtigen Worten. »Es ist wie in einem Traum, in dem man auf ein Ziel zuläuft, und immer, wenn man denkt, man ist gleich da, rückt es weiter in die Ferne.« Sie mied den gutmütigen Blick ihrer Lehrerin. »Jetzt hat der Direktor sich so viel Mühe gemacht und extra neue Setzlinge organisiert, und wir bekommen es immer noch nicht hin«, Ellas Augen huschten zu ihrem Bruder, der entspannt auf seinem Platz saß, die Hände hinter dem Kopf verschränkte und nicht mal versuchte, die Übung zu meistern. »Das ist noch peinlicher als damals, als ich unserer Mathelehrerin ein Jahr zu früh zum fünfzigsten Geburtstag gratuliert habe.«

Professorin Flussstein legte ihr eine Hand auf die Schulter. »Das wird schon. Du wirst sehen. Sobald wir wissen, zu welchem Clan ihr gehört, wird es leichter. Gerade gestern hat mir der Direktor versichert, dass er sich um weitere Setzlinge bemühen wird. Aber es könnte etwas dauern, bis sie ankommen.«

»Hoffentlich, bevor ich in diesem Fach durchfalle.«

Ein Lächeln stahl sich auf das Gesicht der Lehrerin. »Ach, Ella, du glaubst doch nicht wirklich, dass ich dich mit Ungenügend benoten würde, oder?«

Ella schielte zu dem kleinen Topf vor Ruby, in dem sich bereits erste Keimlinge aus den Samen kämpften. »Nein, aber es ist einfach so frustrierend.«

»Das verstehe ich, und mir ist bewusst, wie ehrgeizig du bist. Allerdings bringt dich diese Verbissenheit hier nicht weiter. Im Gegenteil, sie blockiert den Essenzfluss eher.« Professorin Flussstein dachte kurz nach, dann hellte sich ihr Gesicht auf. »Daher schließe ich dich für heute aus dem Unterricht aus.«

»Was? Aber ich habe doch nichts ... Ist es wegen den Setzlingen, war es nicht in Ordnung, mehr als einen zu verwenden?« Ellas Stimme überschlug sich.

»Beruhige dich, ich verordne dir lediglich eine Waldkur.« Ihre Lehrerin machte eine ausladende Handbewegung. »Geh ein wenig durchs Gelände, tanke Energie und versuche, deine Sorgen loszulassen. Genieße diesen milden Novembertag.«

Ungläubig blinzelte Ella. Meinte die Professorin das ernst?

»Sieh es als deine Hausaufgabe an«, setzte diese hinzu.

Verwundert packte sie ihre Tasche, erhob sich und hatte die Hand bereits auf der Klinke, als sie die Lehrerin nochmals rief:

»Ach, und Ella?«

»Ja?«

»Nimm Ves mit. Ihm schadet eine Waldkur auch nicht.«

Der Blick ihres Bruders wanderte skeptisch zwischen ihr und der Lehrerin hin und her. »Was soll ich machen?«

»Komm einfach mit, ich erklär's dir draußen«, meinte Ella seufzend und öffnete die Tür des Essenzariums.

Sie hatte noch nicht fertig berichtet, was ihre Hausaufgabe in Essenzwirkung war, da reckte Ves schon beide Arme triumphierend in die Höhe. »Ja! Früher Schulschluss. Wie genial ist das denn? Die Flussstein ist ab jetzt meine Lieblingslehrerin.« Er grinste von einem Ohr zum anderen.

»Wir sollen in der zusätzlichen Zeit eine Waldkur machen«, erinnerte ihn Ella und beeilte sich, mit ihm Schritt zu halten.

»Ja, ja, habe ich nicht vergessen. Als ob man hier etwas Spannenderes tun könnte, als durch den Wald zu laufen.«

Ella biss sich auf die Innenseite ihrer Wange. Sie fühlte sich so wohl an der Silva Akademie, dass sie oft vergaß, dass Ves nicht freiwillig hier war.

»Wollen wir nicht zusammen …«, setzte sie im selben Moment an, als Ves sagte: »Ich hau dann mal ab. Viel Spaß beim Baumkuscheln.« Einen Augenblick später war er auf der Wendeltreppe des nächstgelegenen Stamms nach unten verschwunden.

Ella sah zu, wie ihr Bruder über den Waldboden lief und schließlich in Richtung Seelenhain verschwand. Was tat er ausgerechnet da? Für einen Wimpernschlag überlegte sie, ihm zu folgen, verwarf diesen Gedanken aber wieder. Obwohl sie neugierig war, wollte sie ihrem Bruder nicht hinterherspionieren.

Stattdessen verstaute sie ihre Schulsachen in ihrem Zimmer und brach dann zu ihrer eigenen Waldkur auf – mit dem festen Ziel, sich, verwurzelt noch mal, zu entspannen.

Mit einem leichten Lächeln reckte Ella ihr Gesicht den Sonnenstrahlen entgegen, die sich durch die Wolkendecke gekämpft hatten, gerade als sie die kleine Lichtung erreichte. Sie setzte sich auf einen umgefallen Baumstammm und genoss die wohlige Wärme auf ihrer Haut. Der Spätherbst hatte unverkennbar Einzug gehalten. Das Gras war an einigen Stellen braun und wartete auf seine Winterdecke. Die Bäume, die bei ihrer Ankunft vor einem Monat in den schönsten Herbstfarben erstrahlt waren, hatten ihr Blätterkleid abgelegt. Umso kostbarer waren für Ella Momente wie dieser, wenn die Sonne noch mal ihr Bestes gab.

Der Strauch rechts von ihr raschelte, und einen Augenblick später kletterte ein Eichhörnchen heraus. Es schnupperte, sah sich um und hüpfte dann neben sie auf den Baumstamm.

»Na, du bist ja ein mutiges Kerlchen«, sagte Ella lächelnd. »Aber falls du auf der Suche nach Nüssen bist, muss ich dich enttäuschen. Ich habe nichts dabei.«

Das kleine Tier legte den Kopf schief und kam Schrittchen für Schrittchen näher. Es stützte sich mit einer Vorderpfote auf Ellas Oberschenkel ab und fiepte leise.

»Du gehörst wohl zur Schule, wenn du so zutr–«, setzte sie an, aber dann fiel ihr Blick auf die Pfote, die auf ihrem Bein lag, und sie stockte. Eine Narbe zog sich darüber.

»Wie kommst du denn hierher?«, fragte sie und blinzelte das Eichhörnchen ungläubig an. Jetzt bestand kein Zweifel daran, dass es dasselbe war, dass sie damals aus Grubangers Falle gerettet hatte. Ihr war es ein Rätsel wie jemand ohne Mitgefühl für die Bewohner des Waldes Förster werden konnte.

Das Tierchen krabbelte auf Ellas Schoß und fiepte wieder.

»Ich freue mich auch, dich zu sehen«, sagte sie und fuhr ihm sanft mit zwei Fingern über den Rücken. »Aber du bist ganz schön weit weg von zu Hause.«

Einen Moment hielt sie inne. »Oder bist du damals weit weggelaufen, als du in die Falle geraten bist, und stammst eigentlich von hier?« Das Eichhörnchen wiegte den Kopf von einer Seite auf die andere. »Ja, so muss es wohl sein«, beschloss Ella. »Denn du wirst ja kaum den weiten Weg auf dich genommen haben, um mich zu besuchen.«

Eine Zeit lang saß sie mit dem Tier auf dem Schoß da, kraulte es hinter den Öhrchen und erzählte ihm von ihrem Misserfolg in Essenznutzung und allem, was nach ihrem letzten Aufeinandertreffen geschehen war.

»Du brauchst einen Namen«, beschloss Ella. »Wie wäre es mit Cory? Abgeleitet von *Corylus avellana*, dem gemeinen Haselnussstrauch.« Wieder fiel ihr Blick auf die verletzte Pfote des Tierchens. »Konntest du diesen Herbst überhaupt genug Nüsse für den Winter verstecken? Ich meine deine Verletzung muss –«

Ein Schrei zerriss die Stille. Ella sprang auf, Cory, der beinahe heruntergefallen wäre, huschte hoch auf ihre Schulter.

Sie drehte sich einmal um sich selbst. Niemand war zu sehen. Testweise machte sie ein paar Schritte nach rechts, dann zur linken Seite, doch das Weinen und Wimmern wurde weder lauter noch leiser.

»Hörst du das auch«, fragte Ella, schüttelte aber einen Moment später den Kopf. »Nein, wie solltest du auch, wenn das alles nur in meinem Geist passiert?«, murmelte sie und sank auf die Knie. Ihre Finger vergruben sich in den gefallenen Blättern. »Ich höre schon eine ganze Weile eine Stimme, die zu niemandem gehört. Eigentlich schon seit meinem ersten Tag an der Silva«, erklärte Ella mit erstickter Stimme. »Erst war es nur ein Summen, leicht zu ignorieren. Ich konnte mir einreden, dass ich es nicht gewohnt war, so viele Menschen um mich zu haben, oder dass der Sportunterricht zu anstrengend war, doch in letzter Zeit…«, sie schluchzte. »Es wird immer lauter. Immer wieder höre ich ein Wimmern und

Schreie wie von einem Baby.« Zitternd holte Ella Luft. Es tat gut, endlich mit jemandem darüber zu reden, bei dem sie sich sicher war, dass er ihr Geheimnis wahren würde.

Sie vertraute Ruby, aber ihre Angst war größer. »Ich will nicht wieder ein Freak sein«, gab sie flüsternd zu. »Ich hatte noch nie Freunde. Gehörte noch nie dazu. Bis jetzt. Ruby, Narek und Olli waren von Anfang an nett zu mir und haben mich in ihrer Gruppe aufgenommen, als wäre ich immer schon ein Teil von ihnen gewesen. Doch wenn sie wüssten, dass ich Dinge höre, die nicht da sind, würden sie bestimmt nichts mehr mit mir zu tun haben wollen.« Sie schniefte. »Und auch den Erwachsenen kann ich nichts sagen. Was würde der Direktor wohl tun, wenn er erfährt, dass die Schülerin, die gerade so genug Essenz in sich birgt, um an der Silva bleiben zu dürfen, auch noch Halluzinationen hat?« Sie müsste die Silva verlassen, da war sich Ella sicher. Sie konnte sich nicht vorstellen, dass jemand, der Stimmen hörte, Essenz nutzen durfte.

Das würde Ella keinesfalls zulassen. Sie gab sich drei Atemzüge lang Zeit, um sich zu beruhigen, dann rappelte sie sich hoch und klopfte den Schmutz von ihren Knien.

»Wir erzählen es niemandem, in Ordnung, Cory? Ich werde damit schon klarkommen.« Das Eichhörnchen fiepte. »Viel wichtiger ist es jetzt, eine Lösung für das Problem mit meiner Essenz zu finden.« Sie strich dem Tierchen, das keine Anstalten machte, von ihrer Schulter zu verschwinden, über den Rücken. »Und vielleicht finde ich in der Speisekammer des Gemeinschaftsraums auch ein paar Nüsse, um deine Wintervorräte aufzustocken.« Sie hob das Tier von ihrer Schulter und setzte es behutsam auf dem Boden ab. »Wir treffen uns morgen Nachmittag wieder bei diesem Baumstamm.« Ella wusste nicht, woher sie die Zuversicht nahm, aber sie war sich sicher, dass er jedes Wort verstand.

Vollkommen in ihre Gedanken rund um Essenznutzung vertieft, stieg sie die Treppe zu den Zimmern hoch und stieß unsanft mit jemandem zusammen.

»Entschuldigung«, murmelte sie und wollte weitergehen.

»Na, so verzweifelt auf der Suche nach deiner Essenz, dass du im Dreck gewühlt hast?«, fragte eine nasale Stimme.

Oh nein, nicht ausgerechnet die.

Doch natürlich war es Dafne Hedera, wie immer in Begleitung von Daisy und Flora.

Die blonde Dafne musterte sie mit hochgezogener Augenbraue. »Wobei, wären meine Klamotten solche No-Name-Fetzen, wäre es mir vermutlich auch egal.«

»Wenigstens muss ich mich nicht über einen Markennamen identifizieren«, konterte Ella, doch sie klang ausgelaugt und nicht halb so mutig, wie sie gehofft hatte.

»Nein? Dann vielleicht über deinen Clan? Oh warte, nein, dich will ja keiner der Bäume anerkennen. Wahrscheinlich ist ihnen deine mickrige Essenzkraft peinlich.«

Flora und Daisy kicherten.

»Freundlich wie immer, was Dafne?«, fragte eine wohlbekannte Stimme. Ella fuhr herum. Hinter ihr hatten sich Narek, Ruby und Olli aufgebaut.

»Weißt du, nur weil ihr drei heute von Professorin Flussstein einen Tadel bekommen habt, weil ihr mal wieder Korbinian angeblinzelt habt, anstatt aufzupassen, müsst ihr das nicht an unserer Ella auslassen«, sagte Letzterer, trat vor und legte ihr einen Arm um die Schultern. Röte schoss in Ellas Wangen.

»Und wusstet ihr eigentlich, dass man von Gehässigkeit Falten bekommt?«, setzte Ruby nach. »Also würde ich an eurer Stelle schön die Blätter still halten.«

Narek hob eine Augenbraue und machte eine einladende Bewegung, dass die drei an ihnen vorbeigehen sollten.

»Freaks«, fauchte Dafne. Doch das Wort prallte an Ella ab. Solange ihre Freunde bei ihr waren, konnte ihr nichts und niemand etwas anhaben. Sie sah von einem zum anderen. Niemals durften sie das mit der Stimme erfahren. Sie zu verlieren, würde Ella zerstören.

13

Kronenflug und Kletterball

Die Sonne verschwand hinter den Baumwipfeln des Seelenhains. Über Nacht würde der Raureif alles bedecken, jetzt, Ende November.

Langsam schob Ves seinen Kopf zwischen den letzten Blättern der gelichteten Baumkrone hindurch. Er atmete tief ein und füllte seine Lungen mit kalter Luft, denn in solchen Augenblicken hörte er ihn wieder rufen, den Wald – wie früher. Der Blick, die Höhe, das Gefühl von Schwerelosigkeit. Klettern war genial – als würde man mit den Bäumen verschmelzen. Er liebte die Rinde unter der Handfläche, das Anspannen seiner Muskeln und den holzigen Geruch.

»Du musst los«, grummelte die Seelenbuche in diesen stillen Moment hinein. »Abendessen.«

Ves wurde in die Realität katapultiert. »Ich weiß, Fagus. Hab aber keinen Bock.« Mit den Beinen stabilisierte er seinen Sitz in einer Astgabel und verschränkte dann die Arme.

»Du willst doch keinen Ärger?«, fragte die Buche und dehnte dabei jedes Wort.

»Ne, ein Rauswurf ist ja leider keine Option. Der Direx hat mir ziemlich schnell klargemacht, dass ich mit schlechtem Verhalten nicht von dieser Schule fliegen kann, sondern nur zahlreiche Sonderdienste erhalte. Giwaroscheiße wegmachen und so weiter.« Giwaros, so nannten die Talissa ihre gezähmten Kampfluchse, die ihm nicht geheuer waren.

»Na dann. Bist du so weit?«, grollte Fagus, was sich anhörte wie Steine in einer Blechtonne.

»Jap, startklar.« Jetzt kam überhaupt das Allerbeste. Er richtete sich zu voller Größe auf und balancierte auf der Spitze des Baums.

Konzentriert nahm er die Arme nach vorne. Sein Herz klopfte wie wild.

Hechtsprung.

Kopfüber tauchte er ins Blätterdach ein. Fünfzehn Meter freier Fall. Fagus schob seine Äste und Zweige beiseite, sodass sie ihn nicht verletzten. Adrenalin schoss durch seine Adern. Er hörte die Blätter an ihm vorbeirauschen wie das Tosen eines Wasserfalls. Kalter Wind peitschte in sein Gesicht. Kurz bevor er auf dem Boden zerschellen würde, fächerte die Buche die untersten Äste auseinander, federte den Aufprall ab und fing ihn auf. Das war besser, als ein Lager zu bauen, Weihnachten und Zocken zusammen.

Außer Atem und breit grinsend setzte sich Ves auf einen dicken Ast und ließ die Beine baumeln. »Danke«, sagte er. »Das ist so galaktisch genial!« Schwungvoll stieß er sich ab und landete sicher auf dem Waldboden. »Bis morgen, dann!«

Gut gelaunt erreichte er das Kronendeck, schnappte sich ein Tablett und stellte sich in die Essensschlange. Der Tag war gar nicht schlecht, denn auf den Tellern der anderen Kinder stapelten sich Onion-Rings und Nuss-Nuggets. Letzteres war zwar gewöhnungsbedürftig, aber nach zwei drei Bissen wurde man süchtig nach den Dingern.

Nachdem er sich seine Portion bei einer Pilzin mit Fliegenpilzkappe abgeholt hatte, suchte er einen Platz. Er war so gut drauf, dass er spontan beschloss, sich zu jemandem dazuzugesellen, was sich gar nicht so einfach gestaltete. Keiner der Jungs, die ihn *Fesl* nannten, kam infrage – und das taten sie alle bis auf Narek. Der aber saß bei Olli-Doofschnösel und seiner Schwester. Diese Möglichkeit fiel also auch weg.

Sein Blick streifte den Tisch der Lehrer, und oh Gott, er wollte sich verstecken. Das Blut schoss ihm in den Kopf, als ihn der Direx fröhlich zu sich winkte. »Ves, ich möchte etwas mit dir besprechen«, sagte er laut und wischte sich den Mund mit einer Serviette ab.

Ves wurde heiß und kalt. Panisch sah er sich nach einer Fluchtmöglichkeit um, aber da stand der Direx bereits neben ihm, in Cargohosen und Flanellhemd. Sachte legte er ihm die Hand auf den Rücken und dirigierte ihn vor sich her in eine der hinteren Ecken des Speisesaals. »Setz dich«, bat er.

Was wollte der Direx denn von ihm? Vor lauter Verlegenheit schob er sich ein ganzes Nuss-Nugget auf einmal in den Mund. Die Blicke der anderen Kinder brannten ihm auf der Haut. Natürlich zeigte Ollie-Doofschnösel bereits mit dem Finger auf ihn. Ves wand sich innerlich vor Peinlichkeit und starrte stur auf sein Tablett.

»Ich habe gehört, dass du letztens Kletterball gespielt hast, und das ziemlich beeindruckend.«

Ves konzentrierte sich weiterhin auf sein Essen und zuckte dabei nur mit den Schultern. »Mag sein.«

»Ich habe außerdem gesehen, wie du aus dem Seelenhain zurückgekommen bist. Was genau hast du denn dort gemacht?«

Erschrocken riss Ves die Augen auf, behielt jedoch vorsichtshalber die Nuggets im Blick, anstatt zum Direx zu schielen. »Ich hab da … gar nichts gemacht«, stammelte er. Der Seelenhain war für Schüler tabu, denn Seelenbäume brauchten Ruhe. Aber er suchte dort ja genau das Gleiche.

»Soll ich bei Fagus mal nachfragen? Immerhin ist er mein Seelenbaum.«

»Nein. Es ist nur …«, nun sah Ves den Direktor doch an und zog dabei den Kopf so weit wie möglich zwischen seine Schultern. »Ich klettre einfach gern. Fagus und ich haben so ein Spiel. Ich springe von der Krone in die Tiefe, und er fängt mich auf.«

»Verstehe.« Carpinus Estenfeld nickte wissend. »Die Auswahlspiele für die nächste Saison im Kletterball stehen morgen an, und ich habe deinen Namen nicht auf der Liste gesehen. Zwei neue Spieler werden gesucht. Erstklässler werden gerne genommen, weil sie dann länger im Team sind. Wäre das nichts für dich?«

Ves schielte zur Decke. »Keine Ahnung. Glaub eher nicht.«

»Ich denke, ein Mannschaftssport täte dir gut. Bewirb dich und gib dein Bestes, dann werde ich das mit dem Seelenhain nicht weiter verfolgen.«

Ves stöhnte auf. »Okay.«

»Bestens.« Damit erhob sich der Direx und überließ Ves seinem Abendessen.

Montag Nachmittag fand sich Ves wie versprochen in der unterirdischen Halle ein und stand in Reih und Glied mit sechs weiteren Anwärtern und Anwärterinnen am Rand des Spielfelds. Die Essenzlichter an der Decke beleuchteten alles in hellem Weiß. Insgesamt waren sie vier Jungen und drei Mädchen, darunter auch Flo, Arnika und ausgerechnet der Doofschnösel-Olli aus seiner Klasse. Die anderen waren aus der zweiten Stufe. Aber ihnen sah man an, warum die es schon im Vorjahr nicht geschafft hatten.

Auf der Tribüne saßen eine Menge Schülerinnen und Schüler, um sich die Auswahlspiele anzusehen. Ollis Fanclub war ebenso anwesend, inklusive seines Zimmernachbarn und seiner Schwester. Ves sollte Ella über Olli und seine falsche Art aufklären – auch auf das Risiko hin, dass sie ihm nicht glaubte. Der Kerl hatte es nicht verdient, dass ihm jemand zujubelte. Allein um dessen Chancen zu minimieren, würde Ves nun tatsächlich sein Bestes geben.

Eik Feilson wirkte wie ein kampfbereiter Wolf. Er gehörte dem Eichelclan an, arbeitete an der Silva nicht nur als Sportlehrer, sondern leitete zudem die Institutsbewachung. Seine Schritte donnerten durch die Halle, als er zur Mitte der Tribüne auf ein Podest zuging. Darauf befand sich ein Pult mit Mikrofon. Die Zuschauer verstummten.

»Willkommen bei den Auswahlspielen«, grüßte er mit einer Stimme, tief wie das Grollen entfernten Donnerschlags.

»Es ist eine große Ehre, in die Schulmannschaft aufgenommen zu werden. Viele Absolventen unserer Schule, die Teil des Teams waren, sind heute bei der Ambergarde Baumläufer oder Kronenspringer. Wir alle wissen, wie wichtig diese Jobs für die Talissa und die Bäume sind. Getestet werden Laufgeschwindigkeit, Ballgeschick, Kletterfähigkeiten, und zwar in dieser Reihenfolge.« Er zeigte hinter sich. »Auf der Tafel stehen die Namen der Teilnehmerinnen und Teilnehmer. Dort werden die Punkte eingetragen, die über eure Platzierung entscheiden. Die zwei Gewinner werden Teil der Silva Steinböcke. Gut Ast an alle.«

Ves' Puls wummerte durch seine Adern, aber er war zuversichtlich. Sein Körper fühlte sich geschmeidig an, und er federte auf den Fußballen, um seine Beweglichkeit zu erhöhen.

»Machst du dich warm, um mich von hinten zu sehen, Fesl?« Olli zog sich mit der Hand den Ellenbogen über den Kopf, um seine Gelenke zu dehnen.

Ves' Mimik blieb äußerlich gelassen. Masken aufsetzen konnte er gut. »Von hinten sehe ich dich nur, wenn ich dich überrunde.« Aber innerlich stachelten ihn diese Worte weiter an. Er würde es diesem Angeber schon zeigen.

Eik Feilson hob die Arme, und wieder wurde alles mucksmäuschenstill. Zwischen seinen Brauen erschien eine tiefe Falte, als müsste er sich stark konzentrieren. Dann verengten sich seine Augen zu Schlitzen, und er stemmte die Hände ins Pult. »Verwurzelung«, donnerte es durch die Halle, und mit routinierten Handbewegungen aktivierte der Sportlehrer die Essenz.

Die Arena verdunkelte sich schlagartig.

Hitze kroch Ves den Rücken hoch.

Dann allmählich fingen die ersten Essenzlichter unter der Höhlendecke an, wieder aufzuflackern. In bunten Farben schimmerten sie und warfen gerade so viel Licht ab, dass man die Wurzelstränge erkannte.

»Was soll das denn?«, flüsterte Ves zu niemandem Bestimmten.

Es war Arnika, die ihm dennoch leise antwortete: »Das Spielfeld wird von der Essenz designed. Man weiß vor Spielbeginn nie, wie es sich zusammensetzt.«

Ves' Beine vibrierten. Der Boden zitterte wie bei einem Erdbeben. Ohrenbetäubendes Knarzen hallte durch die unterirdische Arena. Ungläubig rieb er sich die Augen. Wurzeln zogen sich zurück, stießen an anderer Stelle wieder aus der Erde, Lehmklumpen flogen durch die Luft. Ves lauschte dem basslastigen Wummern, und genau wie das Publikum hielt er den Atem an. Form und Struktur des gesamten Spielfelds wandelten sich. Die Essenzlichter an der Decke flirrten immer heftiger, blinkten in unterschiedlichen Farben, einem Regenbogen gleich. Während die Pflanzenstränge sich einen neuen Platz suchten und dabei über den Boden schossen wie wild gewordene Schlangen. Sie schoben sich übereinander, verästelten sich, peitschten durch die Luft, und erst nach Minuten verlangsamten sich die Bewegungen. Die Lichtkugeln aus Essenz pendelten sich auf eine grün-lilafarbene Komposition ein.

Dann war alles still.

Das Licht blieb schummrig, aber man erkannte die Details des Spielfelds.

»Als Erstes werden wir sehen, wer von euch der oder die Schnellste ist. Ihr lauft bis zum Ende der Arena, schnappt euch eines der Bänder, die dort befestigt sind, und macht kehrt. Keine vorgegebene Strecke. Essenzanwendung ist in den Ausscheidungswettkämpfen verboten. Wer als Erster zurück ist, erhält die höchste Punktzahl. Die restlichen Punkte ergeben sich aus dem Abstand zum Nächstbesten.« Erik Feilson machte eine Pause und dann eine Geste in Richtung der Teilnehmer und Teilnehmerinnen. »Alle in Startposition, bitte. Mögen die Bäume euch leiten«, dröhnte es durch die Halle.

Die Kinder gingen in die Hocke, pressten die Finger in den Boden. Dann knallte es, und Funken regneten von der Decke.

Ves rannte, als hätte ihm jemand eine Spritze in den Hintern gejagt. Er sprang über Wurzeln, die aus dem Boden ragten, und preschte vor. *Konzentration. Nicht ablenken lassen. Geschwindigkeit halten.*

Nach der Hälfte der Strecke hatte er sich nach ganz vorne gekämpft.

Das Ende des Feldes erreichte er mühelos. Die Bänder waren nicht zu übersehen. Er griff sich eines und wirbelte herum. Einige Meter hinter ihm tauchte bereits Flo zwischen den Wurzeln auf, und auch Olli-Doofschnösel war nicht weit weg. Mit grimmigem Gesichtsausdruck stützte der sich auf einer Knolle auf, und seine Beine flogen über das Hindernis.

Da spannte sich eine riesenhafte Wurzel vor Ves wie ein Torbogen auf. Er rammte die Füße in den Boden, duckte sich und schlitterte unten durch. Flo aber nutzte eine der Lianen, um darüber hinwegzufliegen. Zwei Meter vor ihm setzte dieser auf. Zu allem Unglück kopierte Olli dessen Strategie und landete direkt neben Ves. Plötzlich sah er einen winzigen Lichtblitz in Ollis Hand. Im gleichen Moment stolperte Ves.

Es krachte, als er der Länge nach auf den Boden schlug und Olli lachend an ihm vorbeilief. So eine verdammte Kacke! »Dieser Mistkerl!« Sein Fuß schmerzte, aber er versuchte, es zu ignorieren. Mit brennender Wut im Bauch rappelte er sich hoch und sprintete weiter. Doch Olli und Flo hatten einen zu großen Abstand.

Als Dritter überwand Ves die Ziellinie.

Er fiel auf die Knie und schlug die Fäuste in den Boden. »Das war Ollis Schuld. Er hat auf dem Spielfeld irgendetwas gemacht!«, rief Ves empört.

Olli aber zuckte nur mit den Schultern. »Akzeptier einfach dein Versagen, Fesl.«

In Ves brodelte es. Hatte diesen Lichtblitz denn keiner außer ihm gesehen? Bei den nächsten zwei Wettkämpfen musste er vorsichtiger sein.

Viel Zeit zum Verschnaufen blieb ihnen nicht.

»Die zweite Disziplin ist das Ballgeschick. Es ist nicht erlaubt, Essenz anzuwenden«, verkündete Eik Feilson und fasste dabei Olli in den Blick. Wie von Zauberhand erschienen Essenzbälle vor ihren Füßen, die im Dunkeln der Arena schillerten.

»Keine normalen Bälle?«

Arnika beugte sich zu ihm, die braunen Haare hatte sie in

einem Pferdeschwanz zusammengebunden. »Die hat man nur beim Training. Im echten Turnier wird mit Essenz gespielt. Diese Essenzbälle sind dann gegen Manipulation geschützt. Außerdem dürfen wir bei Tunieren ja Essenz verwenden, um beispielsweise schneller zu klettern.«

»Zwei Minuten dürfen die Kandidatinnen und Kandidaten zeigen, was sie können. Die Reihenfolge wird bestimmt durch die Siege der letzten Runde. Florian Raffreider darf also starten.«

Flo legte vor, er lupfte den Ball, warf ihn hoch, fing ihn mit dem Rücken auf. Dann ließ er ihn über den Körper entlang zur Wade gleiten, bugsierte ihn in die Höhe, sodass er auf seinem Kopf landete und dort mehrfach hüpfte. Nach zwei Minuten erklang ohrenbetäubender Applaus.

Olli-Doofschnösel kam an die Reihe. Auch er zeigte Tricks, wie man sie von Fußballern kannte. Nicht so geschickt wie Flo, aber bedauerlicherweise passabel.

In Ves kribbelte es, als sein Name aufgerufen wurde. Ballgeschick war seine schlechteste Disziplin. Er würde sich an die Basis-Tricks halten. Voll konzentriert begann er damit, den Ball auf dem rechten Fuß auf und ab springen zu lassen und dann auf den linken zu wechseln. Nichts Besonderes, aber sicher. Da lachte Olli-Doofschnösel laut auf. »Das kann ja jeder!«, rief er, und Ves verlor die Kontrolle. Der Ball plumpste auf den Boden und kullerte ausgerechnet Olli vor die Füße. »War wohl nichts, Fesl!«

Ves' Gesicht brannte.

Die anderen schlugen sich nicht schlechter als er. Die

Punkte erschienen auf der Tafel. Flo lag mit Abstand vorne, die Mädels waren allesamt gut mit dem Ball und besser als Olli. Ves war auf Platz fünf abgerutscht.

Verfluchter Kack-Mist!

»Sieht schlecht für dich aus.« Olli-Doofschnösel grinste von einem Ohr zum anderen, reckte schon die Siegerfaust in Richtung der Schüler vom Fichtenclan oben in den Zuschauerrängen. Der miese Narziss, der blauhaarige Rimon und diese Jasmin, von der er inzwischen wusste, dass sie Flos Schwester war und ebenfalls im Team der Steinböcke, applaudierten.

Eik Feilson meldete sich mit seiner volltönenden Stimme zurück. »Die letzte Disziplin ist Klettern. Auch hier geht es um Geschwindigkeit und Geschick, aber auch um Köpfchen.« Essenznutzung ist wie zuvor ausgeschlossen. Geht bitte auf die Startposition.«

Ves folgte den anderen in die Mitte des Platzes, auf dem sieben Felder in einem großen Kreis erschienen. Alle Teilnehmerinnen und Teilnehmer stellten sich auf eines, als die Halle erneut erbebte. Sieben Wurzelstränge schoben sich durch die Decke wie riesige Aale, bis sie knapp über dem Boden innehielten. Unten liefen sie dünn aus, oben an der Höhlendecke waren sie so dick wie Fagus' Stamm.

Ves kniff die Augen zusammen.

»Alle in Position. Wer zuerst oben angekommen ist, gewinnt. Achtung!«

Zur Lockerung schüttelte er seine Arme aus und knackte dann mit den Fingerknöcheln.

»Fertig.«

Wie die anderen griff er sich die Wurzelliane und hielt sich daran fest. Seine Muskeln spannten sich an, und er richtete den Blick zur Decke.

»Los.« Funken regneten hinab, und die Anwärter stießen sich vom Boden ab. Mit geröteten Köpfen zogen sie sich die Wurzeln hinauf wie bei einem Seil in der Turnhalle. Ves griff nach oben, beugte die Arme, zog, die Beine nutzte er, um sich abzustützen.

Weiter: hochgreifen, ziehen, stabilisieren.

Vor Anstrengung keuchte er. Die raue Struktur der Wurzel verlangte ihm einiges ab. Kurze Zeit später hatte er das erste Drittel hinter sich. Schweißperlen standen auf seiner Stirn. Er warf einen Blick nach rechts und links. Olli und Flo waren ihm dicht auf den Fersen.

Da wechselte Ves die Strategie. Nun suchte er nach Einkerbungen und Ausstülpungen, um schneller zu sein. Die Wurzel war inzwischen so dick, dass er sie gerade noch so mit beiden Armen umfassen könnte. Plötzlich rutschte seine Hand weg. Was war das? Fühlte sich an wie Öl oder Schmiere. Auch die Konkurrenten haderten. Flo schlitterte ein Stück hinab, ehe er sich wieder fing.

In Schlieren lief das Zeug die Wurzeln entlang, und es kam immer mehr davon heruntergeflossen. Ves konzentrierte sich auf die Stellen, die noch unbenetzt waren, aber schließlich schien alles bedeckt. Was nun? Olli und sogar Flo kämpften wenige Meter unter ihm. Der Rest hatte Probleme, weil der Schleim sie dort traf, wo die Lianen noch dünner waren.

Im Publikum entdeckte er Ella, Rubina und Narek. Da fiel ihm etwas ein. Wurzelharz, sein Zimmernachbar hatte gemeint, es wäre extrem klebrig. Ves Blick wanderte am Holz entlang, bis er eine dünne Verästelung sah, die sich problemlos abreißen ließ. Nach ein paar Sekunden trat dickflüssiger, klebriger Harz aus der Wurzel. Zuerst rieb er sich die eine, dann die andere Hand damit ein, und schließlich streifte er sich sogar die Schuhe ab und rieb sich auch noch die Fußsohlen ein. Vorsichtig probierte er zu klettern.

Es hielt.

Aufregung durchflutete ihn.

Nun rannte er beinahe die Liane rauf, klebte an ihr wie eine Schnecke am Baum. Wenige Atemzüge später war er oben. Sah auf die anderen herab und jubelte aus vollem Herzen. Er hatte es geschafft, war mit Abstand der Erste.

Sobald alle Kandidatinnen und Kandidaten wieder auf dem Boden angekommen waren, strömten Ella, Rubina und Narek mit allen anderen unter lautem Applaus auf die Spielfläche.

»Ruhe bitte«, rief Eik Feilson durch das Mikrofon. »Ich verkünde die zwei neuen Teammitglieder der *Silva Steinböcke.*«

Da erschienen die Punkte auf der Tafel.

»Willkommen in der Mannschaft.« Er machte eine kurze Pause: »Florian Raffreider und Silvester Sturmbach.«

Ves hatte es geschafft. Zwar lag Flo vorn, aber er selbst war durch seinen riesigen Vorsprung beim Klettern auf den zweiten Platz gekommen. Jubelnd riss er die Hände in die Luft. »Jaaaa!«

Er hatte das Bedürfnis, jemanden zu umarmen, seine Freude zu teilen.

Leider war Ella bei ihrer Freundin, und die nahm gerade Olli-Doofschnösel in den Arm. Als die drei Schüler vom Fichtenclan die Gruppe überholten, ließ er Rubina abrupt los und lief zu seinen ach-so-tollen Freunden. So ein Idiot. Auch Flo stand bei ihnen, und seine Schwester Jasmin klopfte ihm auf die Schulter, um ihm im Team zu begrüßen. Und das, obwohl Flo – wenn er sich recht erinnerte – nicht den Fichten angehörte. Schon krass, dass Geschwister in verschiedenen Clans sein konnten.

»Na, was sagt ihr?« Ves konnte nicht aufhören zu grinsen, als er sich zu Narek, Ella und Rubina stellte.

»Herzlichen Glückwunsch.« Ellas Arme zuckten in die Höhe, als wollte sie ihn drücken, gleich darauf ließ seine Schwester sie allerdings wieder sinken.

»Gut gemacht«, sagte Narek, und Rubina klopfte ihm auf die Schulter. Sie sah dabei jedoch dem Doofschnösel hinterher. Wenn sie wüsste, wie er wirklich war. Ves würde es den anderen sagen, aber im Moment war er viel zu aufgedreht.

»Das war gar nichts. Ich hab Sport im Blut, vor allem das Klettern. Im Grunde hätte es gar nicht anders laufen können.« Mit einer wegwerfenden Geste deutete Ves an, wie leicht ihm seine Leistung gefallen war.

»Im Angeben bist du auch weltklasse«, konterte Rubina.

Ella schüttelte genervt den Kopf und zog am Ärmel ihrer Freundin. »Lasst uns gehen.«

Gönnte sie ihm seinen Sieg nicht? »Dann haut doch ab«,

maulte Ves enttäuscht und sah, wie die beiden Mädchen beieinander eingehakt zur Flügeltür gingen.

»Kommst du, Narek?«, rief Rubina über ihre Schulter hinweg.

Sein Zimmernachbar wandte sich ihm zu. »Sich mit anderen über einen Sieg zu freuen, ist wertvoller, als sich mit dem eigenen zu brüsten.« Damit verschwand auch er, und Ves blieb allein zurück.

Sollten sie doch alle gehen. Als ob er jemanden brauchte. Verärgert rammte er den Fuß in den Erdboden und ignorierte das Brennen in seinen Augenwinkeln.

14

Unzertrennliche Zwillinge

Prunus Heidemann, ihr Lehrer für Alchemie, schrieb in Großbuchstaben ESSENZTRANSFERIERUNG an die Tafel, die man zwischen all den Regalen voller Gefäße leicht übersah. Das Licht, das durch die Glaskuppel des Klassenzimmers fiel, brach sich in einigen der gläsernen Behältnisse und zauberte bunte Farben auf den Dielenboden. Das Alchemiezimmer war eines von Ellas liebsten. Auch wenn das nicht für den launischen Professor galt.

»Nun, da sie die Grundlagen der Essenzbündelung im Fach Essenznutzung erlernt haben, werden wir die Essenztransferierung besprechen, deren Wichtigkeit erörtern und anschließend die Anwendung erproben.« Er schritt vor der Klasse auf und ab und strich sich dabei über das Revers seines weißen Laborkittels. »Wer von euch kann mir sagen, was Essenztransferierung ist?«

Einige Hände hoben sich, darunter auch Ellas. Sie hatte vor wenigen Tagen in ihren Lehrbüchern darüber gelesen.

»Ja bitte, Frau Sturmbach.«

»Bei Essenztransferierung handelt es sich um eine Weiterleitung der Kraft der Bäume in ein Speichermedium. Dieses muss aus Bernstein bestehen, da nur der Edelstein aus kristallisiertem Baumharz in der Lage ist, Essenz zu speichern.«

»Sehr gut. Diese Beschreibung war akkurat und auf den Punkt gebracht. Immer schön, wenn man Schüler in der Klasse hat, die sich die Mühe gemacht haben, in ein Buch zu schauen.« Er nickte Ella zu, die breit lächelte. Ein Lob von Professor Heidemann war nicht alltäglich.

»Streberin«, hörte sie jemanden nuscheln, der verdächtig nach Flora klang, doch es war ihr gleichgültig.

Der Lehrer ging zurück an die Tafel und schrieb eine Seitenzahl darauf. »Eine schriftliche Ausführung von Frau Sturmbachs Antwort finden diejenigen von Ihnen, die nicht geistesgegenwärtig genug waren, sie mitzuschreiben, in Ihrem Lehrbuch auf Seite 32.« Ein Rascheln erfüllte das Klassenzimmer, als die Schüler ihre Bücher auf den Labortischen aufklappten und zu der entsprechenden Stelle blätterten. »Bis heute ist es nicht zur Gänze geklärt, warum nur Bernstein dazu in der Lage ist, Essenz zu speichern. Es wird vermutet, dass es daran liegt, dass er selbst einst Teil der Bäume war. Doch alle Versuche, ähnliche Ergebnisse mit anderen Bestandteilen von Bäumen oder Pflanzen zu erzielen, schlugen bislang fehl.«

Eilig schrieb Ella in Stichworten mit, was der Lehrer erzählte. Ihre Mitschriften während des Unterrichts waren alles andere als ordentlich, umso mehr freute sie sich darauf, diese in den Weihnachtsferien mit ihrer Lieblingsapp in wunderschöne, sortierte *Aesthetic Notes* zu verwandeln und dabei gleichzeitig den Stoff zu wiederholen. Schon kommenden Sonntag würde sie wieder in ihrem Zimmer in Fuchsstadt aufwachen. Bei dem Gedanken, mit ihren Eltern und Tante Heidi beim traditionellen Adventsfrühstück zusammenzusitzen, breitete sich wohlige Wärme in Ella aus. Die Weihnachtsfeier der Aufforster am Montagnachmittag hatte sie fix in ihrem Kalender eingeplant. Ansonsten lautete ihr Plan, ihrem Bruder so gut wie möglich aus dem Weg zu gehen. Ihr graute davor, was passieren würde, sobald er wieder mit seiner Gang vereint war.

»Daher ist der Bedarf an Bernstein bei uns Talissa besonders hoch«, fuhr der Professor fort, und Ella konzentrierte sich erneut auf ihre Mitschrift. »Daraus resultierte das starke Engagement unserer Vorfahren im Bernsteinhandel, wie Sie bestimmt in Ihrem Wurzelkundeunterricht gehört haben. Zeitgleich begannen die ersten Versuche, Bernsteine künstlich herzustellen, um den stetig steigenden Bedarf zu decken. Obwohl das Verfahren in den vergangenen Jahrtausenden erforscht und verfeinert wurde, können die wenigsten Talissa einen Stein alchemisch erzeugen. Selbst bei den Besten unter uns, waren die Kunststeine stets auf die Größe einer Traube beschränkt. Mir ist es bisher nur ein einziges Mal gelungen, überhaupt ein solches Ausmaß zu erreichen.« Mit stolzgeschwellter Brust strich er sich über seine Krawattennadel mit dem eingefassten Bernstein, räusperte sich und warf einen Blick auf seine Unterlagen.

»Ich habe ja immer das Gefühl, dass er lieber an einer Universität unterrichten würde«, wisperte Ruby. »Wer bitte siezt denn Zwölfjährige? Jedes Mal wenn er mich Frau Plattner nennt, will ich mich nach meiner Mutter umsehen.«

»Ich weiß nicht, es hat etwas. Dadurch fühle ich mich erwachsener. So als würde er mich wirklich ernst nehmen.«

Ruby kicherte. »Schon klar, du hast ja auch einen Knall. Keine Sorge, dass ist irgendwie süß.« Sie zwinkerte Ella zu.

Sie rollte mit den Augen, grinste aber ebenfalls. »Das sagt diejenige, die mich heute Morgen eine halbe Stunde gezwungen hat, auf Knien durch unser Zimmer zu robben, um ihre Lieblingshaarspange zu suchen.«

Ein langer Holzstab knallte zwischen ihnen auf den Tisch.

»Eine richtige Antwort zu geben, ist kein Freifahrtschein dafür, in meinem Unterricht unaufmerksam zu sein, Frau Sturmbach.« Die Gesichtsfarbe ihres Professors erinnerte Ella an eine reife Hagebutte.

»Und was Sie betrifft, Frau Plattner«, fuhr er mit zitterndem Walrossbart fort, »bei der Qualität Ihres letzten Aufsatzes sollten Sie nur dann ein Gespräch mit Frau Sturmbach beginnen, wenn es um die korrekte Setzung von Kommata geht.« Er schüttelte sich. »Ich kann mir die seelischen Qualen des Deutschlehrers, der Sie unterrichten musste, nicht mal ansatzweise vorstellen.«

»Entschuldigen Sie, Professor«, sagte Ella eilig, während Ruby so aussah, als würde sie dem Lehrer am liebsten gegen das Schienbein treten.

»Frau Plattner, ich gebe Ihnen die Chance, Ihre Verfehlung wiedergutzumachen. Klären Sie uns doch bitte auf, warum Sie stets einen natürlich entstandenen Bernstein gegenüber einem alchemisch hergestellten bevorzugen sollten.«

Ruby riss die Augen auf. »Nun … also, wie Sie schon sagten, sind die Laborsteine kleiner, und na ja, größer ist immer besser, oder?«

»Stellen jetzt Sie mir die Fragen? Möchten Sie vielleicht mit mir den Platz tauschen?«

Ein Kichern huschte durch die Klasse.

»Immerhin haben Sie nicht gänzlich unrecht. Die Größe eines Bernsteins ist durchaus ausschlaggebend für seine Essenzkapazität. Doch nicht nur die Masse ist dafür entscheidend, sondern ebenso dessen Reinheit. Je klarer ein Stein, desto besser lässt sich Essenz darin speichern. Im Essenzarium finden Sie exzellente Beispiele für sehr hochwertige Exemplare sowohl in Größe als auch Beschaffenheit. Diese in der Kuppel eingelassenen Bernsteinplatten sollen verhindern, dass missglückte Essenzwirkungen der Schüler die umliegenden Bäume schädigen. Gerät ein Zauber innerhalb des Essenzariums außer Kontrolle wird dessen Kraft zum größten Teil von diesen Platten absorbiert, ehe er nach draußen dringen kann.« Der Professor strich sich über seinen Schnauzbart und ließ seinen Blick durch die Klasse streifen, auf der Suche nach seinem nächsten Opfer. »Herr Graf, warum ist es Ihnen dennoch nicht möglich, die Essenz in den Platten des Essenzariums anzuzapfen?«

Vitus tauschte einen unsicheren Blick mit Tax, der neben ihm saß. »Na ja, weil … es so ist«, stotterte er und strich über sein T-Shirt mit dem Aufdruck irgendeines Videospiels, das Ella nicht kannte.

»Vermutlich war es töricht von mir, zu erwarten, dass sie etwas wissen, was nicht in einem Ihrer Spiele vorkommt«, höhnte der Professor und wandte sich ab. »Frau Uslu, Ihre Chance, mir den Glauben an diese Klasse zurückzugeben.«

»Ich denke, weil man den Bernstein immer berühren muss«, gab Aygül zur Antwort. »Und an die Platten oben in der Decke kommen wir nicht ran.«

»Das ist korrekt. Aber mit einem Bruder in der Abschlussklasse habe ich dieses Wissen auch vorausgesetzt.« Der Professor setzte seinen Weg fort. »Wer kann mir sagen, weshalb es so wichtig ist, dass wir Bernsteine benutzen können?« Mehr Hände als vorhin reckten sich in die Höhe. »Herr Armatyan, bitte erleuchten Sie uns.«

»Nur mit ihrer Hilfe können wir auf Essenz zugreifen, selbst wenn keine Pflanze in der Nähe ist«, antwortete Narek, obwohl er sich nicht gemeldet hatte.

»Richtig. Eine weitere Besonderheit ist, dass der Bernstein die Magie der Bäume filtert. Das wiederum bedeutet, dass es unerheblich ist, von welcher Baumart die Essenz stammt. Sie ist für uns alle in gleicher Intensität nutzbar.«

Der Lehrer ging zu einem der Regale, die den gesamten Raum umschlossen, unterbrochen nur durch die Tafel und die Tür. Er streckte sich und versuchte, ein Kästchen auf dem dritten Regalbrett zu greifen. Da Prunus Heidemann aber kleiner als die meisten Schüler war, hatte er sichtlich Probleme dabei. Aus dem Augenwinkel sah Ella, dass Ves sich erhob. Mit gelangweilter Miene trat er zu dem Professor, holte kommentarlos die Schatulle herunter und reichte sie dem Lehrer. Anstatt ihrem Bruder zu danken, lief dieser purpurfarben an und schrie so laut, dass Ella meinte, draußen Vögel aufflattern zu sehen. »Jetzt fühlen Sie sich wohl besonders toll, was, Sturmbach? Jetzt haben Sie es dem kleinen

Kerl gezeigt. Was für eine Leistung! Gratuliere, Sie sind hochgewachsen. Man sollte Ihnen dafür einen Orden verleihen.«

Ves sah aus, als würde er die Welt nicht mehr verstehen. In diesem Moment tat er Ella leid, auch wenn sie das niemals laut sagen würde. Er hatte dem Lehrer nur helfen wollen. Andererseits wusste jeder um Professor Heidemanns Größenkomplex.

»Setzen Sie sich, Sturmbach, bevor ich Ihnen Strafarbeiten bis Ostern aufbrumme.«

Hocherhobenen Hauptes schritt der Lehrer zurück zu seinem Pult und knallte das Kästchen darauf. »Lesen Sie die Ausführungen in Ihrem Lehrbuch zum praktischen Vorgang des Essenztransfers. Anschließend kommen Sie nach vorne, nehmen sich einen Bernstein«, er wies auf die verhängnisvolle Schatulle, »und üben die Praxis für den Rest der Stunde.«

Ellas Hochgefühl von eben sank auf den Nullpunkt – sie sollte Essenz praktisch anwenden? Das konnte ja nur schiefgehen. Sie las die Anweisungen im Buch besonders sorgfältig durch und war eine der Letzten, die sich einen Übungsstein holten. Dann würde ihre Demütigung wenigstens nicht so lange dauern.

Als Ella keine Möglichkeit mehr fand, das Unvermeidliche hinauszuzögern, legte sie einen Finger auf den Bernstein, den der Professor in die Mitte ihres Tisches gestellt hatte, und tastete mit ihrem Geist nach dessen Essenz. Wie immer spürte sie die Magie der Bäume, doch diesmal entglitt sie ihr nicht.

Ihr ganzer Körper, vom kleinen Zeh bis hoch zu ihren Haarwurzeln, kribbelte, sowie die Essenz durch sie hindurchzufließen begann und jede ihrer Zellen mit neuer Energie flutete. Ob es sich für die anderen immer so anfühlte?

Mit geschlossenen Augen tat sie einen tiefen Atemzug und nahm sich noch einen Augenblick, dieses Gefühl auszukosten, ehe sie die Essenz wieder freigab und in den Bernstein leitete, den sie in ihrer rechten Hand barg.

Erst jetzt realisierte sie, was der Professor vorher gesagt hatte. Die Essenz war gereinigt. Sie gehörte keiner bestimmten Baumart mehr an. Deswegen konnte Ella sie endlich festhalten, und es fühlte sich wunderbar an. Sie öffnete ihre Finger und lächelte glücklich auf den Bernstein hinab. Wärme strahlte von ihm aus.

»Alles in Ordnung, Bambi?«, fragte Ruby und legte ihr einen Arm um die Schultern. »Weinst du?«

»Es hat geklappt«, wisperte Ella. »Ich konnte die Essenz aufnehmen.«

»Das ist ja wundervoll. Glückwunsch! Hab dir gesagt, dass du es hinbekommst.«

Ein strenger Blick des Professors ließ die beiden verstummen. Doch selbst ein weiterer Tadel hätte Ellas Laune nicht getrübt. Es gab nichts, was ihr diesen Moment verderben konnte.

Ein Schrei, der ihr eine Gänsehaut bescherte, zerriss das Wohlgefühl. Ella fuhr herum, auch wenn sie längst wusste, dass es sinnlos war. Dass alles nur in ihrem Kopf stattfand. Ihr Blick begegnete dem ihres Bruders, der mindestens genauso so alarmiert aussah wie sie selbst. Ves' Augen weiteten Ves, und seine Lippen verzogen sich zu einem stummen »Oh«.

Eilig wandte sie den Blick ab. Hatte er etwas bemerkt?

Ahnte er, dass sie allmählich durchdrehte? Was, wenn er es jemandem verriet? Das Atmen fiel ihr schwer. Nur unter Aufwendung all ihrer Willenskraft gelang es Ella, die aufsteigende Panik niederzukämpfen. Ves konnte unmöglich durch einen einzigen Blick von der Stimme wissen. Der Tag, an dem er sie auf dem Weg ins Baumhaus erwischt hatte, als sie sich verzweifelt die Hände auf die Ohren gepresst hatte, kam ihr in den Sinn. Vehement schüttelte Ella den Kopf. Dennoch. Er konnte es nicht ahnen. Jetzt bloß nicht in Panik verfallen. Ruhig bleiben.

Mit zittrigen Fingern griff sie wieder nach dem Bernstein, der ihr bei dem Schrei aus der Hand gerutscht war. Sie konnte Rubys Blick förmlich fühlen, doch Ella ignorierte sie und konzentrierte sich so gut wie möglich auf die Aufgabe.

»Das sollte für heute reichen. Bis zu unserer nächsten Stunde im neuen Jahr schreiben Sie mir einen Aufsatz über das Thema *Bernsteine und ihre Bedeutung für die Talissa*«, forderte Professor Heidemann die Klasse auf. »Lassen Sie Ihre Übungssteine bitte auf Ihrem Platz liegen. Herr Sturmbach wird diese einsammeln.« Er warf Ves einen warnenden Blick zu. »Fehlt nur ein einziger Stein, werde ich Sie persönlich dafür verantwortlich machen. Dem Rest von Ihnen wünsche ich ein besinnliches Jahresringfest und erholsame Kristallferien. Vergessen Sie nicht, zwischendurch auch mal eines Ihrer Bücher aufzuschlagen.« Mit diesen Worten wandte er sich ab und gab damit den Startschuss zu geräuschvollem Stühlerücken und hastigem Taschenpacken.

Auch Ella wollte so schnell wie möglich aus dem Klassenzimmer flüchten. Zu deutlich stand ihr Ves' Gesichtsausdruck vor Augen. Fahrig griff sie nach ihrer Tasche, bekam sie aber nicht richtig zu fassen und verteilte den gesamten Inhalt auf dem Klassenboden.

»Warte, ich helfe dir, Bambi«, bot Ruby an.

Ella winkte ab. »Schon gut. Geh schon mal vor und sichere uns einen Tisch fürs Mittagessen. Ich komme gleich nach.«

Seufzend ließ sie sich auf die Knie sinken, um das Chaos zu beseitigen.

»Du hast sie auch gehört.« Ves ragte über ihr auf. »Die Stimme, diese Schreie.«

Auch?

»Ich weiß nicht, wovon du sprichst«, behauptete sie.

»Lüg nicht, ich habe genau gesehen, wie du vorhin zusammengezuckt bist.«

»Keine Ahnung, was du gesehen hast, Ves. Aber wenn du Schreie hörst, die niemand sonst wahrnimmt, solltest du mal zum Arzt gehen.« Ella stopfte ihr Federmäppchen zurück in die Tasche und richtete sich auf. Ihr Gewissen nagte an ihr. Aber sie konnte ihrem Bruder unmöglich die Wahrheit sagen. Das Leben hier an der Akademie war ihr zu wichtig. Wahrscheinlich handelte es sich ohnehin nur um eine Reaktion auf den Stress der letzten Wochen, der sich bei ihnen beiden auf die gleiche Weise äußerte. Manche Zwillinge spürten, wenn der andere in Gefahr war. Sie und Ves teilten sich eben ihre Wahnvorstellungen. War doch möglich. Ella schulterte ihre

Tasche und legte ihrem Bruder eine Hand auf die Schulter. »Tut mir leid. Ich muss jetzt los.«

Sie wollte an ihm vorbei hinaus aus dem Klassenzimmer, aber seine Finger griffen nach ihrem Handgelenk. »Vergiss es. Du gehst hier nicht weg, ehe du zugegeben hast, dass du die Stimme hörst. Verkauf jemand anderen für blöd. Ich weiß, was ich gesehen habe!«

»Lass mich los!«

»Nein!«

»Du bist ja völlig irre. Was kann ich dafür, wenn bei dir ein paar Hirnwindungen durchschmoren?« Sie wand sich in seinem Griff, doch Ves war schon immer stärker als sie. »Schade um die wenigen, die du hattest.«

»Mann, Ella«, rief er frustriert.

»Wären Sie vielleicht so freundlich Ihren Streit außerhalb meines Klassenzimmers auszutragen? Und zuvor erwarte ich, dass die Bernsteine in der Kiste verstaut werden.«

»Natürlich, Professor. Wir sind ohnehin fertig. Mein Bruder ist nur ein wenig durch den Wind, weil er es bisher noch nicht geschafft hat, an der Silva jemanden zu finden, der ihn erträgt.« Ein Schlag unter die Gürtellinie, aber er verfehlte seine Wirkung nicht. Sein Griff lockerte sich, und Ella riss sich los.

»Bleib gefälligst hier«, brüllte Ves und knallte die Schatulle auf den Tisch, sodass die Bernsteine klirrten.

»Herr Sturmbach, mäßigen Sie sich«, rief der Lehrer, doch seine Worte gingen in Ellas Kreischen unter. Kaum hatte sie die Tür erreicht, wurde sie zurückgerissen. Ohne dass sie etwas dagegen tun konnte, zog sie eine unsichtbare Kraft auf ihren Bruder zu, presste sie an ihn und hielt sie dort fest.

»He, rück mir nicht so auf die Pelle«, motzte der.

»Also ob ich das freiwillig tun würde! Hör sofort auf, Essenz gegen mich zu wirken.« Sie konnte das Kribbeln spüren, dass die Baummagie auf ihrer Haut hinterließ.

»Verdammter Mist«, fluchte er.

Mit aller Kraft kämpfte Ella darum, sich von ihm zu lösen, doch es half nichts. Sobald ein Millimeter Platz zwischen ihnen war, wurden sie sofort wieder aneinandergezogen. »Stopp das«, fauchte sie.

»Würde ich, wenn ich wüsste wie. Für mich ist das auch nicht unbedingt ein Vergnügen.«

»Mal wieder ein unkontrollierter Essenzausbruch?«, meinte Professor Heidemann unbeeindruckt und kam zu ihnen. »Eine äußerst starke Version von Magnetismus, das zumindest muss ich Ihnen zugestehen.« Prunus Heidemann zog konzentriert die Augenbrauen zusammen. »Wenn auch unstrukturiert.« Er bewegte seine Finger, als würde er in der Luft ein Wollknäuel aufrollen, schnippte zwei Mal, und Ella konnte sich wieder bewegen. Erleichtert brachte sie Abstand zwischen ihren Bruder und sich.

»Wenn ich nun bitten dürfte, dass Sie mir zur Direktion folgen? Der Direktor sollte unbedingt über diesen Vorfall unterrichtet werden.«

»Na, vielen Dank auch«, zischte Ella, folgte mit hängendem Kopf dem Lehrer.

15
Schlechte Nachricht

Einen Moment wartete Ves in der Hoffnung ab, es wäre nur ein böser Traum, da drehte sich Prunus Heidemann um: »Na, wird's bald?« Langsam wie eine Schnecke setzte er sich in Bewegung und folgte dem mit strammem Schritt vorangehenden Lehrer ins Freie. In seinem Bauch brodelte es. Wieso war diese verflixte Essenz ausgerechnet jetzt ausgebrochen?

Draußen fielen die ersten Flocken vom Himmel. Bislang war es nicht kalt genug, dass der Schnee liegen blieb, aber man fröstelte, und ohne Mütze hielten die Kinder es im Wald kaum mehr aus. Über Stege und Hängebrücken hinweg führte sie der Alchemielehrer zum Büro des Direktors. Nicht das im Haupthaus, sondern jenes eine Etage unter dem Kronendeck. Weil es Mittag war, befanden sich alle Schüler bis auf Ella und Ves im Speisesaal. Die Geräusche von schwatzenden Kindern und von klapperndem Geschirr drangen gedämpft zu ihnen herab.

Ves' Herz pochte gegen seinen Brustkorb. Was würde der Schulleiter zu dem Vorfall sagen? Prunus Heidemann klopfte und öffnete nach einem lauten »Herein« die Tür. Der Direx saß hinter seinem Schreibtisch über irgendwelche Schriftstücke gebeugt. Obwohl er ihre Schritte hören musste, sah er erst auf, als sie neben ihm angekommen waren.

Er blinzelte dem Alchemielehrer entgegen, drehte den Schirm seines Basecaps auf die Rückseite und lehnte sich im Drehstuhl nach hinten. »Prunus? Was gibt es?« Carpinus Estenfeld warf den Zwillingen einen überraschten Blick zu.

»Nun ja, Herr Direktor.« Der Lehrer knetete seine Hände. »Es gab da einen unerfreulichen Vorfall kurz nach dem Unterricht. Bei einem heftigen Streit setzten die Kinder abermals unkontrolliert eine beeindruckende Menge an Essenz frei, die sich in starkem körperlichem Magnetismus äußerte. Ohne meine Hilfe waren die beiden nicht mehr in der Lage, sich voneinander zu trennen.«

»Genau genommen passierte das nur Ves«, murmelte Ella.

Prunus Heidemann kniff die Augen zusammen und brachte sie zum Schweigen.

»Hm.« Der Direx schürzte die Lippen. »Ungünstig«, sagte er. »Wirklich ungünstig. Ich hatte geahnt, dass es so kommt. Die Gefahr, die ihr für euch und andere darstellt, ist demnach leider noch immer nicht gebannt.«

Ves traute sich nicht, den Direx anzusehen, und er ärgerte sich, dass seine Finger zitterten. Trotzig schob er sie in die Taschen seiner Jeans.

»Hmmm. Was sollen wir da tun? Weihnachten und das Jahresringfest stehen vor der Tür, die Kristallferien beginnen. Eigentlich solltet ihr nach Hause fahren.« Er tippte sich gegen die Lippen. »Aber ohne Kontrolle und den Schutz der Schule wäre das gefährlich für euch und eure Familie.«

Ves ahnte, was kommen würde. Sein Magen zog sich zu einem Klumpen zusammen.

Der Direx hob die Augenbrauen und sagte die Worte, die Ves nicht hören wollte. »Ich befürchte, es wäre am besten für euch, die Schule über Weihnachten nicht zu verlassen.«

Für einen Moment setzte sein Herzschlag aus. Das war eine Katastrophe! Er konnte nicht sprechen. Zu trocken war sein Mund. Nur mit größter Kraftanstrengung schluckte er die Tränen runter.

Ella hingegen liefen sie bereits in kleinen Bächen über die Wange. »Was?«, stammelte sie. »Weihnachten ohne Mama und Papa?«

»Sie können euch natürlich besuchen. Ihr könnt im Haupthaus zusammen Weihnachten feiern, es geht mehr um den Rest der Kristallferien. Ich werde mich mit euren Eltern in Verbindung setzen und beratschlagen, was das Beste für alle ist.«

Ella schniefte, aber der Blick, mit dem sie Ves im Anschluss musterte, sagte mehr darüber aus, wem sie die Schuld an diesem Schlamassel gab, als es tausend Worte gekonnt hätten.

Ves und seine Schwester riefen regelmäßig zu Hause an. Allerdings musste man das ebenfalls vom Haupthaus aus tun. Bei jedem Gespräch stellte er frustriert fest, dass seine Eltern sie beide zwar vermissten, aber auch Angst hatten vor ihren unkontrollierten Kräfen. Bestünde Gefahr, würden sie allem zustimmen, was der Direx vorschlug. Er würde seine Freunde nicht sehen. Sich nicht bei ihnen mit einer Bombenschneeballschlacht zurückmelden. Es war ein Gefühl, als würde ihm jemand in den Magen schlagen.

Zusammengerollt lag Ves im Bett und starrte die Holzwand an. Alle anderen waren heute zu ihren Eltern in die Ferien aufgebrochen. Obwohl die Schule seit Stunden wie leer gefegt war, glaubte er, noch immer die Koffer auf den Stegen rollen und das freudige Geplauder der Kinder zu hören.

Die Tür knarzte und fiel ins Schloss zurück. »Wieso liegst du da wie ein Baby?«, fragte Narek, der eben durchs Zimmer ging und hörbar irgendetwas auf dem Schreibtisch ablegte.

Ves rollte sich auf die andere Seite, um ihn sehen zu können. »Weil ich über die Kristallferien in dieser verdammten Schule festsitze. Ich kann weder meine Freunde treffen noch echten Burger essen und nicht mal vom Bett aus Netflix glotzen, da man dafür in das verdammte Haupthaus muss.«

»Hm.« Es war ein wissendes Geräusch, und gleichzeitig klang es, als gäbe es Schlimmeres.

»Was machst du noch hier?«, fragte Ves und sah dabei aus dem Fenster. Draußen hatte der Schnee den Wald unter sich begraben.

»Ich bleibe auch.« Narek faltete einen Wollpullover akkurat zusammen und legte ihn in den Schrank zu den anderen peinlich genau gefalteten Klamotten.

»Wieso?«, maulte Ves, hin- und hergerissen zwischen echtem Interesse und Selbstmitleid.

»Ich kann nicht zu meinen Eltern. Dort, wo wir wohnten, herrschte Krieg. Jetzt sind sie auf der Flucht.«

Was sollte Ves darauf sagen? Das war dann doch eine andere Hausnummer. In seiner Kehle bildete sich ein dicker Klumpen, und er schämte sich, nie daran gedacht zu haben, dass es eben tatsächlich Schlimmeres gab. »Oh«, sagte er und kam sich dabei ziemlich blöd vor. Wenigstens sah er seine Familie an Heiligabend. »Verbringt noch jemand die Ferien in der Schule?«, lenkte er vom Thema ab.

»Ruby. Ihre Eltern arbeiten. Die arbeiten immer. Sonst niemand aus der Ersten.«

Weil er nicht wusste, worüber er mit Narek sprechen sollte, fragte er aus Verlegenheit heraus: »Und was machst du dann heute Abend so?« Sein eigener Plan bestand darin, im Bett zu liegen und zu schmollen.

In diesem Moment klopfte es.

»Huhu, ihr lieben Kinder.« Marianne und Bernhard trippelten ins Zimmer und sahen sich um. »Uh, hier könnte man auch mal wieder lüften«, entschied die Pilzin und riss das Fenster auf, gleich darauf wehten eine Menge Schneeflocken hinein und ihr mitten ins Gesicht. »Oder auch nicht.«

Bernhard räusperte sich. »Also, heute ist ja Wintersonnwende, Jahreswechsel der Bäume, und die Seelenbäume bekommen ihren neuen Jahresring. Normalerweise würdet ihr das natürlich mit eurer Familie in eurem eigenen Hain feiern, aber nun ...«

»Das geht ja nicht«, unterbrach ihn Marianne unwirsch. »Daher möchten wir mit allen Kindern, die die Kristallferien hier verbringen, in den Seelenhain gehen und dieses Wunder dort feiern.«

»Wir nehmen Hagebuttenpunsch und Kristallzuckerkringel mit.« Bernhard rieb sich den Bauch. »Außerdem machen wir Essenzfeuer ... Was sagt ihr?«

Marianne warf ihrem Mann einen rügenden Blick zu. »Sie sagen natürlich: Danke und sehr gerne. In fünfzehn Minuten sehen wir uns unten – keine Ausreden. Zieht diese hier an, damit ihr nicht friert. Los, sputet euch.« Sie übergab jedem eine lange Unterhose, und schon fiel die Tür hinter den beiden wieder ins Schloss.

»Damit ist unser Abend wohl verplant.« Schulterzuckend erhob sich Narek von seinem Bett.

Ves hielt die Leggins in die Luft. »Und die sollen wir anziehen? Die sind ja uralt. Darin seh ich aus wie ein Opa.«

Narek verzog die Mundwinkel kaum merklich nach oben. »Für wen willst du hübsch sein?«

»Ich geb dir gleich hübsch. Mich entstellt gar nichts, damit das mal klar ist.«

Genau wie Narek zog sich Ves die langen Unterhosen an, und als sich ihre Blicke kreuzten, mussten beide lachen. »Okay, du siehst wirklich aus wie ein Opa!«

Ves grinste. »Glaubst du, du siehst besser aus?«

Eingemummelt in ihre wärmsten Jacken öffneten die Jungs die Tür des Erstklässlertrakts. Draußen standen Rubina, bei Ella eingehakt, und Marianne neben Bernhard. Glücklicherweise hatte der Schneefall nachgelassen, nur vereinzelt segelten noch Flocken zu Boden. Der Pilzling trug einen Rucksack, hielt eine Essenzlaterne in der Hand, und zu seinen Füßen leuchteten fünf weitere. Ves spähte in die Dunkelheit.

Auf den Stegen bewegten sich Schüler aus höheren Jahrgängen mit ihren pilzigen Hauseltern, was man vor allem an den leuchtenden Punkten erkannte. Geisterhaft schwebten sie in Richtung Seelenhain.

»Ihr seid fünf Minuten zu spät. Auf geht's«, forderte Marianne die Kinder auf. »Wir wollen nicht die Letzten sein.«

»Im Gegenteil!«, lachte Rubina.

»Hey zusammen.« Narek hob die Hand.

»Ves«, grüßte seine Schwester ebenso frostig wie das Wetter. Ihre roten Wangen und die ebenfalls rötlich leuchtende Nasenspitze verrieten ihm jedoch, wie aufgeregt sie war.

»Ella.« Er schnappte sich seine Laterne und lief vorneweg. An der entsprechenden Abzweigung nahm er den Waldpfad in Richtung des Hains.

Die kleine Gruppe durchschritt das Tor, das jetzt, da die furzenden Elfen ihren Winterschlaf hielten, schwer zu entdecken war – außer man besuchte regelmäßig den Seelenhain wie Ves, dann fand man den Eingang im Schlaf.

»Hallo, Fagus«, sagte er zur Seelenbuche.

»Guten Abend, Ves«, grüßte dieser mit polternder Stimme.

Ella warf ihrem Bruder einen irritierten Blick zu.

Dann aber wurde ihre Aufmerksamkeit von Rubina gefangen genommen. »Oh du heiliger moosbedeckter Stumpf«, staunte ihre Freundin, und auch Ellas Augen wurden tellergroß.

Überall loderten kleine Essenzfeuer. Auf Decken saßen die Kinder mit ihren jeweiligen Hauseltern zusammen. Die uralten Bäume selbst strahlten eine tiefe Ruhe und Feierlichkeit aus. In seinen Ohren summte es sachte. Das Geräusch meldete sich in unregelmäßigen Abständen. Ves rubbelte sich über die Ohrmuscheln.

»Ist das irre. Ich glaub, mich kneift ein Borkenkäfer. Sind wir wirklich dabei, wenn die Seelenbäume ihren neuen Ring erhalten? Ich fass es nicht.« Ella legte den Kopf auf Rubinas Schulter. »Ich wünschte so sehr, ich wüsste, zu welchem Clan ich gehöre.«

»Das wird noch, Bambi. Da hinten steht die Seelenbirke. Können wir sie besuchen?«, fragte sie an Marianne gewandt.

»Später. Jetzt bleiben wir erst einmal alle hier«, erklärte diese und breitete eine Thermodecke auf dem schneebedeckten Boden nahe der Feuerstelle aus, in der blaugrüne Essenzflammen tanzten. Drum herum hatten sich mehrere Grüppchen zusammengefunden. Ves ließ sich wie die anderen darauf nieder, nahm sich einen Becher mit Hagebuttenpunsch und einen Zuckerkringel. Beides schmeckte verdammt lecker. Und die Wärme des Feuers fühlte sich himmlisch an.

So saßen sie eine Weile. Ves lauschte den schwatzenden Kindern.

»Ultragrün«, lobte Rubina die Pilzin. »Das ist soooo köstlich, Marianne.«

»Die hat Bernhard gemacht, und jetzt seid still. Gleich geht es los«, befahl ihre Hausmutter.

Die Kinder schwiegen.

Etwas Mystisches lag in der Luft, man konnte es zwischen den Flocken, die vom Himmel schwebten, beinahe greifen.

Plötzlich vernahm Ves eine zarte Vibration im Boden. Er zog die Handschuhe aus und presste seine Hände auf die Decke. Gleichzeitig hörte er ein dunkles Summen, das sich über dem Seelenhain ausbreitete. Volle Töne drangen aus der

Tiefe des Erdreichs an die Oberfläche. Die Melodien transportierten etwas so Ursprüngliches, wie es Ves nie zuvor gehört hatte.

»Die Seelenbäume singen«, wisperte Marianne.

Ein Lied aus der Mitte der Erde.

Ihm war, als käme der Gesang aus seinem Inneren, als summte auch die Stimme in seinem Kopf. Sein Blick fiel auf Ella, aber die staunte nur mit offenem Mund und wagte kaum, zu atmen. Entlang der Zweige und Äste schimmerten zarte silbrige Fäden wie ein Stromnetz, Adern des Lebens. Essenz floss durch die Bäume hindurch. Glitzernde Linien leuchteten auf und erloschen wieder. Sie durchzogen die Rinde wie feine Äderchen. Ein Gewebe aus Essenzströmen.

»Märchenhaft«, flüsterte seine Schwester wie in Trance.

Sie alle saßen still da, horchten gebannt, gefangen vom Anblick des Wunders, das sich vor ihren Augen abspielte. Erst allmählich wurden die Gesänge wieder leiser. Ein Baum nach dem anderen schied aus dem Chor aus, die jüngeren Seelenbäume früher als die älteren. Die silberfarbenen Lichtschlieren verebbten nach und nach, bis auch der letzte den Jahreswechsel vollzogen hatte. Vollkommene Stille lag über dem Wald.

Die meisten Kinder blieben noch eine Weile andächtig sitzen, und es dauerte, bis sich die ersten wieder bewegten und einen Schluck tranken. Dann allmählich kehrte das Leben zurück. Mehr Hagebuttenpunsch wurde herumgereicht. Mit den anderen Jahrgängen tauschten sie die mitgebrachten Köstlichkeiten.

Ein Neuanfang lag in der Luft.

Als Ves in dieser Nacht in seinem Bett lag und Narek neben sich leise schnarchen hörte, dachte er lange darüber nach, was sich in den letzten zwei Monaten verändert hatte. Wie er in dieses neue Leben geworfen worden war, ohne dass auch nur jemand nach seiner Meinung gefragt hatte. Und auch der Gedanke kam, ob er womöglich dadurch übersah, was dieser Ort zu bieten hatte. Etwas so Schönes wie heute hatte Ves niemals zuvor erlebt. Vielleicht war nicht alles schlecht an dieser Schule.

»Wir sollten uns bei Marianne und Bernhard bedanken«, hörte Ves Rubina vorschlagen, als sie an einem Abend kurz vor Silvester im Aufenthaltsraum saßen. Ella, sie und Narek spielten irgendein Gesellschaftsspiel. Ves hingegen lümmelte abseits in einem Sessel nahe dem Feuer und las einen Comic über einen Superhelden – oder zumindest sah er sich die Bilder an.

»Was sollen wir denn tun?«, fragte Ella.

»Ich habe ein paar Figuren geschnitzt«, meinte Narek.

»Die wären ja dann nur von dir«, wandte die Freundin seiner Schwester ein.

Ves schielte zu den anderen hinüber.

»Nein, nein«, rief Rubina, klatschte in die Hände und wippte dabei auf ihrem Sessel auf und ab. »Meine Lieben, wir backen Cookies für die beiden!«

»Kann ich mitmachen?«, fragte Ves und presste dann, von sich selbst überrascht, die Lippen aufeinander, ehe er leiser hinzufügte: »Schließlich haben Marianne und Bernhard sich ja auch um mich gekümmert.« Die anderen verstummten, betrachteten ihn, und ein Schauer des Unwohlseins kroch ihm die Arme entlang. »Vergesst es«, wiegelte er schnell wieder ab. »War eine dumme Idee.«

»Kannst du denn backen?«, fragte Rubina zögerlich, nachdem Ella ihr zugenickt hatte.

»Ne, natürlich nicht.« Ves gab ein Grummeln von sich.

»Dann lernst du es«, bestimmte sie.

Er verkniff sich ein Lächeln.

»Und wo wollen wir das tun, ohne dass die Pilzlinge es merken?«, fragte seine Schwester.

»Kronendeck.« Narek räumte das Spiel zusammen. »Aber wir müssen leise sein.«

»Ach, was?«, warf Ves ein. »Nein, wir nehmen eine Musikanlage mit und laufen singend hinauf zum Speisesaal. Natürlich müssen wir leise sein.« Er legte den Comic auf einem der Couchtische ab.

»Dann los«, rief Rubina.

Für den Weg hinüber zum Kronendeck hätten sie Jacken gebraucht, wie sie nun auf der Hängebrücke zitternd feststellten. »Kommt, beeilen wir uns«, spornte Ves die anderen an. Im Gänsemarsch erklommen sie die Plattformen und Wendeltreppen hinauf zum höchsten Punkt der Schule.

Ves öffnete die Tür zur Mensa. Das Deck war jetzt im Winter mit einem Dach aus Ästen und Reisig überzogen. Sodass nicht einmal der Mond das Innere erhellte. Tastend suchten sie sich ihren Weg in der Dunkelheit durch die Cafeteria hinüber zur Küche. Dort konnten sie Licht anmachen, ohne dass man es von außen entdeckte.

»Was brauchen wir?« Ella stand am Kühlschrank und starrte hinein. »Eier, Milch, Butter, Mehl.«

»Mehl findest du wohl kaum dadrin.« Ves verschränkte die Arme vor der Brust.

»Das hat Ella auch gar nicht gedacht, Mister Ich-weiß-alles«, konterte Rubina.

»Hier ist das Mehl.« Narek hievte einen riesigen Beutel aus einem der Schränke, während Rubina die Küchenmaschine und eine Waage auf die Arbeitsfläche räumte.

»Gib mal her, ich kann das mit den Zahlen besser«, sagte Ves von der gegenüberliegenden Seite der Arbeitsplatte.

»Das glaubst aber auch nur du!« Das rotblonde Mädchen mit den Glitzerhaarspangen schnitt eine Grimasse.

»Genau! Wer von uns hatte denn die Vier in Mathe?« Ella kicherte.

Narek, wie immer emotionslos, schleppte das Mehl herbei und stellte es neben Rubina ab.

»Das Einzige, was du besser kannst, ist Sport.« Seine Schwester zählte die Zutaten noch mal durch.

»Und rülpsen nicht zu vergessen« Ves rülpste extra lange und tief.

»Ihhhh! Widerlich«, schrie Rubina. »Dafür kann ich am besten zielen.« Sie griff in den Sack Mehl und schleuderte eine Handvoll auf Ves.

Eine Sekunde blieb ihm der Mund offen stehen. Er hustete, und eine weiße Mehlwolke entwich ihm.

Ella schüttelte sich vor Lachen. »Du siehst aus wie ein Schneemann.«

»Na warte, Rubina!« Mit schnellen Schritten stürmte er um die Arbeitsplatte herum und schnappte ebenfalls nach dem Mehl. Ves konnte sich das Grinsen nicht länger verkneifen, als ihn eine völlig weiße Rubina aus zusammengekniffenen Augen anblinzelte.

»Ich heiße Ruby, du Idiot.« Mehr Mehl wirbelte auf.

Ella griff sich ebenfalls eine Handvoll und schleuderte sie in die Luft. Sogar Narek, mit einem ganzen Sack bewaffnet, holte aus und zielte auf seine Schwester. Inzwischen erinnerten beide Mädchen an Schneebälle. Die vier Kinder staubten sich ein, warfen das Pulver um sich und lachten sich kaputt, bis sie völlig außer Atem waren. Einer nach dem anderen blieb am Boden liegen, die Kleidung eingehüllt in Mehl, die Haare weiß wie Schnee.

»Schau mal, ein Mehlengel«, quietschte Ruby und wedelte liegend mit Armen und Beinen.

»Ich mach auch einen«, Ella folgte Rubys Beispiel.

»Schade, dass Olli nicht dabei ist. Den hätte ich auch gerne eingemehlt.« Ruby setzte sich auf.

Ves zwickte sein Gewissen. Er sollte endlich Klarheit schaffen, was diesen Doofschnösel anging, aber nicht jetzt – jetzt wollte er einfach Spaß haben.

»Wow, jetzt haben wir aber einiges mit dem Saubermachen zu tun«, meinte Narek, nachdem sie sich beruhigt hatten.

»Schaffen wir schon«, sagte Ves mit einem warmen Gefühl im Bauch.

16

So ein Mist!

»Hat noch irgendwer das Bedürfnis, Heidemann von einer Hängebrücke zu werfen?«, fragte Ves und setzte sich zwischen Ella und Narek.

»Er war heute wirklich nicht besonders gut drauf«, räumte sie ein. »Ob er uns den Essenzausbruch nachträgt?«

»Voll unfair, dass er uns alle büßen lässt, nur weil sich der da mal wieder nicht unter Kontrolle hatte.« Olli warf Ves einen provozierenden Blick zu. »Ist nur eine Frage der Zeit, bis Fesl wieder bei den Steinböcken rausfliegt.«

»Feilson sieht das wohl anders«, ätzte Ves. »Lieber meine unkontrollierten Essenzausbrüche als einen Betrüger im Team.«

Olli presste seine Lippen zu einem schmalen Strich zusammen. Doch ehe er mit einer Gemeinheit zurückschoss, fuhr Ruby dazwischen. »Könnt ihr zwei mal aufhören? Wir haben's kapiert, ihr seid beide ganz toll. Und jetzt esst euren Eichelpudding! Ich habe vorhin nämlich mein Leben riskiert, um die letzten fünf für uns zu erkämpfen.« Sie zwinkerte den Jungs zu. »Und keine Sorge, wir haben euch beide lieb, ganz ehrlich. Auch wenn unsere Nummer eins immer Narek sein wird. Ihr versteht schon, die Faszination des stillen, schweigsamen Typs«, setzte sie neckend hinzu.

»Halt mich da raus«, murrte ebenjener prompt.

»Das Problem wäre ganz einfach gelöst, wenn er sich wieder verziehen würde. Sein Einsiedlerdasein hat doch für alle gut funktioniert. Warum müssen wir ihn jetzt ständig ertragen?«, giftete Olli weiter.

»Weil«, setzte Ruby an, »wir zum Schock aller in den Kristallferien festgestellt haben, dass er doch nicht so ein vermoderter Baumstumpf ist, wie er alle glauben lassen will.«

»He«, rief Ves, grinste aber.

»Wo du es gar nicht erhoffst, dort wächst das Gras oft.« Die anderen starrten Narek verwundert an. Der zuckte mit den Schultern. »Altes armenisches Sprichwort.«

»Ah ja, muss ein Kristallwunder gewesen sein«, kommentierte Olli abschätzig. »Ich weiß auf jeden Fall, wer mein Lieblings-Sturmbach ist«, er stieß Ella mit dem Ellbogen an und grinste frech. Der Eichelpudding kribbelte in ihrem Bauch.

Ves funkelte den anderen Jungen an. »Klar, als ob sie wirklich deine Freundin wäre«, murmelte er.

Ella drückte den Rücken durch. War das sein Ernst? Wieso störte es ihn, dass jemand sie lieber mochte? Zur Baumkrone noch mal, er konnte Olli einfach nicht leiden. Reichte es ihm denn nicht, dass er inzwischen von ihren Freunden akzeptiert wurde? Das war immerhin mehr, als er und seine Jungs jemals für sie getan hatten.

Olli schien Ves' Reaktion nicht einzuschüchtern, im Gegenteil. Er legte ihr einen Arm um die Schultern. »Ich wollte dich ohnehin noch fragen, ob du mir bei dem Aufsatz in

Wurzelkunde helfen kannst. Ich komme mit den Jahreszahlen immer total durcheinander.«

Ves machte Würgegeräusche, was ihm einen genervten Blick von Ruby einbrachte. »Ganz ehrlich, Leute, lasst es doch einfach gut sein. Können wir uns nicht alle vertragen?«

»Oder zumindest tolerieren«, warf Narek ein, »es würde so viel weniger Probleme in der Welt geben, wenn es mehr Toleranz gäbe.« Nach dieser für ihn ungewöhnlich emotionalen Ansprache stand er auf und schulterte seine Tasche. »Ich gehe jetzt zum Sportunterricht, ihr könnt ja weiterstreiten.«

»Warte, Narek! Wir kommen auch«, rief Ruby, doch da war der armenische Junge bereits vom Kronendeck verschwunden. Sie sah die anderen tadelnd an. »Da seht ihr, was ihr angerichtet habt. Sogar Narek hat die Nase voll von eurem Gezanke. Kommt jetzt, ich traue Feilson zu, uns extra Runden laufen zu lassen, wenn wir zu spät sind.«

Zum Glück hatten sie auf Ruby gehört, denn sobald sie in der unterirdischen Turnhalle ankamen, stand es mit der Laune des Kommandeurs der Ambergarde nicht zum Besten. Er sah aus, als hätte ihm ein Haselhüpfer seine Lieblingssocken geklaut. Diese kleinen Verwandten der Haselmäuse waren schlimmer als Elstern, wenn es darum ging, ihre Sammlungen zu vergrößern.

Kaum hatten die Schüler sich umgezogen, wurden sie losgeschickt, Runde um Runde zu laufen. Heute ragten keine

Wurzeln aus Decke oder Boden, und mystische Beleuchtung gab es genauso wenig. Wie immer hatte der Kommandeur das Kletterballfeld für den Unterricht verschwinden lassen. So glich der Raum jeder beliebigen Sporthalle. Einzig der Bodenbelag unterschied sich – weiche Erde anstelle des erbsengrünen Linoleums ihrer Schule in Fuchsdorf.

Wie üblich lief Ves, dicht gefolgt von Olli, an der Spitze vor allen anderen, während Ella und Ruby die Schlusslichter bildeten. »Warum zur Wurzelfäulnis müssen die beiden eigentlich immer streiten?«, fragte ihre Freundin und zeigte mit dem Kinn in Richtung der Jungs. »Sogar jetzt noch.« Olli sagte etwas zu ihrem Bruder, und Ves sah aus, als hätte er ihm dafür am liebsten ein Bein gestellt. Ella verdrehte die Augen. Woher nahmen sie bloß den Atem, um sich zu zanken?

Drei Runden später wurden sie und Ruby bereits von der Spitzengruppe überholt, doch zu Ellas Überraschung drosselte Olli sein Tempo und joggte gemütlich neben ihnen her.

»Sag mal, war dein Bruder eigentlich immer schon so ein hohler Baumstumpf?«, flüsterte er.

Ein Grinsen stahl sich auf ihr Gesicht. Ruby hingegen schnaubte, beschleunigte ihre Schritte und schloss zu Arnika und Tilly auf.

Sie zögerte. »Ich glaube, es fällt ihm immer noch schwer, sich damit abzufinden, ein Talissa zu sein. In unserer alten Schule war er beliebt, hatte viele Freunde, und mit einem Mal war das alles weg.«

»Bei dir doch auch«, warf Olli ein. »Und sieh dich an, du

bist die geborene Talissa. Na ja, vielleicht mal abgesehen von der Essenznutzung, aber hey, das wird noch.« Er nickte ihr aufmunternd zu.

Verlegen blickte Ella auf ihre Füße. »Ich befürchte, solange ich nicht weiß, zu welchem Clan ich gehöre, und somit keine Ahnung habe, aus welcher Baumart ich die Essenz ziehen soll, bin ich ein hoffnungsloser Fall.«

Er überholte sie, drehte sich um und lief rückwärts vor ihr her. »Du meintest doch, dass Estenfeld weitere Setzlinge für euch bei den anderen Akademien angefordert hat, oder?«

»Ja schon, aber anscheinend ist das nicht so einfach.«

»Kann ich mir vorstellen. Ableger von Seelenbäumen sind sehr wertvoll, die rückt keine Region so ohne Weiteres heraus. Vor allem jetzt.«

Ella stutzte. »Was meinst du damit?«

»Mum hat mir in den Ferien erzählt, dass alle Akademien in Mitteleuropa ihre Bewachung verstärken, da sich immer mehr Seelenbäume in die Haine der Schulen zurückziehen, anstatt durch die Wälder zu streifen.«

»Lilienthal, Sturmbach, wenn ihr noch langsamer lauft, ist es nur noch ein Spaziergang. Los jetzt, gebt Gas«, schallte die Stimme ihres Lehrers durch die Halle.

Olli verzog das Gesicht. »Bin gleich wieder da«, flüsterte er und sprintete an den anderen vorbei.

Der strenge Blick, mit dem Eik Feilson sie bedachte, ließ auch Ella ihre Schritte beschleunigen, was ihr prompt Seitenstechen bescherte.

»Was wollte der Doofschnösel von dir?«

Zu sehr außer Puste, um zu antworten, schnitt Ella Ves eine Grimasse. Wie konnte er sie so schnell ein zweites Mal überrunden?

»Dir ist doch klar, dass er sich bei dir einschleimt, weil er mich damit auf die Palme bringt.«

»Was meinst du damit? Wir ... sind ... Freunde«, keuchte Ella und verfiel in ein gemächlicheres Tempo. Egal wie streng ihr Lehrer gucken mochte, sie bekam einfach keine Luft mehr.

»Is' klar.« Ves verdrehte die Augen.

Abrupt blieb Ella stehen und zerrte an seinem Arm, sodass er beinahe hinfiel. »Bist du wirklich so eifersüchtig?«

»Eifersüchtig? Ich? Dass ich nicht lache. Aber bist du so blind? Ich habe gehört, wie er mit seinen *echten* Freunden über euch redet. Vertrau mir, er tut nur so.«

»Ich glaube dir kein Wort.«

»STURMBACHS!« Die Stimme des Kommandeurs war wie ein Peitschenschlag, und die beiden setzten sich wieder in Bewegung. »Keine Sonderbehandlung für Steinböcke. Lauft!«

Ves bedachte sie mit einem letzten bösen Blick und murmelte. »Mach doch, was du willst.« Und weg war er.

Mit einem tiefen Seufzen schüttelte Ella den Kopf. Langsam kamen ihr Zweifel, ob es so klug gewesen war, Ves in ihre Clique aufzunehmen.

Allzu lang konnte sie allerdings nicht darüber nachdenken, nach wenigen Minuten hatte Olli wieder zu ihr aufgeschlossen.

»Noch mal wegen deiner Essenz ... Hat der Direktor denn gar keine Idee, zu welchem Clan ihr gehören könntet? Taucht eure Familie nirgendwo auf?«

»Doch, aber der Clan unserer Vorfahren ist wohl vor langer Zeit ausgestorben, zusammen mit unserem letzten Seelenbaum«, japste Ella.

»Interessant, dann muss irgendein anderes Erbe in euch schlummern. Vielleicht hatte jemand von deinen Vorfahren mit jemandem aus einem anderen Clan Kinder. Das passiert ja ziemlich oft.« Ein breites Lächeln erschien auf seinen Lippen. »Ich wette, du gehörst zu meinem Clan. Ja, bestimmt. Jemand, der so klug ist, kann nur eine Fichte sein.«

Sie fühlte die Hitze in ihre Wangen kriechen. Egal, was Ves behauptete. Sie und Olli waren Freunde.

»Ich werde nächstes Mal meine Mutter fragen. Als Clanoberhaupt hat sie Zugriff auf die alten Stammbücher. Wie hieß denn dein Clan?«

»Äon«, erwiderte sie, »aber Olli, ich habe es schon mit einem Fichtensetzling versucht ...«

»Unwichtig, vielleicht ist der Fichtenanteil in dir zu gering, um dir vollen Zugang zur Essenz zu ermöglichen, aber stark genug, um dich zur Talissa zu machen.«

»Das würde bedeuten, dass sich meine Essenzfähigkeiten niemals verbessern.«, stellte sie tonlos fest.

»Na ja, schon«, gab er zu und drosselte das Tempo, um mit Ella auf Augenhöhe zu bleiben. »Aber nicht jeder Talissa ist gleich talentiert. So ist das eben. Mein Vater konnte Mum auch nie das Wasser reichen. Immerhin ist sie unsere Telepathin,« Olli hob die Schultern. »Er ist trotzdem sehr erfolgreich.«

»Das werdet ihr beide heute Nachmittag auch sein, wenn ihr das Gehege der Giwaros ausmistet«, donnerte eine dunkle Stimme. Ella zuckte zusammen. Eik Feilson hatte sich vor ihnen aufgebaut. Beinahe wären sie mit ihm zusammengestoßen. In seinen Augen blitzte es gefährlich. »Und jetzt will ich noch mal zehn Runden von euch beiden sehen. Für jede, die ihr nicht schafft, bekommt ihr einen weiteren Tag Mistdienst.« Sofort setzten sich Ella und Olli in Bewegung. Im Vorbeilaufen glaubte sie zu hören, wie ihr Sportlehrer murmelte: »Was für ein Tag, erst bekomme ich keinen Eichelpudding mehr, und dann glaubt auch noch die verwurzelte kleine Setzlingsbrut, dass sie mir auf der Nase rumtanzen könnte. Nichts da.«

Ella und Olli fanden sich nachmittags am Giwaro-Gehege ein, wo ihr Lehrer bereits auf sie wartete. Sie waren dick in ihre Jacken und Mützen gehüllt, um sich gegen die kalte Januarluft zu schützen. Die unbestreitbar schönen Raubkatzen ähnelten ihren wilden Verwandten, den Luchsen. Nur waren sie deutlich größer und die Pinsel an den Ohren ausgeprägter. Ihr weitläufiges Gehege lag am Fuße dreier gewaltiger Eichen. Ella wusste sofort, dass diese Behausung das Werk von Eik Feilson war. Anstelle von einem Gitter aus Metall oder Draht, hatten sich die Wurzeln der Bäume aus dem Boden geschoben, miteinander verwoben und so ein Areal von der Größe der Turnhalle gebildet. Aus dem Augenwinkel nahm Ella kleine Wesen wahr, die über die Verstrebungen huschten. Ihre Aufmerksamkeit wurde aber zu sehr von den Raubkatzen im Inneren gefesselt, um genauer hinzusehen. Trotz aller Faszination, die sie für die Wildkatzen empfand, liefen ihr Schauder über den Rücken.

»Und da sollen wir jetzt rein?«, fragte sie mit piepsiger Stimme. »Müssten die Tiere dafür nicht weggesperrt werden?«

»Das wird nicht nötig sein. Meine Giwaros hören aufs Wort und würden niemals jemandem etwas zuleide tun.«

Sie war nicht überzeugt.

Eik Feilson holte einen Schlüssel aus der Tasche und öffnete die Tür zu einem hölzernen Verschlag. »Schubkarren und Mistgabeln findet ihr hier. Die Tür zum Gehege ist bereits aufgeschlossen. In einer Stunde komme ich zurück und möchte alles sauber vorfinden.«

»Na dann, lass es uns hinter uns bringen«, meinte Olli seufzend, nachdem sie alleine waren. »Hoffentlich ruiniere ich mir nicht meine neuen Sneakers«, fügte er mit Blick auf seine weißen Markenturnschuhe hinzu.

Ella schluckte und nickte. Es half ohnehin nichts. Sie war ja selbst schuld, aber das Gespräch mit Olli hatte sie unglaublich gefesselt. Immer noch schwirrten ihr tausend Fragen im Kopf herum.

Doch die mussten warten. Erst mal galt es, das Gehege der Raubkatzen zu überleben. Olli schnappte sich die Mistgabeln, legte sie in die Schubkarre und marschierte los. Ella lief voran, um ihm die Tür aufzuhalten, die ebenso aus verschlungenen Wurzeln bestand. Nur zögernd folgte sie ihm hinein. Jeder Muskel ihres Körpers war angespannt, stets bereit, die Flucht zu ergreifen. Auf leisen Sohlen schlich sie weiter auf die Schubkarre zu.

Krachend fiel die Tür ins Schloss, und Ella hielt einen Moment den Atem an. Die Tiere jedoch dösten unbeeindruckt am anderen Ende des Geheges auf einem Berg aus Felsen und Baumstämmen. Zwei der Katzen hoben kurz den Kopf, aber als sie erkannten, dass sie nichts zu essen dabeihatten, verloren sie das Interesse.

Mit einem tiefen Atemzug versuchte sich Ella zu beruhigen. So weit, so gut. Die Giwaros schienen heute Abend keine *unartigen Kinder* auf dem Speiseplan zu haben. Sie griff sich eine Mistgabel und begann, die Hinterlassenschaft der Tiere in die Schubkarre zu befördern. Je schneller sie hier fertig waren, umso besser. Mit diesem Ansporn hievte sie eine Fuhre Mist nach der anderen hoch. Als sie sich abermals vorbeugte, um die Heugabel anzuheben, kitzelte sie etwas an der Wange. Sie erstarrte mitten in der Bewegung. Ganz langsam drehte Ella den Kopf und fand sich Auge in Auge mit einem Giwaro wieder. Mit einem Aufschrei ließ sie die Mistgabel fallen und sprang mehrere Meter zurück. Die Raubkatze hatte sich völlig lautlos an sie herangepirscht.

Olli betrachtete sie kopfschüttelnd. »Fauliger Baumstumpf aber auch – du hast ja echt Schiss!«

»Ich? Nein. Ich liebe Tiere! Ich respektiere einfach ihre Privatsphäre.«

»Schon klar«, prustete er.

»Ehrlich. Und ich finde, je größer die Zähne eines Tieres sind, desto mehr persönlichen Freiraum braucht es.«

»Anders gesagt, du fürchtest dich.«

Ella reckte das Kinn und verschränkte die Arme vor der Brust. »Nennen wir es Respekt. Ist doch auch vernünftig? Immerhin sind sie für den Kampf ausgebildet und keine Kuscheltiere.«

»Es gibt keinen Grund, Angst vor Giwaros zu haben.«

»Respekt«, korrigierte Ella und machte einen weiteren Schritt zurück, ohne dabei die Wildkatze aus dem Blick zu lassen, welche sie ihrerseits mit schief gelegtem Kopf musterte.

Olli rollte mit den Augen, legte seine Mistgabel ab und kam auf sie zu. Er griff nach Ellas Hand. »Komm schon, Angsthase.«

Überrumpelt stolperte sie ihm hinterher. Zu spät erkannte sie, dass er sie direkt auf den Giwaro zuzog. Mit voller Kraft stemmte sie ihre Fersen in den Boden, doch vergebens. Nach einem letzten Ruck stand sie der Raubkatze gegenüber.

»Sie mögen für den Kampf ausgebildet sein«, erklärte Olli und ließ sich neben dem Tier auf die Knie fallen. »Aber vor allem beschützen sie uns Talissa und die Seelenbäume. Sie würden uns niemals etwas tun.« Er vergrub seine Finger im gefleckten Fell. »Oder, Aria, mein Mädchen?«

Das Giwaro-Weibchen schnurrte genüsslich, legte sich hin und rekelte sich regelrecht unter den Streicheleinheiten.

Einige Wimpernschläge lang starrte Ella die beiden an.

Nur langsam lockerte sich ihre Anspannung, und ein Lächeln zupfte an ihren Lippen. »Woher weißt du, wie sie heißt?«

»Ich war schon ein-, zweimal beim Gehege.« Olli zögerte, ehe er leise hinzufügte. »Immer wenn ich mich einsam fühle oder es mir nicht gut geht, komme ich hierher. Zu Hause haben wir auch ein Rudel Giwaros.«

»Ein ganzes Rudel? Ich dachte, dass sie wie Luchse Einzelgänger sind«, warf Ella ein.

»Nein. Sie lieben es, in Familienverbänden zusammenzuleben. Daher kommt wohl auch ihr Beschützerinstinkt«, sagte er. »Wenn sie lange genug bei einem sind, wird man wohl Teil ihres Rudels. Wegen Mums Stellung wird unser Anwesen ziemlich gut bewacht, da sind sie sehr praktisch.« Hingebungsvoll kraulte er die Ohren der Griwaro-Dame. »Außerdem war die Zucht schon immer eines ihrer Hobbys. Man könnte quasi sagen, dass ich mit ihnen aufgewachsen bin.« Bei dem Lächeln, das er ihr schenkte, wurde Ella selbst bei den eisigen Temperaturen warm. »Nun setz dich schon, Aria liebt es, gestreichelt zu werden.« Er nickte in Richtung der Raubkatze.

Sie kratzte all ihren Mut zusammen. Ein Teil von ihr wäre am liebsten davongelaufen, doch Ollis Zuversicht färbte auf sie ab. Langsam ging sie in die Knie und streckte ihre Hand aus. Zögerlich glitten ihre Finger durch das weiche Fell. Eine innere Ruhe machte sich in ihr breit und vertrieb mit jeder Liebkosung mehr von der Angst. Eine ganze Weile lang saßen sie schweigend da und streichelten Aria.

»Olli?«, durchbrach Ella schließlich die Stille.

»Hmm?«

»Vorhin in Sport meintest du, deine Mutter wäre eine Telepathin.«

Er zog eine Augenbraue nach oben »Ja?«

»Was bedeutet das?«

»Muss schwierig sein, als Mensch aufgewachsen zu sein«, mutmaßte er. »Wenn man hierherkommt und so gar keine Ahnung von dem Volk hat, zu dem man gehört.«

Ella schwieg. Was hätte sie darauf auch sagen sollen?

»Ein Telepath ist jemand, der mit seinem Seelenbaum mental verbunden ist. Also auch über weite Entfernung mit ihm kommunizieren kann. In seinen Gedanken, verstehst du?« Er zog sich seine Mütze zurecht. »Es ist eine äußerst seltene Gabe. Meistens gibt es in jedem Clan nur einen. Manche Clans haben niemanden mit dieser Begabung. Die Telepathen besitzen mit Abstand die stärksten Beziehungen zu den Seelenbäumen, weshalb sie auch meist die Clanoberhäupter sind, so wie Mum eben.«

Olli klopfte Aria die Seite. »Wir sollten langsam fertig werden, bevor die Eeks uns noch an Feilson verpetzen und er uns die Hölle heißmacht.« Ella folgte seinem Blick nach oben. Und tatsächlich: Auf dem Wurzelgeflecht saßen mehrere der kleinen Wesen, die wie zu groß geratene Eicheln samt Hut aussahen. Dünne Arme und Beinchen sprossen aus ihrem Körper. Neugierig lugten sie zu ihnen herunter. Ella hatte über sie gelesen, doch noch nie leibhaftig welche gesehen. Nach allem, was sie wusste, waren sie dem Eichelclan eng verbunden. Olli hatte definitiv recht. Sie sollten sich sputen, wenn sie sich nicht weiteren Ärger mit Kommandeur Feilson einholen wollten.

Ihr Gegenüber stand auf und streckte Ella die Hand hin. Lächelnd griff sie danach, ließ sich von ihm aufhelfen, und gemeinsam gingen sie wieder an die Arbeit. Dabei tat sie ihr Bestes, sowohl Ves' Warnung vor ihrem Freund als auch die wimmernde Stimme aus ihrem Kopf zu verbannen.

17

Ende einer Schlittenfahrt

Ves saß frisch geduscht in der Umkleidekabine, schlüpfte in seine Klamotten und nahm sein Trikot hoch, um es zur Schmutzwäsche zu legen. Stolz betrachtete er seine Nummer: die Drei. Die anderen Steinböcke lachten und feixten in gelöster Stimmung. Mit erhitztem Gesicht und noch nassem Haar suchte er seine Sachen zusammen. Gleich war er zum Schlittenfahren mit Ella und den anderen verabredet.

»Das lief ja wie am Schnürchen.« Einer der älteren Spieler der Silva Steinböcke klopfte Ves auf die Schulter, und er spürte die Hitze am Hals. »Du bist wirklich talentiert. Ein Spitzenkletterer wie du hat der Mannschaft noch gefehlt.« Obwohl er es versuchte, konnte er ein Lächeln nicht unterdrücken. Aber die Wurzeln zu erklimmen, gelang ihm tatsächlich beinahe ohne Kraftaufwand. Und er liebte es. Nicht nur die Anerkennung. Hier im Training hatte er das Gefühl, das erste Mal an der Silva auf Menschen zu treffen, die ihn verstanden – für die sportliche Leistungen zählten und nicht nur das Wissen über Pflanzen. Im April fand am Tag des Baumes sein erstes Spiel statt. Ultragrün. Feilson hatte sogar gemeint, wenn er so weiter übte, dann stünden die Chancen gut, dass er aufgestellt würde. Sein Blick fiel auf die Uhr an der Wand. Verdammte Kacke, er war schon viel zu spät dran.

»Ich muss los«, rief er in die Runde und machte, dass er in den Tunnel kam, der zur Oberfläche führte. Noch im Laufen schlang sich Ves den Schal um den Hals, nahm zwei Stufen auf einmal und stürmte ins Freie. Sein Atem bildete kleine Wolken, und der Pulverschnee staubte unter seinen Füßen, als er den Pfad entlangeilte.

»Der Fesl! Auf dem Weg zum Schuppen? Schlitten besorgen? Kommst du auch mit? Mann, dich werden wir wohl nie wieder los«, schnaubte Olli, der genau wie er selbst abgehetzt und in Eile wirkte.

Weshalb ist der denn so knapp dran? Verfluchter Mist! Nun mussten sie zusammen gehen. »Wieso bist du nicht längst auf dem Hügel?«

»Geht dich nichts an. Such dir lieber eigene Freunde, anstatt dich denen deiner Schwester aufzudrängen!«

»Ach, halt die Klappe. Mit deinem Getue kannst du vielleicht die anderen täuschen, aber sicher nicht ewig!« Ves beschleunigte seinen Schritt und lief ein paar Meter vor dem Doofschnösel her. Er warf einen Blick über die Schulter, und im selben Moment überholte ihn der Kerl und spazierte seinerseits vor ihm. Das konnte sich Ves nicht gefallen lassen und zog noch einmal das Tempo an. Olli folgte seinem Beispiel, bis sie gleich schnell im Stechschritt durch den Schnee staksten.

Der Schuppen, in dem die Sportgeräte gelagert wurden, befand sich nahe dem Eingang zur Wurzelbahn. Als sie an diesem vorbeiliefen, fiel Ves' Blick auf das Warnschild, das er schon oft gesehen hatte, aber nicht verstand. *Betreten auf eigene Gefahr, Licht nicht vergessen.* Wie jedes Mal runzelte er die Stirn, nur diesmal bemerkte es der Doofschnösel neben ihm.

»Tja, warum braucht man wohl in den Stollen Licht? Da wunderst du dich, nicht wahr?«, sagte er in gehässigem Tonfall. »Bestimmt hast du noch nie was von den Cranns gehört. Die leben vor allem in den stillgelegten Tunneln. Manchmal verirrt sich auch einer auf die benutzten Schienen.« Ves zog eine Augenbraue in die Höhe, nicht sicher, ob Olli ihn gerade veräppelte. »Lass mich raten, du wusstest nicht, dass die Wurzelbahn so riesig ist und nicht nur von hier bis zum Haupthaus reicht. Aber weißt du was, am besten gehst du mal im Dunkeln hinunter, da wären wir dich wenigstens los.«

Ves hatte große Mühe, seine Wut zu zähmen – er kochte innerlich wie ein Dampfkessel, der gleich zu explodieren drohte. »Jetzt halt einfach deine dämliche Klappe«, entfuhr es ihm.

Die Jungs erreichten den Schuppen, und Olli legte die Hand auf die Klinke, dann drehte er sich noch mal zu ihm um. »Das willst du natürlich nicht hören … dass du keine Ahnung von gar nichts hast, weil klar ist, dass du nicht hierhergehörst«, fügte Olli süffisant hinzu. »Da bist du Ruby gar nicht unähnlich. Die wüsste nämlich nicht mal, was Clans sind, wenn es mich nicht gäbe – und auch nicht, welcher Clan der einzig Wahre ist.«

»Lass mich raten«, Ves ballte die Fäuste, um dem Kerl nicht eine von hinten mitzugeben. »Ein Baum, an dem kleine Kackwürste wachsen.«

Olli öffnete schnaubend die Tür und betrat das Innere. »Mach dich nur lustig, Fesl. Natürlich sind es die Fichten. Wir sind der größte Clan, haben die meisten Seelenbäume und damit unendlich viele Zugänge zu unserer Essenz. *Deshalb* sind wir stark. Und *deshalb* sollte der Rest auf uns hören. Noch haben das nicht alle begriffen. Aber das wird kommen. Weißt du, was der älteste Baum in ganz Europa ist?« Olli schnappte sich einen Schlitten und wartete selbstgefällig, bis Ves ebenfalls einen hatte. Bedauerlicherweise hatte sich der Doofschnösel den letzten neuen Holzbob gegriffen, und so blieben für ihn nur die Modelle, die aussahen, als wäre damit schon Tante Heidi als Kind gefahren.

»Es ist der *Old Tjikko*, eine Fichte, die im Fulufjället-Nationalpark in Schweden wächst. Beinahe zehntausend Jahre alt ist dieser Seelenbaum. Vielleicht kannst du dir jetzt vorstellen, welche Bedeutung wir Fichten haben.«

»Vor allem bedeutet ihr Ärger«, murmelte Ves, so leise, dass Olli ihn nicht verstand. Sie zogen die Schlitten hinter sich her und marschierten durch den Wald. Der Hügel, auf dem schon Ella, Ruby und Narek warteten, lag am äußersten Rand des Schulgeländes. Es könnte so schön sein, wäre er ohne den Idioten unterwegs. Die Sonne blitzte durch die Äste, der Schnee glitzerte, und Eiszapfen hingen von den Zweigen. Obwohl Ves sein Bestes tat, das dumme Geschwätz von Olli zu ignorieren, ließ es sich nicht komplett ausblenden, und so wallte die Wut in seinem Magen zunehmend auf.

Ves saugte kalte Luft in seine Lungen und stieß sie erleichtert aus, als die Jungs endlich den Schlittenberg erreichten und sich an den Aufstieg machten. Nur noch wenige Schritte, bis der Doofschnösel jemand anderen volllabern konnte.

Ruby stand oben am Hügel und winkte ihnen fröhlich. »Da seid ihr ja! Huhu!«, rief sie. Wo nahm dieses Mädchen nur so viel gute Laune her? Vielleicht konnte sie ihm davon mal etwas abgeben. Ella, die sich mit Narek unterhalten hatte, drehte sich um. Als sie Olli sah, färbten sich ihre Wangen pink. Was fand seine Schwester nur an diesem Volltrottel? Wenn sie ihm nicht glaubte, dass der Kerl sie alle verarschte, war es einzig ihr Problem.

»Hi«, grüßte Narek, und Ves nickte ihm zu. Natürlich nahm Ella Olli in Beschlag.

»Na endlich, ihr lahmen Schnecken! Jetzt machen wir die Piste unsicher!« Ruby lachte, während sie sich eine rotblonde Strähne in ihr Stirnband stopfte. Ves sah sich um. Es gab rundum Möglichkeiten, den Berg runterzufahren, nur auf einer Seite würde man direkt auf den Bach zupreschen und dann unweigerlich darin landen.

»Dein Bruder ist echt eine hohle Nuss, Stürmchen!«, flüstere Olli Ella zu, aber Ves hörte es – genau wie den dämlichen Spitznamen, den er seiner Schwester verpasst hatte. »Der wusste nicht mal, dass es Cranns in den Tunneln der Wurzelbahn gibt.« Kichernd presste sich Olli seinen Handschuh vor den Mund.

Ella blinzelte einen Moment, und natürlich tat sie so, als hätte sie voll den Durchblick. Aber ihn konnte sie nicht täuschen. Auch Frau Ich-bin-ja-so-belesen wusste eben nicht alles. Mit einer wegwerfenden Handbewegung drehte ihm seine Schwester den Rücken zu. »Ach der. Ves liest nur bescheuerte *Star Wars*-Comics und ein ganzes Buch höchstens, wenn man ihn mit einer Pistole auf der Brust dazu zwingt.«

»Wie können Zwillinge so unterschiedlich sein?«, wunderte sich Olli und legte Ella den Arm um die Schulter, was sie knallrot werden ließ. Den Blick, den er Ves daraufhin über die Schuler zuwarf, sprach Bände. Das ganze Theater mit ihr veranstaltete der Kerl einzig, um Ves zu provozieren.

Er biss die Zähne aufeinander, bis sein Kiefer schmerzte. Wenn er die Beherrschung verlor, würde er riskieren, aus der Gruppe zu fliegen, und das wollte Ves auf keinen Fall. Er hatte keinen Bock, wieder alleine auf dem Kronendeck zu essen.

»Vergiss ihn«, sagte da plötzlich Narek und ging an Ves vorbei zum Rand des Plateaus. Sein Zimmergenosse setzte sich, ohne auf die anderen zu achten, auf seinen Schlitten und fuhr los.

»Nicht so schnell, mein Lieber«, verlangte Ruby, nahm Anlauf und schmiss sich bäuchlings auf ihr Gefährt, um Narek einzuholen. »Komm schon, Vees-wuhuuu!«

So setzte sich Ves auf seinen Oma-Schlitten.

»Na, Feeeesl? Lust auf eine Runde Angsthasenspiel?«, fraget da Olli. »Wir fahren auf den Bach zu, und wer als Erster vom Rodel springt, ist ein feiger Wurzelfresser.«

Ella seufzte. »Das ist doch Blödsinn«.

»Du hast null Chancen«, antwortete Ves. Diesem Vollidioten würde er es zeigen.

»Na dann!« Olli lächelte seiner Schwester verschmitzt zu. »Wünsch mir Glück.«

Die Jungs setzten sich nebeneinander auf ihre Schlitten und nahmen ihre Startpositionen ein.

Keuchend kamen Narek und Ruby wieder oben an.

»Was machen wir?«, fragte sie.

»Kräfte messen.« Ellas Augen glänzten.

»Ah, okay? Ja dann ...« Ruby stellte sich zwischen die beiden, hob die Arme und rief: »Auf die Hölzer, fertig, los!«

Ves und Olli schossen pfeilschnell den Berg hinab. Schnee spritzte wie kleine Stecknadeln in sein Gesicht. Er linste mit zusammengekniffenen Augen zu seinem Gegner hinüber, aber der machte keinerlei Anstalten abzuspringen.

Immer schneller näherten sie sich dem Bach. Er hörte das eisige Wasser gurgeln. Sein Herz knallte wie ein Gummiball gegen seine Rippen. Wieso sprang der Doofschnösel nicht ab? Ganz im Gegenteil. Olli beugte sich nach vorne und umfasste den vorderen Teil seines Schlittens fester, das Gesicht zu einer entschlossenen Maske verzogen. Der Bach war vielleicht noch fünf Meter entfernt. Sprang Ves nicht ab, wäre er in wenigen Sekunden klitschnass, und das bei Minusgraden. Verdammte Kacke. Dieser Mistkerl würde ihn alt aussehen lassen.

Noch zwei Meter.

Egal.

Dann würde der Volldepp wenigstens mit Schwung im Fluss landen! Ves ließ sich seitlich vom Schlitten fallen und rollte ein paar Mal um die eigene Achse. Sein Rodel schnellte weiter, genau wie Olli. Aber der raste nicht in den Bach.

Ves klappte der Mund auf. Sein Widersacher fuhr gegen eine Art schimmernde Wand. Vor seinen Augen verzog sich der Wald, als wäre er dehnbar. Die Baumstämme bogen sich für Sekunden bis zum Boden.

Aber das trügte.

Ollis Fahrt wurde von einer transparenten Gummifläche abgebremst. Eine elastische Barriere. Was zur Hölle war das? Etwa der Schutzwall, von dem die Lehrer immerzu sprachen? Dann schnellte der Typ zurück, hielt sich auf seinem Schlitten und flog rückwärts den halben Hügel wieder hinauf. Er landete im Schnee, aufrecht und alles andere als nass. Ella und Ruby jubelten im gleichen Augenblick los und rannten den Schlittenberg hinab, bis zu Olli. Seine Schwester riss den rechten Arm des Doofschnösels in die Luft, während Ves mit dem Hintern im Schnee saß.

Dieser verdammte Mistkerl.

Zwar hatte Ves vom Schutzwall um die Akademie gehört, aber wo die Grenzen verliefen und wie dieser aussah, wusste er nicht. Dass das Ding einen wie ein Bungeeseil durch die Gegend katapultierte, hatte auch keiner erwähnt. Aber Olli hatte es gewusst und schamlos ausgenutzt, nur um einmal mehr zu demonstrieren, dass Ves keine Ahnung hatte. Er sah, wie der Kerl auf seinem Schlitten saß und selbstzufrieden grinste. So ein Idiot!

Da brandete sie wieder auf, die Wut, wie heiße Lava kroch sie ihm die Kehle hoch. Er rappelte sich auf und zog den Rodel den Berg hinauf. Mit aller Kraft versuchte er, den Typen zu ignorieren, aber als er auf dessen Höhe ankam, sagte Olli grinsend: »Tja, wenn man von nichts eine Ahnung hat, sollte man eben hingehen, wo man herkam.«

Da platze Ves der Kragen. »Ach ja? Und wenn man so ein falscher Freund ist, sollte man nicht so tun, als ob man ein netter Kerl ist. Wisst ihr überhaupt, wie der Typ euch vor den anderen Fichten nennt, wenn ihr nicht da seid? Birkenmutti, Nuss ohne Clan, Kiefern-Hohlkopf. Ja, so redet er über euch bei seinen tollen Fichtenfreunden. Ich habe es am Herbstfest alles gehört. Aber hier spielt er den ach-so-lieben besten Freund! Seid ihr wirklich so blind?«

Ella fiel ihm ins Wort. »Spinnst du? Bloß weil du mal verlierst, musst du nicht gleich dermaßen miese Lügen verbreiten.«

»Kannst du nicht mal anständig Zweiter sein?«, fragte Ruby.

»Das ist mir doch im Moment vollkommen egal. Ich sage euch, er ist ein Verräter!«

»Hast du irgendwelche Beweise?«, schaltete sich Olli ein, der immer noch grinste. »Nein, natürlich nicht«, knurrte er und ärgerte sich, dass er damals sein Smartphone nicht dabeihatte.

»Lass es einfach, Ves, okay?« Ruby drehte sich von ihm weg. »Mit falschen Anklagen kommt man nicht weit.«

»Am besten, du gehst jetzt.« Ella nickte mit dem Kinn in Richtung des Hauptplatzes.

»Von mir aus. Ich halte es hier sowieso keine Sekunde länger aus. Ihr werdet sehen, was ihr davon habt.« Damit setzte Ves seinen Weg den Hang hinauf fort. Als er an Narek vorbei kam, griff dieser ihm an die Schulter.

Mit ruhiger Stimme sagte er: »Du bist manchmal ein echter Angeber und denkst nicht nach. Keine Ahnung, wer von euch beiden lügt, aber Olli und Ruby sind seit seit vielen Jahren befreundet.« Der armenische Junge sah ihn unter dichten Wimpern an. »Du musst deine Kämpfe weise wählen.« Ves blickte sich um, und da sah er das leichte Schimmern, eine Schicht, die sich wie Gelatine um das ganze Schulgelände zog. Im unbewegten Zustand beinahe unsichtbar, aber eben nur fast.

Als er an diesem Abend im Bett lag, konnte er nicht schlafen – nicht nur wegen des Streits in der Gruppe. In seinen Ohren schrie und wimmerte es so laut, dass er Angst hatte, wahnsinnig zu werden. Er wälzte sich hin und her, hielt sich das Kissen über den Kopf, aber es half nichts. Die durchdringende Stimme ließ sich nicht ignorieren. In dieser Nacht sowie in den folgenden machte Ves kein Auge zu.

18

Nächtliche Begegnungen

Die langsam wachsende Laubbaumart Äon war in Mittel- und Nordeuropa heimisch. Während die Kelten über Jahrhunderte hinweg den Äon aufgrund der blutroten Blattfarbe als Brücke zu den Göttern verehrten, wurde ihr Bestand im Mittelalter durch die Abholzung für die steigende Anzahl an menschlichen Siedlungen stark dezimiert. Erschwerend kam hinzu, dass das Rot der Blätter als ketzerisch galt. Deshalb fällten Menschen Äonbäume in großen Mengen und nutzten das Holz für Scheiterhaufen, wenn vermeintliche Hexen, darunter zahlreiche Talissa, zum Feuertod verurteilt wurden. Trotz einer kurzen Regenerierungsphase des Bestands in den folgenden Jahrhunderten starb die Baumart am Ende der Industrialisierung in Europa bis auf eine kleine Gruppierung im Bayerischen Wald aus. Der letzte Seelenbaum kam im Sommer 1920 auf der Suche nach Schutz durch die Silva Akademie bei einem durch Menschenhand verursachten Waldbrand um. Mit ihm verstarben alle Ableger dieser Art. Der Essenzfunke des Äonenclans, angeführt durch Aster Silverthal, erlosch, und die Äonen-Talissa verloren jeglichen Zugang zur Magie der Bäume. Die meisten Nachkommen leben ohne Erinnerung an ihr Erbe unter den Menschen …

Wuahhhh!

Der Schrei riss Ella aus ihrer Konzentration. Erschrocken sah sie sich nach allen Seiten um, doch der Gemeinschaftsraum war leer wie zuvor. Erhellt einzig durch ihr Tablet und dem letzten Glühen eines Essenzfeuers im Kamin. Die Flammen waren bereits erloschen, nur die Lichtkugel leuchtete noch sanft. Nicht zum ersten Mal in dieser Nacht wünschte sie sich, sie könnte das Feuer neu entfachen, doch Professorin Flussstein hatte gesagt, dass sie diese weiterentwickelte Form der Essenzlichtmagie nicht vor dem dritten Schuljahr lernten.

Immer lauter wurde das Wimmern in ihrem Kopf, forderte mehr Raum in ihren Gedanken. So stellte sich Ella einen heftigen Migräneanfall vor. Sie legte die Stirn auf ihren angezogenen Knien ab und kniff die Augen fest zusammen. Noch immer wagte sie es nicht, mit irgendjemandem darüber zu sprechen. Die Angst ausgestoßen oder von der Schule geworfen zu werder, schnürte ihr jedes Mal die Kehle zu, wenn sie nur daran dachte, ihr Geheimnis preiszugeben. Sie fühlte sich in ihrem neuen Leben so glücklich, sie wollte nicht riskieren, wieder alles zu verlieren.

»Verschwinde«, stöhnte sie gequält, aber es half nichts.

Träge erhob sie sich, ging zum Fenster und legte ihre Stirn an die kühle Scheibe. Schneeflocken tanzten davor und schlossen die Schneedecke über dem Waldboden, die erste kahle Flecken bekommen hatte. Kaum zu glauben, dass in zwei Wochen das Fest der Blüte stattfand und damit der Frühlingsbeginn gefeiert wurde. Gemeinsam mit Ruby hatte sich Ella ein moosgrünes Tüllkleid bestellt, das laut ihrer Freundin perfekt zu ihren Augen passte. Das Blütenfest war der einzige Anlass im ganzen Jahr, bei dem man sich richtig schick machen konnte, behauptete zumindest Ruby.

Ein bitteres Schluchzen, das ihr durch Mark und Bein ging, hallte durch Ellas Gedanken. Die Stimme raubte ihr nicht nur den Schlaf, sondern wurde immer mehr zu einer Folter, der sie nicht entgehen konnte. Ihre Nerven waren angespannt. Gestern war sie Olli halb in die Arme gesprungen und hätte ihn dabei fast umgeworfen, nur weil ein Specht auf einen Stamm einhämmerte. Bei dieser Erinnerung wurden Ellas Wangen ganz heiß.

Sie presste sich die Hände auf die Ohren, als das Weinen bitterlicher wurde. Doch es half alles nichts. Mit einem frustrierten Aufschrei stampfte sie auf.

»Jetzt sei endlich ruhig!«, schrie sie. Ihr war gleichgültig, ob sie das ganze Baumhaus aufweckte. Sie brüllte, und gleichzeitig donnerten die Worte durch ihren Geist.

Ruhe kehrte ein.

Zwei letzte Hickser ertönten, dann wurde es herrlich leise. Überrascht blinzelte Ella, nahm einen zitternden Atemzug und versuchte zu verstehen, was geschehen war. Hatte die Stimme sie gehört? Konnte das sein? Es erinnerte sie an ... Telepathie. Ihre Gedanken wanderten zurück zum Nachmittag im Giwaro-Gehege, als Olli ihr von seiner Mutter und den Telepathen erzählt hatte.

»Aber das ist nicht möglich«, murmelte sie. »Nein, es muss eine andere Erklärung geben.« Dieser Tag, als sie mit Olli die Strafarbeit erledigen musste, hatte sich fest in ihr Gedächtnis gebrannt. Doch es war nicht das Gespräch, dass sie sehnsüchtig aufseufzen ließ. Ein paar blaue Augen, die sie freundlich ansahen, geisterten durch ihren Kopf. Nicht einmal Ruby gegenüber würde sie es je zugeben, aber einer der Gründe, warum sie sich so auf das Blütenfest freute, war die Hoffnung, dass Olli sie zum Tanzen auffordern würde. Die Talissa begrüßten den Frühling traditionell mit einem Ball. Ella war nie eines der Mädchen gewesen, die davon träumten, Cinderella zu sein. Dennoch tauchte vor ihrem inneren Auge immer wieder ein Bild auf, wie sie mit Olli über die Tanzfläche schwebte. Ihr Herz flatterte aufgeregt bei dieser Vorstellung, und ein Lächeln verzog ihre Lippen.

Einen weiteren Moment verweilte Ella in ihrem Tagtraum, ehe sie seufzte und zurück zum Sofa lief. Schon bevor sie sich gesetzt hatte, begann es erneut, in ihrem Kopf leise zu wimmern.

Na prima, das hat ja lange angehalten.

Mit einem schicksalsergebenen Stöhnen griff sie nach ihrem Tablet, um einen weiteren Artikel im Rootnet der Schule zu lesen. Es war die vierte Nacht in Folge, in der sie kaum Schlaf fand. Zu laut war das Wimmern und Schreien in ihrem Kopf, vor allem in jenen Momenten, wenn es um sie herum still war. Da sie Ruby nicht wecken wollte, schlich sie sich Nacht für Nacht in den Gemeinschaftsraum und las in der digitalen Bibliothek des Rootnets Fakten über die Talissa, ihre Gebräuche und Geschichte. So zum Beispiel, dass jede Familie einen Ableger des jeweiligen Seelenbaums hatte und den Tag seiner Einpflanzung Jahr für Jahr mit einem großen Fest feierte. Vor schwierigen Entscheidungen oder großen Ereignissen meditierten sie vor dem Baum, um möglichst viel gute Energie in sich zu sammeln. Oder dass die Talissa früher, als sie noch zurückgezogen in den Wäldern lebten, von Zeit zu Zeit mit den Menschen handelten. Dabei boten sie Schmuckstücke und andere Kostbarkeiten an, die aus Bernstein gefertigt waren. Heute, da beinahe jeder Clan in der Menschenwelt verwurzelt war, gingen die meisten ganz normalen Jobs nach. Es gab jedoch noch ein paar traditionelle Handwerkskünstler, die ihre Werke meist auf Mittelaltermärkten verkauften.

Sie tröstete sich mit dem Gedanken, dass sie so wenigstens aufholte, was die anderen schon als Kinder gelernt hatten.

Gerade als sie eine Abhandlung mit dem vielversprechenden Titel »Nebelweber, der Fluch des Lärms« gefunden hatte, forderte ein leises »Tock, tock, tock« an der Fensterscheibe Ellas Aufmerksamkeit. Ein Lächeln breitete sich auf ihrem Gesicht aus, als sie sah, wer dort um Einlass bat. In den vergangenen Wintermonaten war Corey, das Eichhörnchen, mehrmals im Baumhaus der Erstklässler aufgetaucht. Das schlaue Tierchen erschien nur, wenn sie alleine war. Schnell sprang sie vom Sofa hoch, lief hinüber zum Fenster und ließ ihren Freund, begleitet von ein paar Schneeflocken, herein. »Na, du kleiner Vielfraß, hast du schon wieder Hunger?«, fragte sie und streichelte dem Tier mit zwei Fingern über den Kopf.

Das Eichhörnchen fiepte.

»Dabei warst du doch erst vor vier Tagen hier, solltest du nicht schlafen?« Corey gab vor, sie nicht gehört zu haben. Er sprang an ihr vorbei in Richtung Küchenzeile, die in einem abgetrennten Bereich an die Gemeinschaftsfläche des Baumhauses anschloss.

»Ja, ja, schon gut, natürlich habe ich ein paar Nüsse für dich«, meinte Ella grinsend und folgte ihm. Insgeheim war sie froh, dass ihr tierischer Freund sie besuchte, so würde diese Nacht weniger einsam sein. Sie holte eine Packung Walnüsse aus dem Schrank und füllte ein paar davon in eine Schüssel. Begeistert beobachtete Corey sie, wackelte mit den Pinselohren und huschte ihren Arm hinauf bis zu ihrer Schulter, bereit, sich zum Sofa tragen zu lassen. Ella ließ sich von seinem ungeduldigen Pfeifen nicht beirren und brühte sich selbst eine Tasse Waldbeerentee auf, bevor sie es sich mit dem Eichhörnchen gemütlich machte. Gähnend griff sie wieder nach ihrem Tablet und öffnete den Artikel.

»Was hältst du davon, wenn ich dir eine Gute-Nacht-Geschichte vorlese?«, fragte Ella. »Vielleicht findet so ja wenigstens einer von uns beiden noch etwas Schlaf.« Marianne würde es schon nicht bemerken, wenn sie den Kleinen heute bei sich behielt. Corey fiepte zustimmend, kuschelte sich in Ellas Halsbeuge und knabberte genüsslich an einer Nuss.

»Dann wollen wir Mal etwas über *Nebelweber* lernen.« Das Tierchen erschauderte von der Nase bis zur Schwanzspitze. »Nicht so dein Fall?«, fragte sie und betrachtete ihren kleinen Freund mit gerunzelter Stirn, bevor sie mit leiser Stimme vorlas: »Beheimatet sind Nebelweber in dichten, sumpfigen Wäldern. Sie leben in Rudeln und tarnen sich in blickdichten Nebelschwaden und befehligen diese. Besonders aktiv sind sie in den Herbst- und Frühjahrsmonaten, wenn die Nebelbildung in den Senken des Waldbodens am intensivsten ist. Die geheimnisvolle Spezies ist nicht nur schwer zu entdecken, sondern auch äußerst heimtückisch. Angelockt durch Lärm, attackieren sie ihre Beute aus dem Hinterhalt.« Jetzt konnte Ella Coreys Reaktion von vorhin verstehen. Diese Wesen klangen grauenhaft. Tröstend strich sie über das Fell des Eichhörnchens. »Bist du so einem Nebelweber schon mal in unseren Wäldern begegnet?«

Corey legte den Kopf schief, sah zu Ella hoch und nickte. Dann wandte er sich wieder einer Walnuss zu, die er geschickt mit Zähnen und Pfoten knackte. Bei dem Gedanken, welchen Gefahren er alleine im Wald ausgeliefert war, wurde ihr flau im Magen. Sie rief sich ins Gedächtnis, dass Tiere in der Wildnis besser klarkamen als Menschen. Reagierten diese Wesen auf Lärm, schwebten Eichhörnchen wohl kaum in Gefahr. Anstatt sich weiter Sorgen zu machen, fuhr sich damit fort, den Artikel vorzulesen.

»Der Stich eines Nebelwebers reicht aus, um ein Opfer in Menschengröße zu lähmen. Ist die Beute erst einmal bewegungsunfähig, verschleppt das Rudel es in ihr Nest, wo die Gefangenen an die Jungtiere verfüttert werden.«

»Liest du dir jetzt schon selbst Schauergeschichten zum Einschlafen vor? Du wirst wirklich mit jedem Tag seltsamer!«

Ella fuhr hoch, ihr Tablet fiel zu Boden. Hektisch versuchte sie, Corey unter der Decke zu verstecken. »Lass gut sein, ich hab schon vor Wochen beobachtet, wie du den Nager fütterst.« Ves schnitt eine genervte Grimasse und steuerte auf die Küchennische zu.

»Und jetzt?« Ella stand auf und folgte ihrem Bruder. »Wirst du mich bei Marianne verpetzen?«

»Warum sollte ich?«, fragte Ves und rieb über das Steinbock-Logo, das auf sein Schlafshirt gedruckt war.

»Ähm, na ja, es ist nicht erlaubt, und wir haben uns gestritten, und ....«, erwiderte Ella stotternd.

»Trotzdem bin ich keine Petze. Außerdem ist mir deine Tiermarotte wirklich zu egal, um mich damit zu beschäftigen.«

Ihr Blick glitt über sein Gesicht, suchte nach einer Spur dafür, dass er log und sie doch verraten würde. Aber alles, was sie entdecken konnte, waren dieselben dunklen Augenringe, die ihr auch das eigene Spiegelbild zeigte.

»Kannst du auch nicht schlafen?«, fragte Ella besorgt und trat einen Schritt näher. Beinahe hätte sie eine Hand gehoben, um ihm mit den Fingern einen Smiley auf den Arm zu zeichnen. So wie früher, wenn er traurig gewesen war, weil ihn die anderen Kinder in der Kita wegen seinem Sprachfehler gehänselt hatten. Im letzten Moment ließ sie es. Diese Zeit war lange vorbei.

»Nein, ich dachte, es macht Spaß, mal ein paar Tage darauf zu verzichten.« Er füllte ein Glas mit Milch. »Außer dir würde ein Grund einfallen, warum wir beide schlaflos bleiben?« Herausfordernd sah er sie an.

Passend dazu schluchzte die Stimme laut und deutlich in ihren Gedanken.

Ella biss sich auf die Unterlippe, rang mit sich, schüttelte dann jedoch den Kopf. »Nein, ich bin wach, um zu lernen. Die anderen haben zwölf Jahre Vorsprung.«

»Natürlich, was sonst!« Ves spie die Worte förmlich aus und schlug die Kühlschranktür so heftig zu, dass die Flaschen im Inneren klirrten. »Lüg dich ruhig weiter an, Ella, aber ich werde herausfinden, was hinter dieser Stimme steckt.« Ves rauschte davon und ließ sie mit einem Kloß in der Kehle zurück.

Ein Teil von ihr wollte ihrem Bruder nachlaufen, ihm sagen, dass er recht hatte und sie die Stimme ebenfalls hörte. Doch sie tat es nicht. Ella schlich zum Sofa, kuschelte sich wieder zu Corey und las weiter, ohne auch nur ein Wort zu verstehen. Ihr Gewissen lastete schwer auf ihrer Seele.

Das Eichhörnchen schien ihre innere Unruhe zu spüren, legte eine Pfote auf Ellas Wange und sah sie forschend an.

»Vielleicht hätte ich damals nach der Alchemiestunde nicht lügen sollen.« Zitternd holte Ella Luft. »Was, wenn ich einen großen Fehler gemacht habe?«

19
Fest der Blüte

Ves stand auf dem Balkon seines Zimmers und hatte den Kopf in die Hände gestützt. Der Ruf einer Eule drang zu ihm, und vom Kronendeck wehten Geräusche herunter: dumpfes Lachen und Musik. Wie Seifenblasen schwebten schillernde Essenzkugeln durch die Abenddämmerung und säumten den Weg hinauf zur Mensa, wo das Fest der Blüte begonnen hatte. Bislang konnte er sich jedoch nicht aufraffen, das Zimmer zu verlassen. Seit den frühen Morgenstunden waren Pilzlinge damit beschäftigt gewesen, die Cafeteria in einen Ballsaal zu verwandeln. Das wusste er, weil er wach gelegen hatte.

In seinem Kopf wimmerte es fortwährend – zu laut, um die Stimme in den Hintergrund zu drängen, aber wenigstens leise genug, dass er nicht das Bedürfnis verspürte, sich die Ohren zuzuhalten – was in letzter Zeit fast jede Nacht der Fall war. Manchmal hörten sich die Stimmfetzen wie Worte an, ohne dass er ihre Bedeutung verstand. Die wenigen Stunden, in denen Ruhe in seinem Kopf herrschte, verbrachte er ausschließlich im Bett. Ella hatte das gleiche Problem. Warum hielt sie so stur an ihrer Lüge fest, obwohl sie vor Müdigkeit kaum mehr laufen konnte?

Verstohlen linste er hinauf. Von hier unten ließ sich nicht erkennen, was ihn erwartete – außer, dass er wieder alleine in einer Ecke stehen würde und den anderen beim Feiern zusehen musste. Zwar redeten Narek und er noch miteinander, aber der Rest der Clique ignorierte ihn. Beinahe hatte Ves geglaubt, sie beide könnten Freunde werden, aber jetzt war er sicher, dass das nicht mehr passieren würde.

Olli hatte gewonnen. Ihn aus der Gruppe vertrieben und damit sein Ziel erreicht.

Ves schnaubte. Auf dem Ball hatte er nichts zu suchen.

Auf der anderen Seite würde die Lautstärke der Feier und und das rege Treiben ihm vielleicht helfen, die nervige Stimme eine Weile beiseitezuschieben. Hin- und hergerissen stieß Ves sich vom Geländer ab und betrat das Zimmer. Er schritt zum Kleiderschrank und öffnete eine Tür, auf deren Innenseite ein Spiegel befestigt war. Die dunklen Schatten unter seinen Augen hatte er den letzten Wochen ohne Schlaf zu verdanken. Die hellbraunen Haare hingen ihm über die Ohren, und seine Haut war blass. Er presste die Lippen zusammen. Ja, er würde zu diesem Ball gehen. Nur zusehen. Aber dafür ein paar Stunden abschalten.

Die anderen Schüler hatten sich alle in Hemd und Anzug geworfen, und die Mädchen sahen in ihren bunten Kleidern aus wie Frühlingsblumen. Er jedoch holte nur ein T-Shirt mit dem Aufdruck einer Fliege, Knöpfen und Hosenträger aus dem Schrank und schlüpfte hinein, darüber zog er ein schwarzes Jackett zu den Jeans, die er ohnehin trug. Hemden hasste er. Zu eng saßen sie am Hals, sodass man immer das Gefühl hatte, zu ersticken.

Fertig angezogen machte er sich auf den Weg hinauf. Die

Luft roch nach dem ersten Bärlauch und dem Festessen, das in der Küche zubereitet worden war. Behände erklomm er die leeren Hängebrücken, Luftstege und Wendeltreppen. Die gesamte Schule hatte sich auf dem Kronendeck eingefunden – keine Seele war mehr hier draußen zu sehen. Als er schließlich die Flügeltür erreichte, blieb er stehen, schluckte, gab sich dann aber einen Ruck. Er würde ohnehin nicht auffallen.

Mit festen Schritten betrat Ves den Festsaal.

Die Tische und das Buffet waren mit Blumen geschmückt. Eine Reihe blühender Bäume verlief an den Wänden entlang. Ihre Äste wehten über der Tanzfläche und warfen beständig Blüten ab, die durch die Luft flirrten wie Konfetti. Es musste sich um einen Essenzzauber handeln, denn kurz bevor sie den Boden berührten, lösten die Blüten sich auf. Die Decke der Mensa setzte sich im Frühling aus jungen Zweigen zusammen, die mit Knospen übersät waren, aus denen hellgrüne Blätter sprossen.

Die Schüler tanzten bereits zu fröhlicher Musik. Auf der Tanzfläche entdeckte er Ella und Narek, der mit angewinkelten Armen seinen Oberkörper steif von rechts nach links schwenkte. Er staunte, wie hübsch seine Schwester in ihrem grünen Kleid aussah, und überlegte, ob sie sich schon jemals herausgeputzt hatte. Vermutlich hatte Ruby sie überredet und ihr gleich selbst die Haare frisiert. Wo war die überhaupt? Irgendwie hätte er gerne einen dummen Spruch von ihr gehört – zu seinem T-Shirt vielleicht oder zu seiner Laune. Egal, würde nicht passieren. Dafür hatte der Doofschnösel gesorgt. Ves schlug mit der Faust gegen die Wand.

»Na, na, demolieren Sie ja nicht die Dekoration, Sturmbach. Ich hab Sie immer im Auge, verstanden?« Ves schreckte zusammen und musste den Blick senken. Vor ihm stand sein Alchemurkslehrer Heidemann mit verschränkten Armen und blickte mit zusammengezogenen Augenbrauen zu ihm hoch.

»Schon gut«, murmelte er und schlich hinüber zu einer Bar, wo er Marianne entdeckt hatte, die Gläser mit Bowle verteilte.

»Hallo«, grüßte er seine Hausmutter, die geschäftig die letzten Waldbeeren in ein Glas füllte und es ihm überreichte.

Sie lächelte. »Lass es dir schmecken.«

Weil er nicht wusste, wo er sonst hingehen sollte, blieb er einfach stehen und nippte an seinem Getränk.

»Willst du gar nicht die Hüften schwingen?« Die Pilzin wackelte mit dem Popo im Takt der Musik, was Ves gleichzeitig lustig und peinlich fand.

»Ne, nicht mein Ding«, sagte er.

»Wenn das so ist, könntest du schnell in die Küche eilen und mir noch einen Sack gefrorener Waldbeeren aus dem Gefrierschrank holen? Die hier sind fast leer, und du kennst dich ja aus.« Marianne zwinkerte, und hinter Ves' Stirn erschienen Bilder der Mehlschlacht und wie viel sie gelacht hatten. Sei's drum, das war Vergangenheit.

»Klar, mach ich.« Froh darüber, eine Aufgabe zu haben, durchquerte er mit zügigen Schritten die Ballsaal-Mensa, bis er die Küchentür erreichte. Seine Hand lag schon auf dem Türgriff, als er Stimmen hörte – und die klangen nicht nach Spaß.

»Was ist das überhaupt für ein Kleid, und hast du dir die Haare von einem Wildschwein machen lassen?« Lautes Gelächter erklang, und Ves folgte dem Lärm.

Nach einer Biegung entdeckte er die Fichten aus der Vierten: Narziss, Romin und Flos Schwester Jasmin, die gerade eine von Rubys Haarsträhne zwischen den Fingern hielt und die Nase rümpfte, während der blauhaarige Rimon spöttisch die Mundwinkel hochzog.

Sein Puls schnellte hoch. Es drängte ihn, sofort loszustürmen. Dann aber erinnerte er sich, wie die anderen ihm vorgeworfen hatten, ein Lügner zu sein, und er zögerte.

»Jawoll! Hier riecht es ja sogar nach Wildsau!«, rief Rimon und machte eine Geste, als müsste er würgen. »Birkenholz. Kotz.«

Ruby schlug erbost die Hand der Viertklässlerin weg. »Das geht euch einen feuchten Holzbalken an, ihr … ihr … vergammelten Mooshaufen!« Rubys sonst so feste Stimme zitterte. »Und du? Sagst du nichts dazu?« Ves wusste nicht, wen sie damit ansprach, aber er hatte einen Verdacht.

»Für eine Birke hast du eine ziemlich große Klappe! Die stehen in der Hackordnung nämlich ganz unten.« Jasmin verschränkte die Arme und hob das Kinn.

»Halt doch selbst deinen Mund.« Ruby hatte die Hände zu Fäusten geballt.

»Es reicht.« Hinter den beiden stand Narziss, die Augen zu Schlitzen verengt. »Eine Birke hat nicht so mit uns zu sprechen. Ist das klar?« Dann lächelte er kalt und sah zur Seite. »Aber sie hat recht, willst du dich nicht auch mal dazu äußern?«

In diesem Moment trat Olli hinter den anderen hervor. Ves schüttelte den Kopf. Er hatte es gewusst, was für ein verlogener Mistkerl! Zu viert gegen eine. Diese miesen Feiglinge!

Olli sah zwischen den älteren Fichten hin und her und kaute auf seiner Unterlippe.

»Gib's ihr, los!«, forderte Narziss, der die Gruppe offenbar anführte.

Ollis Schultern sackten nach unten, dann aber straffte er sich, und in seinem Gesicht erschien ein grimmiger Ausdruck. »Du bist eine Schande für die Talissa, hast keine Ahnung von gar nichts und beanspruchst dennoch die Essenz für dich! Das ist so erbärmlich.«

»Geht's noch?« Ruby blinzelte ungläubig. »Was soll das, Olli?« Ihre Stimme wurde mit jedem Wort leiser. »Ves hatte die ganze Zeit recht? Ernsthaft, und ich hab dich verteidigt?«, fragte sie kaum hörbar und schüttelte dabei unablässig den Kopf. Eine Träne löste sich aus ihrem Augenwinkel. Narziss warf Olli einen auffordernden Blick zu.

»Heul nicht und halt einfach die Klappe, Birkenmutti«, rief Olli aufgebracht.

»Jawoll, der Kleine legt ja voll los!« Rimon, der Blauhaarige, schlug dem miesen Verräter anerkennend auf die Schulter und grinste.

Das stachelte den Doofschnösel erst recht an. Er stieß mit dem Zeigefinger gegen Rubys Brust. »Deine Eltern haben keine Ahnung, was Ehre ist. Die wissen nichts über die Talissa, also halt mal schön die Blätter still.«

»Das verzeih ich dir nie, du Riesenastloch!« Ruby schlug

die Hand von Olli beiseite. Der aber holte aus und schubste sie so heftig, dass sie das Gleichgewicht verlor und stürzte.

Das war zu viel.

Ves konnte sich nicht mehr halten.

Er rannte zu Ruby und hockte sich neben sie. »Ist alles in Ordnung? Hast du dir wehgetan?« Bevor sie antwortete, hörte er die Fichten in seinem Rücken lachen.

»Wer ist das denn? Held auf Abruf, oder was?«

»Das ist nur der Depp vom Dienst. Keine Essenz, kein Clan, passt zur Birkenmutti«, rief der Doofschnösel. Das reichte endgültig.

»Na warte.« Blind vor Wut stürzte er sich auf Olli und riss ihn zu Boden. Sie kugelten über die Holzdielen. Ves schlug zu. Der erste Moment der Überraschung war vorbei, und sein Gegner begann sich zu wehren. Den Tritt, den er kassierte, ließ ihn aufkeuchen. Doch Ves beachtete den Schmerz kaum, holte erneut aus und verpasste diesem Mistkerl einen Schlag gegen die Schläfe. Wieder und wieder droschen die beiden aufeinander ein, rollten übereinander, mal der eine oben, mal der andere. Unterdessen johlten die Fichten und feuerten Olli an.

»Was ist denn hier los!«, rief plötzlich eine Stimme erzürnt.

Jemand zog an seinem Jackett, packte seine Arme und hielt ihn fest. Es war Rimon. Ves zappelte, trat um sich und versuchte vergeblich, sich aus dem Haltegriff des blauhaarigen Viertklässlers zu befreien, bis er Prunus Heidemann entdeckte, der die Hände in die Hüften stemmte.

Abrupt hielt er inne.

»Dieser Junge kam aus dem nichts und ist auf Olli losgegangen«, behauptete Narziss sofort.

»Sie schon wieder!« Heidemanns Stimme überschlug sich vor Wut. »Ich wusste, dass Sie Ärger bedeuten, Sturmbach«, spie er aus.

»Ruby, Ruby! Ist dir was passiert?« Ella stürzte auf ihre Freundin zu, die immer noch auf dem Boden lag. Narek ebenso. Der Lärm war wohl bis in den Ballsaal vorgedrungen. Ruby rieb sich den Kopf und ließ sich von den beiden hochhelfen.

»Das stimmt nicht«, verteidigte sich Ves. »Sie haben …«, aber der Lehrer hob eine Hand, die ihn zum Schweigen brachte. Stattdessen horchte er genau hin, als Narziss fortfuhr.

»Wenn die Zustände an dieser Schule zu Olivers Mutter durchdringen … ich möchte mir gar nicht vorstellen, was Carissa von Lilienberg dann macht.«

Der Alchemielehrter stutzte, seine Augenbrauen verschmolzen zu einer Linie. Grimmig betrachtete er Ves, seine Nasenflügel bebten verräterisch. Er stützte sein Kinn auf Zeigefinger und Daumen. »Sturmbach, zur Strafe für diese Prügelei fliegen Sie aus dem Team der Silva Steinböcke! Da kann Oliver gleich ihren Platz einnehmen. Ich bin mir sicher, dass seine Mutter das zu schätzen weiß.« Der Lehrer nahm erst Narziss und dann den Doofschnösel in den Blick. »Richten Sie ihrer Frau Mama meine Grüße aus.«

Olli grinste. »Mach ich, Professor.«

Ves war, als würde eine Hand aus Eis sein Herz zusammenquetschen. Er hatte das Gefühl, von innen heraus zu erfrieren. War er jetzt wirklich kein Steinbock mehr? Das konnte nicht sein – wie war das geschehen? Er wollte Ruby doch nur helfen.

Mit aller Kraft riss er sich aus Rimons Griff los.

»Das können Sie nicht machen!«, beschwerte sich da Ellas Freundin. »Ves hat mir geholfen, Olli ist der Verräter!«

Ves hörte die Worte nur halb. Er rannte den Gang entlang, sprintete durch den Ballsaal an Marianne vorbei.

»Hast du meine Waldbeeren?«, rief sie ihm nach, aber da verschwand er bereits zur Flügeltür hinaus ins Freie. So schnell er konnte, raste er die Hängebrücken und Wendeltreppen hinab – ohne zu wissen, wohin. Er wollte fliehen, nicht nur vom Ball, sondern von der ganzen Kackschule. Es gab nichts, was ihn hier hielt. Niemand mochte ihn, Essenz konnte er nicht steuern, er hatte keinen Clan, und tat er etwas Gutes, wurde er bestraft.

Seit er hier war, lief sein Leben schief.

Wegzulaufen war die einzige Option.

Er ließ die Baumhäuser hinter sich, rannte durch den Wald, wich Baumstämmen aus, als er plötzlich zurückgeworfen wurde und auf dem Po landete. Unabsichtlich war er gegen den durchsichtigen Schutzwall geknallt. Verzweifelt tastete Ves die Barriere ab. Irgendwo musste doch ein Weg hinausführen!

Das Bedürfnis zu entkommen, schnürte ihm die Luft ab.

Gab es nirgendwo ein Loch oder einen Riss? Mit den Fäusten schlug er gegen den Wall, der an den Dellen zu schimmern begann. Unmöglich, hier hinauszugelangen. Den Tränen nahe sank er zu Boden, zog die Knie an und vergrub das Gesicht zwischen den Armen. So saß er eine ganze Weile.

Da setzte sich jemand neben ihn und zeichnete ihm einen Smiley auf den Oberarm. Seine Schwester flüsterte: »Hexennase, Hexenbase, willst du aufhören, mich zu plagen, lass mich los, lass mich frei …« Ella wartete einen Moment. Als er nicht antwortete, stupste sie ihn sachte an.

Ves schniefte.

»Komm schon. Hexennase, Hexenbase, willst du aufhören, mich zu plagen, lass mich los, lass mich frei …«

»… denn du bist mir einerlei«, vollendete er den Kinderreim, den sie früher gesungen hatte, wann immer sie jemand ärgerte. Heidi hatte ihnen beigebracht, dass einem die anderen egal sein konnten, wenn sie einem nichts Gutes wollten. Wichtig war nur, dass sie einander hatten.

»So ist es gut, Vessi.« Bei seinem alten Spitznamen hatte sie ihn seit Ewigkeiten nicht mehr genannt, und eigentlich war er zu alt dafür, aber in diesem Moment fühlte es sich tröstlich an.

»Elli-Belli.« Er hob den Kopf.

»Es tut mir leid. Es tut mir wirklich so leid, was passiert ist und dass ich dir nicht geglaubt habe, was du über Olli gesagt hast. Narek und ich haben nur den Schluss mitbekommen, und Ruby hat mir erzählt, was dieses Astloch ihr alles an den Kopf geworfen hat. Es tut mir so leid. Ich hätte nie an dir zweifeln dürfen.« Sie nahm ihn in den Arm, und auch er drückt sie an sich. »Zwillinge für immer?«

Er nickte mit der Stirn an ihrer Schläfe. »Zwillinge für immer.«

Im gleichen Moment begann die Stimme, in seinem Kopf zu brabbeln und zu jammern. Er stockte und Ella auch.

Ihre Blicke trafen sich.

Da zuckte seine Schwester mit den Schultern. »Das tut mir genauso leid. Du hattest recht. Entschuldige bitte. Ich höre das Wimmern, habe ich von Anfang an.«

»Wieso dann diese Lügen?«

»Keine Ahnung. Vielleicht weil ich endlich einmal *normal* sein wollte? Nicht die Außenseiterin, die gehänselt wird und komische Stimmen im Kopf hört. Einfach dazugehören?«

»Was könnte diese Stimme bedeuten?«, fragte er ablenkend, damit das Schuldgefühl nicht so an ihm nagte, denn an Ellas früherer Situation war er nicht unschuldig. Zwar war er nie so schlimm wie Balthi, eingeschritten war er aber auch nicht. Und das, obwohl seine Schwester im Kindergarten immer für ihn da gewesen war, wenn die anderen sein Stottern nachgeäfft hatten. Er schüttelte die Erinnerung ab. »Ich habe schon überall nach der Ursache gesucht, jedoch ohne Ergebnis.«

»Keine Garantie dafür, dass es stimmt, aber ich habe eine Theorie. Es gibt Telepathen unter den Talissa, und die können in Gedanken mit ihrem Seelenbaum sprechen. Ich weiß das von – ach egal – ich weiß es einfach. Daher glaube ich, dass wir entweder der Anfang eines neuen Clans sind oder dass der Äonenclan zurückgekehrt ist.«

»Demnach müsste dort draußen irgendwo unser Seelenbaum rumgeistern. Wow.« Er machte eine kurze Pause und betrachtete seine Schwester prüfend. »Dann arbeiten wir ab jetzt zusammen und versuchen, ihn zu finden?«

»Das machen wir.« Ella nahm seine Hand, und er drückte sie. »Ich verstehe nur nicht, warum der Baum immer nur weint und gar nicht mit uns spricht.«

Ves blickte hinauf zu den Wipfeln der Tannen. »Ja, wie ein weinerliches Baby, toller Seelenbaum.«

»Gott, Ves, das ist es, du unfreiwilliges Genie.« Ella riss die Augen auf. »Er ist bestimmt tatsächlich noch ein Baby – ein Setzling.«

20
Frostiges Frühlingsfrühstück

»Ich weiß, mein Bruder kann ein ziemlicher Idiot sein«, sagte Ella und blickte von Ruby zu Narek, der gerade von seinem Butterbrot abbiss. »Aber – und ich kann selbst nicht glauben, dass ich das sage – sein Herz sitzt am rechten Fleck.«

»Sieht ganz so aus. Auf jeden Fall war es gestern unglaublich nett von ihm, mir zu helfen«, erwiderte Ruby. »Ich befürchte, dass er über Olli die ganze Zeit die Wahrheit gesagt hat.«

Narek nickte mit ernstem Gesicht.

»Stellt euch vor, er hat gestern noch mal versucht, mit mir zu reden. Er wollte mir ernsthaft erklären, dass ICH das alles falsch verstanden hätte und es doch nur ein witziger Streich sein sollte, der aus dem Ruder gelaufen ist, und ich solle mich jetzt nicht so anstellen.« Ruby blies die Backen auf. »Ist das zu glauben? Er tritt unsere Freundschaft mit Füßen und will mir dann erzählen, dass ich überreagiere.«

Ellas Herz wurde schwer. Für sie war es unbegreiflich, wie sie sich so in Olli hatte täuschen können. War er ein guter Schauspieler, oder wollte sie seinen wahren Charakter nicht sehen? Ves hatte ihn durchschaut. Von Anfang an, und er hatte versucht, sie zu warnen. Mehrmals! Sie jedoch war zu stur gewesen, um auf ihn zu hören. Überzeugt davon, dass ihr Bruder nur eifersüchtig auf ihre neuen Freunde war, hatte sie Olli die ganze Zeit über angehimmelt. Dafür würde sich Ella am liebsten selbst einen Tritt versetzen.

Es war müßig, sich weiter darüber Gedanken zu machen, denn die Vergangenheit war nicht zu ändern, aber sie würde zumindest dafür sorgen, dass ihr Bruder kein Ausgestoßener mehr war.

»Ihr seid also auch der Meinung, dass Ves wieder bei uns sitzen und in den Gruppenchat aufgenommen werden sollte, oder?«, fragte sie ihre Freunde.

»Natürlich, Bambi. Wir waren allesamt Idioten, nicht zu erkennen, wer von den beiden ein falsches Spiel spielt.« Ruby schüttelte traurig den Kopf.

Narek hob eine Augenbraue.

»Okay, fein«, fügte sie hinzu. »Ella und ich waren Idioten, weil du von Anfang an ein schlechtes Gefühl bei Olli hattest. Besser?«

Der Junge grinste. »Ja. Zu beiden Fragen. Ves hat eine zweite Chance verdient.«

»Dann wäre das beschlossen.« Ruby klatschte in die Hände und ließ ihren Blick durch den Raum gleiten, um nach Ves Ausschau zu halten »Was wollen wir denn heute no–« Sie brach ab und blinzelte irritiert. »Nein! Wie geschmacklos.«

Ella folgte dem Blick ihrer Freundin und stimmte ihr voll und ganz zu. Im Eingang des Kronendecks stand Olli mit vor Stolz geschwellter Brust. Auf seinem Shirt prangte das Logo der Steinböcke. Im selben Augenblick betrat Ves hinter ihm die Plattform und erstarrte, als er die Nummer auf dem Trikot erkannte. Die Drei. Seine Nummer.

»Ist was, Sturmbach?«, fragte Olli mit lauter Stimme, sodass es jeder im Raum verstand. »Gefällt dir mein Trikot?«

Ella wäre am liebsten zu ihrem Bruder gerannt, um sich schützend vor ihn zu stellen.

Einen Moment passierte gar nichts, es war, als hielte die komplette Schule die Luft an, dann ging ein Ruck durch Ves, und er winkte ab. »Ich habe mich nur gefragt, seit wann es cool ist, mit einem Bild von sich selbst auf der Brust rumzulaufen.« Er gab sich alle Mühe, gelassen zu wirken, als er an Olli vorbei auf das Buffet zumarschierte, doch Ella sah, wie er die Hände zu Fäusten ballte. Mit steifen Bewegungen lud er sich ein Brot und ein Schälchen Dunkelhonig auf ein Tablett, sowie einen Eichelkakao, und ging auf einen freien Tisch zu. Ella wollte ihn gerade herüberwinken, doch Ruby kam ihr zuvor und sprang auf.

»Hier sind wir, Ves.«

Die Stirn ihres Bruders legte sich kurz in Falten, dann hellte sich sein Gesicht auf.

»Na, alles klar bei euch?« Er setzte sich neben seinen Zimmergenossen und grinste zaghaft in die Runde, fast als glaubte er, dass sie ihn gleich wieder fortschicken würden. Ella schluckte gegen den Kloß in ihren Hals an. Sie war in den letzten Wochen so unfair zu ihm gewesen. Dafür lächelte sie nun umso breiter, um ihm das Gefühl zu geben, willkommen zu sein.

»Du sitzt auf meinem Platz«, ertönte eine genervte Stimme.

Vier ungläubige Augenpaare wandten sich Olli zu. Das konnte unmöglich sein Ernst sein.

»Sag mal, Lilienberg, bist du heute Morgen schwer gestürzt, als du dir dieses Ding angezogen hast, oder wie kommst du darauf, dass wir weiterhin etwas mit dir zu tun haben wollen?«, fragte Ruby.

»So nachtragend?«, feixte er. »Ich habe dir gestern Abend schon gesagt, dass du da was in den falschen Hals bekommen hast. Es sollte nur ein Scherz sein. Die Sache ist irgendwie aus dem Ruder gelaufen.« Er winkte ab. »Lasst uns daraus jetzt kein Drama machen. Meinetwegen kann der da auch bei uns sitzen bleiben.« Er nickte zu Ves.

Der presste die Kiefer aufeinander, sagte aber nichts dazu. Ella ebenso wenig. Sie kämpfte gegen die drohenden Tränen an.

»Und ich habe dir gestern schon gesagt, dass mich deine halbherzigen Entschuldigungen nicht interessieren.«

»Mädchen, was, Kumpel?«, meinte Olli augenrollend zu Narek. »Die brauchen einfach länger, um sich zu beruhigen.«

»Wer den Dolch schwingt, wird selbst erdolcht.«

»Hä?«

»Das heißt, du hast es verkackt, Kumpel.« Narek spuckte ihm das letzte Wort vor die Füße. »Wir alle haben erkannt, wer an diesem Tisch die Schlange ist.«

»Ist das euer Ernst? Ich dachte, wir wären beste Freunde, aber anscheinend war das ein Irrtum. Ein unpassender Scherz von mir, gewürzt mit ein paar Lügengeschichten vom Fesl, nach einer Niederlage beim Schlittenfahren, und ihr lasst mich fallen?« Er ließ seinen Blick von einem zum anderen wandern, bis er bei Ella angelangt war. »Selbst du, Stürmchen? Ich dachte, das zwischen uns wäre etwas Besonderes.« Gestern hätte sie seinen Ton liebevoll genannt, doch heute wusste sie es besser. Sie hörte den verlogenen Unterton, und das war zu viel für sie. All die Tränen, die Enttäuschung und die Wut, die sich seit letzter Nacht in ihr aufgestaut hatten, explodierten. Sie sprang auf und blieb so knapp vor Olli stehen, dass sich ihre Nasenspitzen beinahe berührten.

»Bist du gegen einen Baum gelaufen? Glaubst du tatsächlich, dass ich noch irgendwas mit einem so fauligen, verlogenen Stück Morschholz wie dir zu tun haben will. Nach allem, was du Ruby angetan hast? Nachdem du monatelang nichts unversucht gelassen hast, um einen Keil zwischen uns und meinen Bruder zu treiben?« Tränen brannten in ihren Augenwinkeln. Mit einer energischen Bewegung wischte Ella sie fort. »Keiner von uns will noch etwas mit dir zu tun haben. Geh rüber zu deinen Fichtenkumpels und lass uns in Frieden!«

Ollis Miene wandelte sich von überrascht zu gehässig. »Wer hätte gedacht, dass so viel Feuer in so einem essenzlosen Looser steckt?«

»Ich hasse dich«, zischte sie. »Soll der Borkenkäfer dich und deinen Familienbaum holen, und jetzt verschwinde.«

Endlose Sekunden lang funkelten sie sich an. In Ella tobte ein Sturm aus Wut, Enttäuschung und zerbrochenen Tagträumen, doch sie schaffte es, seinem Blick standzuhalten.

Schließlich wandte sich Olli schulterzuckend ab, um zu dem Tisch hinüberzugehen, an dem Narziss, Jasmin und Rimon saßen und ihn feixend begrüßten.

»Bambi, ich hatte ja keine Ahnung, dass du so laut sein kannst«, meinte Ruby und klang dabei vergnügt. Genau wusste es Ella nicht. Ihre Sicht war verschwommen, und sie blickte starr zu Boden.

»Selbst ich bin überrascht«, sagte Ves. »Ich dachte immer, nur ich kann sie so auf die Palme bringen.«

»Entschuldigt mich«, presste Ella erstickt hervor und lief vom Kronendeck hinaus in den kühlen Märzmorgen.

Die Tränen liefen ungehindert über ihre Wangen und hinterließen heiße Spuren auf ihrer Haut. Sie hatte es satt, gegen ihre Gefühle anzukämpfen, nur damit niemand mitbekam, wie verletzt sie war. Und wer sah sie hier schon? Ella saß an der Brüstung eines leeren Gästebaumhauses und ließ die Beine baumeln. Nur selten verirrte sich jemand dorthin, denn außer ihrem Alchemieklassenzimmer gab es in der Nähe keine Gebäude, die benutzt wurden. Daher war es der perfekte Ort, um in Selbstmitleid zu baden.

»Hey, Sis, alles gut bei dir?« Ves setzte sich neben sie und lehnte sich mit dem Rücken an das Geländer.

Ella zog geräuschvoll die Nase hoch.

»Hier, ich hab dir deine Tasche mitgebracht und das hier.« Er stellte einen der To-go-Becher aus Maisstärke zwischen ihnen ab. »Eichelkakao mit Zimt.«

»Danke«, nuschelte Ella und legte die Hände um das

warme Getränk. Sie bemerkte erst jetzt, wie kalt ihre Finger waren. »Das ist fast schon beunruhigend nett von dir.« Ein schwaches Lächeln zeigte sich auf ihren Zügen. »Ich muss ja erbärmlich aussehen, wenn du dich sogar daran erinnerst, dass ich Zimt im Kakao liebe.«

»Von wegen.« Ves stieß sie mit der Schulter an. »Das ist das Siegergetränk einer Heldin.«

»Hör auf, dich über mich lustig zu machen«, entgegnete Ella tonlos.

»Im Gegenteil, ich habe es voll gefeiert, wie du Olli-Doofschnösel zur Nacktschnecke gemacht hast.« Ein Grinsen erschien auf dem Gesicht ihres Bruders. »Das war echt der Hammer. Und er hatte es verdient, jedes einzelne Wort.«

»Kann sein, aber warum fühle ich mich dann so mies?«

Sie schwiegen beide eine Weile, bis Ves die Stille durchbrach.

»Du mochtest ihn, oder? Ich meine, so richtig?«

»Keine Ahnung, vielleicht. Weißt du, er war so nett zu mir. Er, Ruby und Narek haben mich bei sich aufgenommen, als hätte ich schon immer zu ihnen gehört. Jeder hat sich auf seine eigene Art um mich bemüht. Und Olli, er hat mir geholfen, die Talissagesellschaft besser zu verstehen.« Sie hielt einen Moment inne, ehe sie leiser fortfuhr: »Er gab mir das Gefühl, dass ich ihm wichtig bin.« Ella schlug ihre Stirn gegen einen Querbalken des Geländers. »Na los, jetzt lach schon.«

»Warum sollte ich? Ich habe gemerkt, dass du anders bist, seit du mit ihnen abhängst, lustiger, und du traust dich mehr. Und ja, vielleicht war ich anfangs ein klein wenig eifersüchtig, dass du an der Silva so viel besser Anschluss gefunden hast als ich.«

Überrascht starrte Ella ihren Bruder an. Ein solches Eingeständnis hätte sie von ihm nicht erwartet.

»Und was den Doofschnösel betrifft: Es ist sein Verlust, nicht deiner. Du bist ohnehin zu gut für ihn.« Ves sah ihr fest in die Augen und nickte eindringlich. »Aber erzähl bloß niemanden, dass ich so was Gefühlsdusliges gesagt habe. Im Ernst, ich werde es abstreiten.«

Ella lachte auf. »Keine Sorge, ich erzähle niemandem, was für ein Softie in meinem Zwillingsbruder steckt.«

»Dann ist ja gut.« Ves' Blick glitt nach oben in die Krone der Linde. »Sag mal, Ruby und Narek, wissen sie eigentlich Bescheid?«

Ella runzelte die Stirn. »Bezüglich was?«

»Der Stimme in unserem Kopf natürlich.«

»Ach so. Nein, ich habe es für mich behalten.«

Überrascht hob Ves die Augenbrauen.

»Ich wollte nicht, dass sie mich für verrückt halten.« Ella holte tief Luft. »Ich war so lange einsam, dass ich Angst hatte, meine neuen Freunde gleich wieder zu verlieren.«

»Verstehe ich irgendwie. Wir stehen also mit dieser Sache alleine da.«

Sie nickte. »Ich glaube auch wirklich nicht, dass wir es jemandem sagen sollten, ehe wir nichts Genaueres wissen.«

»Einverstanden, und hast du irgendwelche Ideen, wie wir mehr herausfinden könnten?«

»Na ja, neulich, als ich frustriert gebrüllt habe, dass die

Stimme endlich still sein soll, habe ich das irgendwie auch mit meinen Gedanken übermittelt. Zumindest glaube ich das.« Ella tippte sich mit dem Zeigefinger gegen das Kinn. »Auf jeden Fall war es danach für ein paar Minuten ruhig.«

»Du meinst, diese Telepathie funktioniert in beide Richtungen?« Ves' Augen leuchteten auf. »Wie cool!« Im nächsten Moment machte er ein Gesicht, als hätte er üble Bauchschmerzen.

»Was, bei allen Moosketieren, machst du da?«

»Na, ich versuche, mich zu konzentrieren, um die Stimme zu fragen, was sie von uns will.«

»Die Idee ist gar nicht schlecht.«

»Sag ich doch«, erwiderte Ves und machte wieder sein konzentriertes Bauchschmerz-Gesicht.

Halb belustigt, halb gespannt beobachtete Ella ihn.

»Und?«, fragte sie nach einigen Minuten. Das Wimmern in ihren eigenen Gedanken war unverändert geblieben.

»Nichts. Wie hast du es denn letztes Mal geschafft?«

»Um ehrlich zu sein, weiß ich es nicht genau. Ich war ziemlich genervt und außer mir, es war eine instinktive Reaktion.« Sie zuckte mit den Schultern. »Ich habe es in den vergangenen Wochen immer mal wieder probiert, aber erfolglos.«

»Was sollen wir jetzt tun? Warten, bis einer von uns beiden erneut die Nerven verliert?«

»Oder wir meditieren«, schlug Ella vor. »Du weißt schon, wie am Anfang, mit Professorin Flussstein.«

»Weil das ja so prima funktioniert hat?«, fragte Ves mit hochgezogenen Augenbrauen.

»Na ja, es ist zumindest das Einzige, was mir gerade einfällt. Ich werde auch in der Online-Bibliothek nach Infos über diese telepathische Verbindung recherchieren. Aber bis dahin ...« Sie ließ ihren Satz unvollendet.

Ves stöhnte kapitulierend. »Bis wir mehr wissen, sitzen wir herum und atmen ganz langsam ein und aus, schon verstanden.«

21

Geständnis in der Krone

»Bist du sicher, dass sie sich über Besuch freuen?«, fragte ihn seine Schwester zögerlich. Ves schritt vor Ruby, Narek und Ella den Pfad entlang, der zum Seelenhain führte. Sonnenflecken bedeckten den Waldweg wie Goldmünzen. »Es ist den Schülern nicht gestattet, ohne Erlaubnis die Seelenbäume aufzusuchen. Sie brauchen ihre Ruhe.«

Er warf einen Blick über die Schulter zurück und grinste. »Bin absolut sicher. Die meisten dösen ohnehin nur vor sich hin. Aber Fagus ist eine richtige Plaudertasche. Er meinte, ab und an jemanden Neuen zu treffen, fände er besser, als immer nur die gleichen Baumgesichter zu sehen.«

»Neu ist nicht zwangsläufig schlecht«, stellte Narek sachlich fest.

»Ich komme mir vor wie ein Rebell.« Rubys Augen blitzten frech auf. An Ves' Mundwinkel zupfte ein Lächeln. Endlich würde er seinen Freunden den Ort zeigen, an dem er sich in der Akademie am wohlsten fühlte – außer bei den Steinböcken, aber das war ja seit Wochen Geschichte. Immer noch krampfte sich sein Magen beim Gedanken daran, dass Olli seinen Platz eingenommen hatte, zusammen. Wenigstens hatte er sich mit den anderen ausgesöhnt – das war es wert gewesen.

Sie kamen an der Hecke an und umrundeten sie.

»Sind die niedlich«, rief seine Schwester aus.

Eine ganze Schaar an Buschwindtröstchen tummelte sich zwischen den Trieben der Hecke. Jetzt bei Tageslicht leuchteten sie nicht lila. Stattdessen glich ihre Haut der Farbe der Büsche, in denen sie lebten.

»Geh nicht zu nah ran«, riet Ves, aber da war es bereits zu spät. Gleich mehrere der kleinen Wesen furzten los, als gäben sie ein Konzert.

»Igitt, wie das stinkt!«, rief Ella entsetzt und wich einen Schritt zurück.

Ruby schüttelte sich kichernd. »Oh Bambi.«

»Scht«, ermahnte sie Narek, bemüht, nicht ebenfalls zu lachen. »Vielleicht sind wir nicht allein. Einer der Pilzlinge könnte im Hain sein. Obwohl der Geruch uns jetzt schon verraten hätte.«

»Bleibt kurz hier stehen, ich sehe nach, ob der Fliegenpilzinger gerade seine Runde dreht oder Bernhard mit den Nachtbienen schwatzt.« Vorsichtig linste Ves um die Kante des Heckeneingangs. »Die Luft ist rein«, bestätigte er. Lässig schritt er durch das Tor. »Hallo, zusammen. Fagus.« Er nickte der Seelenbuche zu, als auf deren Baumstamm vertraute Gesichtszüge erschienen, die sich zu einem runzeligen Lächeln verzogen.

Zurückhaltend hob Ella die Hand, versteckte sich dabei jedoch halb hinter Narek, der skeptisch die Stirn runzelte. Als Fagus die Stimme erhob, schreckten die drei zusammen. »Ich grüße euch. Ves, du hast Besuch mitgebracht?« Die Worte klangen wie das Trommeln auf einer Holzschüssel – laut und donnernd.

Ves grinste. »Jap, das sind meine Freunde Narek und Ruby, und das hier ist meine Zwillingsschwester Ella.« Er zog sie aus der Deckung. »Sie ist etwas schüchtern.«

»Sehr erfreut, euch kennenzulernen.« Die grollende Stimme der alten Buche mischte sich mit dem Wispern der Blätter.

Ruby trat vor und lächelte. »Uns auch, Herr Fagus.«

»Nur Fagus, das reicht. Wir machen uns nichts aus menschlichen Höflichkeiten oder aus Geschlechtern.«

»Dürfen wir klettern? Ich würde ihnen gerne etwas zeigen.« Und leiser fügte Ves hinzu: »Du weißt schon was.«

Zur Antwort schüttelte die Seelenbuche die Zweige und lachte. »Aber sicher.«

»Cool. Kommt, auf geht's.« Sofort griff sich Ves einen dicken Ast, schwang die Beine nach oben und zog sich hinauf. Der Aufstieg fiel ihm genauso leicht, als würde er geradeaus eine Straße entlanglaufen.

»Äh, Ves«, meinte Ella. »Wie genau stellst du dir das vor?«

Ein Blick zurück rief ihm ins Gedächtnis, dass es bei Weitem nicht allen so ging. Narek stellte sich passabel an, suchte sich die tragenden Äste und nutzte die Ausstülpungen in der Rinde. Ella und Ruby hingegen hingen am unteren Ende des Baumes wie zwei nasse Säcke.

Kurzerhand kletterte Ves zurück. »Hier, du Sportskanone, lass mich dir helfen. Und gib mir deine Tasche.« Dankbar händigte Ella sie ihm aus und ergriff die ausgestreckte Hand. So erklomm sie die nächste Etage des Baumes.

Gleich danach bot er auch Ruby seine Hilfe an. »Pack zu«, forderte er sie auf.

»Danke, du Möchtegern-Held.« Trotz der frechen Antwort folgte sie seiner Anweisung. Als er ihr auf den nächsten Ast half, bemerkte er, dass sie ein Muttermal auf der Wange hatte, das wie ein Mini-Birkenblatt geformt war. Bisher war ihm das nie aufgefallen. In ihren blauen Augen blitzte es belustigt. »Immer zu guten Taten bereit, was, Mister?«

»Man tut, was man kann«, sagte Ves schulterzuckend, aber seine Wangen wurden heiß.

Es dauerte, bis alle vier ihren Kopf durch die Krone streckten. »Ah. Ist das herrlich«, rief Ruby und sah sich staunend um. Zwar überragten viele der Seelenbäume die Buche, das jedoch schmälerte die Freude nicht, es geschafft zu haben. Sonnenstrahlen kämpften sich ihren Weg zwischen den Nadelbäumen hindurch.

Fagus verschob seine Äste, damit sich alle vier gemütlich hinsetzen konnten – wie ein großes Vogelnest. Gerade als Ves sich erhob, um Ella zu helfen, Platz zu nehmen, durchbrach ein gellender Schrei das frühlingshafte Gezwitscher.

»Hiiiillllffeeeee!«, hallte es in seinem Kopf – lauter und flehender als je zuvor. Ves zuckte zusammen und taumelte gegen seine Schwester. Ella schnappte sich schreiend seinen Ärmel und hielt sich dran fest. Er verlor den Halt und knallte auf das Blätternest. Seine Schwester riss er mit sich. Beinahe wären sie über den Rand gefallen und hinabgestürzt.

Mit wild klopfendem Herzen setzten sich die Zwillinge im Kronennest auf. Angst schillerte in ihren Augen.

»Er ist in Gefahr«, keuchte seine Schwester.

»In großer.« Ves rann ein Schauer die Wirbelsäule hinab. »Wir müssen etwas tun. Irgendwas.«

»Scht«, ermahnte ihn Ella, wobei sie mit zittrigen Fingern ihre Tasche wieder an sich nahm.

Vorsichtig kraxelte Ruby zu seiner Schwester hinüber und schlang ihre Arme um sie. »Oh Bambi. Ihr hättet abstürzen können … zur Birke, ich darf gar nicht dran denken.«

Ella schluckte die Tränen hinunter, das sah Ves genau. Zwar glaubte er nicht, dass sie sich verletzt hätten. Zu oft hatte er bereits tollkühne Sprünge von der Krone in die Tiefe gewagt, wo ihn sein baumiger Freund auffing. Dennoch fühlten sich seine Beine seltsam gummimäßig an, und er atmete schwer. *Etwas* war geschehen, und es war *etwas* Schlimmes.

Die vier Kinder schwiegen.

Irgendwann durchbrach Narek die Stille. »Ich finde, ihr schuldet uns eine Erklärung.«

Ruby löste sich von Ella. »Jap, das sehe ich genauso.« Das rotblonde Mädchen stemmte ihre Hände in die Taille und betrachtete die Zwillinge mit zusammengezogenen Augenbrauen.

Ella hob den Kopf. »Was meint ihr?«

»Na, was wohl? Seit Wochen verhaltet ihr euch seltsam. Glaubt ihr, wir bekommen das Getuschel und die Heimlichkeiten nicht mit? Die Blicke, die ihr euch zuwerft. Dass ihr euch immer wieder die Ohren zuhaltet.«

Narek nickte. »Wir sehen euch.«

Ves blickte zu Ella, die die Lippen schürzte – ihm auf diese Weise zeigte, dass sie hin- und hergerissen war zwischen Wahrheit und der Angst, wieder als Außenseiterin zu enden. Kaum merklich neigte er den Kopf, fragte sie ohne Worte, ob die Reaktion der anderen wirklich so schrecklich sein würde. Mit einem Nicken und einem Blick signalisierte er ihr, dass sie nicht mehr alleine war. Jetzt gab es die Sturmbach-Zwillinge wieder als Duo. Früher hatten sie immer so miteinander kommuniziert, wenn sie nicht wollten, dass Außenstehende mitbekamen, worüber sie sprachen. Ganz leicht hatten sie die Sätze des anderen erraten können und entsprechend geantwortet. Ellas tiefes Lufthölen hieß, dass er sie überzeugt hatte.

»Also gut«, fing sie an. »Ihr habt recht. Aber es ist gar nicht so einfach zu erklären.« Ella presste ihre Tasche an den Bauch wie ein Schutzschild.

»Doch, eigentlich schon«, widersprach ihr Ves. »Wir sind vermutlich Telepathen und hören, seit wir hier angekommen sind, unseren Seelenbaum in unseren Köpfen schreien.«

»Man kann natürlich auch die Brachialmethode wählen.« Ella rollte die Augen. Als weder Ruby noch Narek etwas zu ihrem Geständnis sagten, fragte seine Schwester zögerlich. »Haltet ihr uns jetzt für Freaks?« Ängstlich huschte ihr Blick zwischen den beiden hin und her.

Ruby zögerte nur kurz, dann aber legte sie ihr den Arm um die Schultern und zog sie an sich. »Oh Bambi, natürlich nicht! Wie könnten wir!«

Erleichtert atmete Ella aus.

»Wie kommst du nur immer auf solchen Unsinn. Wir sind doch Freunde!«

»Was Ruby sagt«, ergänzte Narek.

»Warum schweigt ihr dann?«, fragte Ella, und auch Ves fand ihre Reaktion seltsam.

»Na ja, weil ... weil es höchst unwahrscheinlich ist, dass es zwei Telepathen in einem Clan gibt. Ich glaube, das kommt wirklich extrem selten vor.«

»Falsch. Tatsächlich gab es so etwas seit den ersten Aufzeichnungen der Talissa noch nie«, verbesserte sie Narek.

»Soweit ich weiß, waren aber auch bislang nie Zwillinge erwählt worden. Insofern macht es schon Sinn, dass wir dann zwei sind«, wandte seine Schwester ein.

»Habt ihr es dem Direktor gesagt?«, fragte sein Freund.

»Ne, natürlich nicht. Ich will doch kein Experiment werden. Wir sind eh schon anders, weil wir den Zugang zur Essenz nicht auf die Reihe kriegen«, wandte Ves ein.

»Und wieso spricht der Baum erst jetzt mit euch?« Ruby kratzte sich am Kopf.

»Ella geht davon aus, dass wir entweder einer ganz neuen Baumart angehören oder der Äonclan wieder erwacht ist. In beiden Fällen ist der Seelenbaum ein Baby, ein Setzling. Daher kann er uns auch nicht sagen, wo er ist. Wir müssen ihn finden. Er ist in Gefahr. Der Schrei gerade, so etwas hat er noch nie getan. Er jammert, wimmert oder brabbelt in unseren Köpfen. Das eben hatte eine andere Dimension. Er hat um Hilfe gerufen.«

Ella nickte heftig. »Ich mache mir große Sorgen.«

»Wir sollten sofort raus in den Wald und ihn suchen«, bestimmte Ves.

»Aber wo? Wir haben doch nicht den leisesten Schimmer. Weißt du überhaupt, wie groß das Waldgebiet ist, in dem sich die Silva Akademie befindet? Nein? Dachte ich mir. Es sind mehr als sechstausend Quadratkilometer. Also, wie willst du das anstellen?« Aufgebracht trommelte sie mit den Fingern auf ihrer Tasche herum.

Inzwischen hatte Ves sich erhoben. »Keine Ahnung. Nur rumsitzen bringt uns nicht weiter.«

Jemand zog ihn am Saum seines Pullovers. Es war Narek, der gegen die Sonne anblinzelte. »Setz dich, ich habe einen Vorschlag.«

Verdutzt ließ sich Ves zurück auf seinen Platz sinken und sah dem armenischen Jungen dabei zu, wie er nach der Kette angelte, die er stets unter seiner Kleidung verborgen hielt. »Das ist ein Pendel. Es stammt von meiner Mutter, und es erlaubt mir, herauszufinden, ob meine Familie wohlauf ist. Ich kann auch andere Personen auf diese Weise suchen.« Er zog sich das Schmuckstück über den Kopf. Es war ein in Kupfer eingefasster Bernstein, der wie ein umgekehrter Regentropfen geformt war.

»Narek, da hast du so ein tolles Instrument bei dir und verrätst uns das erst jetzt?« Ruby stupste den Jungen mit der Fußspitze gegen das Knie. »Immer diese stillen Wasser.«

Er wiegelte ab. »Keine Ahnung, ob das bei Seelenbäumen funktioniert. Außerdem brauche ich dafür eine Landkarte.«

»Geht eine digitale?« Ella holte ihr Tablet aus der Tasche und suchte rasch im Rootnet nach einer passenden Karte. »Diese hier müsste detailliert genug sein, um den Aufenthaltsort bestimmen zu können, oder? Was meinst du?«

»Einen Versuch ist es wert.« Ves nahm seiner Schwester das Tablet ab und hielt es so, dass Narek sein Pendel darüber schweben lassen konnte.

»Hat euer Seelenbaum einen Namen?«

»Nö«, antwortete Ves.

»Okay, dann nenne ich ihn mal Mini-Seelenbaum in Ellas und Ves' Kopf. Irgendeine Anrede brauche ich, um meine Vorstellungskraft zu aktivieren, sonst springt die Essenz im Pendel nicht an. Hoffen wir das Beste.« Narek behielt das Ende der Kette in der Hand und schloss die Augen.

Die vier steckten die Köpfe zusammen und hielten den Atem an. Das Gesicht des armenischen Jungen verzog sich vor Anspannung. Aber nichts tat sich. Frustriert zog er eine Schnute. »So klappt das nicht.«

»Versuch's mal mit Äonensetzling und stell dir einen kleinen Baum mit roten Blättern vor«, riet Ella.

»Okay. Aber ich spüre nichts. Macht euch bitte keine großen Hoffnungen.« Wieder schloss Narek die Lider und aktivierte seine Imagination. Plötzlich begann die Spitze des Bernsteins zu leuchten, und wie von allein drehte sie sich über der Karte, als würde sie umherwandern und suchen.

»Weiter so«, wisperte Ves.

Nareks Hand begann zu zittern, da schoss das Pendel nach unten.

Ves zoomte in die Karte und stieß dann einen Pfiff aus. Sofort reckte Ruby ihren Hals über seine Schulter »Ultragrün. Es hat funktioniert.«

An ebendiese Stelle setzte Ves nun eine Markierung und schoss einen Screenshot, ehe er Ella das Tablet zurückgab. »Und dieser Ort ist ja gar nicht mal so weit weg. Vielleicht einen Tagesmarsch.«

»Noch schneller, wenn wir die Wuzelbahn nehmen.« Ruby klatschte vor Aufregung auf ihre Oberschenkel. »Außerdem ist nun klar, dass euer Clan wiedererweckt wurde. Ihr seid vom Äonenclan! U-u-ultragrün!«

»Worauf warten wir dann? Lass uns bisschen Proviant holen, eine warme Jacke für die Nacht, und auf geht's.« Ves stand auf. »Fagus, kann ich springen?«

»Sicher, junger Äon-Talissa!«

»Moment mal«, schaltete sich Ella ein. »Wir sollten erst einmal dem Direktor Bescheid geben. Er muss sich darum kümmern. Die Ambergarde aussenden. Wir wissen doch gar nicht, was uns erwartet. Das könnte alles sein. Die Wälder sind voller Kreaturen, die uns zum Frühstück verspeisen.«

»Ach ja? Du bist viel zu ängstlich. Auf diese Weise verschwenden wir nur wertvolle Zeit, die unser Seelenbaum nicht hat. Du hast doch gehört, wie er nach Hilfe gerufen hat.«

»Und du handelst ohne Verstand. Nur Lemminge laufen sofort los und am besten noch einer dem anderen hinterher. Los, auf geht's: Springen wir in den Abgrund.«

»Wie kann man nur so übervorsichtig sein. Du würdest

nicht mal springen, selbst wenn dein Leben davon abhinge«, konterte Ves. »Was denkt ihr? Die Mehrheit entscheidet.«

»Bin der gleichen Meinung wie Ves. Am besten sofort los.« Mit Rubys Zustimmung hatte er nicht gerechnet. Überrascht blies er die Backen auf.

Narek hingegen schüttelte vehement den Kopf. »Das sehe ich anders. Ellas Vorschlag ist durchdacht und vernünftig.«

»Pattsituation», stellte Ruby fest.

»Was nun?« Ves strich sich übers Kinn.

»Entschuldigt, aber ihr solltet in jedem Fall Carpinus zuerst informieren«, grollte Fagus gewittrig zu ihnen herauf.

»Yes! Damit steht es drei zu zwei.« Ella zog zufrieden die Augenbrauen hoch. »Aber ja, lasst uns das sofort tun.«

»Meinetwegen. Kann ich dann wenigstens jetzt springen, Fagus? Wenn du mir schon so in den Rücken fällst.« Ves balancierte im Stehen auf einem der obersten Äste.

»Immer zu«, donnerte die Stimme der Seelenbuche.

»Was hast du denn vor?«, fragte Ella panisch.

»Na, was wohl?« Ves setzte zum Hechtsprung an und stieß sich ab.

»Ich sag's doch. Wie ein Lemming«, hörte er sie noch schreien, bis der pfeifende Wind ihre Worte überlagerte und er in die Tiefe stürzte.

Zehn Minuten später stand er mit seinen Freunden und seiner Schwester vor der Bürotür des Direktors. Ella klopfte. Im gleichen Augenblick näherten sich Stimmen. »Ich verstehe, Carissa. Ich kümmere mich darum.«

Der Direx erschien am Ende des Ganges in Begleitung einer attraktiven, hochgewachsenen Dame, deren Vorname Ves schon mal gehört hatte.

»Das will ich hoffen«, antwortete die Frau mit einer Stimme so kalt wie ein Bergbach. Ihre blonden Locken und das einseitige Lächeln erinnerten an … natürlich, das war die Mutter vom Doofschnösel.

»Herr Direktor«, sprach Ella den Schulleiter an. Nicht zu warten, bis er fertig gesprochen hatte, entsprach gar nicht ihrer Art.

Auch seiner Schwester brannte die Sorge um den Seelenbaum unter der Haut.

»Nicht jetzt, Kinder. Wie ihr seht, habe ich Besuch und wegen des Jahrmarkts morgen alle Hände voll zu tun. Hunderte Gäste kommen zum Tag des Baumes an die Akademie, und ein nicht kleiner Teil davon will persönlich von mir begrüßt werden. Könnt ihr mich bitte einfach übermorgen aufsuchen? Dann können wir euer Anliegen in Ruhe besprechen.«

»Direktor Estenfeld, es ist wirklich dringend«, beharrte Ella.

»Ja, oberwichtig, ultraeilig, superdringlich«, unterstützte Ves seine Schwester.

»Egal, was es ist, es wird bis übermorgen warten müssen.« Die Betonung verriet, dass es keine weitere Diskussion gab.

»Husch, husch.« Carissa von Lilienberg machte eine Handbewegung, als verscheuchte sie eine Fliege, dann verschwanden die beiden im Büro des Direx.

»Das ist ja mal wieder alles großartig. Zwei Tage ist viiiieeeel zu lang!«, blaffte Ves. »Ich sage jetzt nicht, ich hab's ja gewusst. Aber ich hab's ja gewusst.«

»Na schön, du Klugscheißer. Dennoch. Ohne Plan macht das Unterfangen keinen Sinn. Wie sollen wir ungesehen in die Wurzelbahn gelangen? Das Schulgelände ungefragt zu verlassen, ist strengstens verboten.«

»Am besten Morgen während des Jahrmarkts.« Ruby wippte vom Ballen auf die Ferse und zurück. »Da bemerkt unsere Abwesenheit sicher keiner. Hier wird es wie in einem Bienenstock brummen. Ich habe die Fotos auf der Website gesehen. Stände werden aufgestellt, leckeres Essen, Kletterball. Sämtliche Ehemalige sind eingeladen.«

»Ihr könnt nicht mit«, widersprach Ella.

»Aber ihr werdet uns brauchen.« Rubys Lippen formten sich zu einem Schmollmund.

»Ja natürlich, denn ihr müsst Wache stehen, uns decken, wenn doch jemand bemerken sollte, dass wir verschwunden sind. Ves und ich ziehen das alleine durch. Es wäre auch nicht fair, euch für unseren Seelenbaum in Gefahr zu bringen.« Ella sah ihre Freundin flehend an.

Ruby zog die Nase kraus. »Wir sollen hier untätig warten, während ihr das Abenteuer erlebt?«

Seine Schwester packte Ruby an den Schultern. »Versprich es mir. Ich kann mir nicht auch noch Sorgen um euch machen.«

»Also gut. Wir halten hier die Stellung.« Sie klopfte Narek auf den Rücken, der einen Daumen in die Höhe hielt. »Und über den Gruppenchat bleiben wir in Verbindung.«

»Wenn das Kletterballturnier startet und die Masse unter die Erde Richtung Spielfeld strömt, könnt ihr mitgehen und dann in den Seiteneingang zur Wurzelbahn abbiegen.« Das war der längste Satz, den Narek je zu ihm gesagt hatte.

»Wir brauchen ausreichend Wasser, einen Rucksack, um den Setzling zu tragen und … Bernsteine.« Ella sah beunruhigt zu Ves. »Ohne können wir nicht auf Essenz zurückgreifen. Wir müssen welche beschaffen. Aber woher?« Sie tippte sich mit dem Zeigefinger gegen die Unterlippe.

Ves grinste. »Wir werden sie uns borgen.«

22
Ungeahnte Talente

»Ich bin immer noch nicht sicher, ob das eine gute Idee ist.« Ella und Ves sahen zu, wie Ruby und Narek gemeinsam mit allen anderen zum Abendessen davonschlenderten. Es wäre zu auffällig gewesen, wenn niemand von ihrer Gruppe zum Essen erschienen wäre. So konnten Ruby und Narek ihnen den Rücken freihalten, falls jemand nach ihnen fragte.

»Warst nicht du diejenige, die darauf gepocht hat, dass wir einen Plan brauchen und dieser unbedingt Bernsteine beinhalten sollte?«

Sie gingen in die entgegengesetzte Richtung wie der Rest.

»Ja, schon. Aber klauen?«

»Borgen«, berichtigte Ves. »Was haben wir für eine Wahl? Du glaubst doch nicht ernsthaft, dass uns der bösartige Zwerg freiwillig ein paar seiner Steine leiht?«

Ella sagte nichts dazu.

Ves' Augen weiteten sich. »Das kann nicht dein Ernst sein! Nicht mal der Direktor, der immer einen auf Kumpel macht, wollte uns zuhören. Und du willst ausgerechnet darauf vertrauen, dass der Alchemurksprof hilfsbereit ist.«

»Professor Heidemann ist streng, ja. Aber wenn man ihm die Sache logisch erklärt …« Ella beendete den Satz nicht. Die Miene ihres Bruders sagte deutlich, dass er ihre Idee für bescheuert hielt. »Schon gut. Ich fühle mich einfach nicht wohl bei der Sache.«

»Liegt nur daran, dass du normalerweise nie etwas Verbotenes tust.« Er grinste sie frech an. »Komm schon, Ella, folge mir auf die dunkle Seite. Macht Spaß hier, du wirst sehen.«

»Du bist ein Idiot«, erwiderte sie, musste dabei aber lächeln. »Aber ich fürchte, uns bleibt keine Wahl.«

»Wenn du in den letzten Stunden nicht herausgefunden hast, wie man Bernsteine alchemisch herstellt, eher nicht.« Ves knackste seine Fingerknöchel. Außerdem, worüber machst du dir Sorgen? Ich bin derjenige, der den Diebstahl begeht. Du musst nur Schmiere stehen.«

»Ja, ich weiß, aber was, wenn jemand kommt? Ich bin eine erbärmliche Lügnerin. Jeder wird mich sofort durchschauen.«

»Quatsch, du bist vermutlich die Einzige, bei der nicht einmal Heidemann Verdacht schöpfen würde, wenn sie vor seinem Klassenzimmer herumlungert, um ihm eine Frage über Formel 129 im Lehrbuch zu stellen.«

Ella öffnete den Mund, doch Ves kam ihr zuvor. Fassungslos sah er seine Schwester an. »Du weißt es tatsächlich auswendig, oder? Du wolltest mich gerade belehren, was Formel 129 ist.« Er schüttelte den Kopf. »Manchmal frage ich mich echt, ob Mama und Papa sich nicht seit Jahren einen Riesenscherz mit uns erlauben. Wir können einfach nicht verwandt sein.«

»Na, ich weiß ja nicht«, entgegnete Ella. »Ich glaube an die Theorie vom guten und bösen Zwilling.«

Inzwischen waren sie bei ihrem Alchemieklassenzimmer angekommen und sahen sich nach allen Seiten um. Wie sie gehofft hatten, war zur Abendbrotzeit niemand in Sicht. Zur Sicherheit umrundeten sie die Plattform zweimal, doch abgesehen von ein paar Vögeln war alles ruhig.

Ves nahm einen tiefen Atemzug. »Dann würde ich sagen, jetzt oder nie.« Er griff nach der Türklinke und drückte. Nichts passierte. Er versuchte es noch mal, rüttelte an der Tür, ohne Erfolg.

»Sie ist verschlossen«, stellte er fest.

»Ach wirklich, Sherlock?«

Mit fachmännischem Blick sank Ves in die Hocke. »Es ist ein Zylinderschloss, das ist Pech. Mit einem Bartschloss wäre ich klargekommen, Balthi hat mir mal gezeigt, wie man die aufbekommt.« Er fuhr sich mit der Hand durch die Haare. »Hast du eine Bankkarte oder so was dabei? In Filmen klappt das doch immer so.«

Ella verdrehte die Augen. »Mach mal Platz.«

»Das ist nichts, was du mit Logik lösen kannst, Elli-Belli. Da braucht man Fingerspitzengefühl«, entgegnete Ves, rückte aber dennoch zur Seite. Sie kniete sich neben ihn, nahm das Türschloss kurz in Augenschein und kramte dann in ihrer Hosentasche.

»Das mit der Kreditkarte funktioniert nur, wenn die Tür nicht verschlossen ist und man lediglich die Falle öffnen muss. Aber so ist es hier nicht. Sonst hätte die Tür einen Knauf anstelle einer Klinke.« Sie zog zwei Büroklammern aus ihrer Tasche, bog eine zur Hälfte auf und formte aus der anderen eine Schlaufe. »Uns bleibt also nur …«, sie steckte die zurechtgebogenen Drähte in die Öffnung für den Schlüssel und begann, sie mit geschlossenen Augen leicht zu bewegen. »…die Zylinder im inneren exakt auf die richtige Höhe anzuheben.« Ein leises Knacken ertönte. »Somit können wir eine Drehung durchführen und den Riegel lösen.« Mit einem triumphierenden Grinsen griff Ella nach der Klinke, drückte sie und öffnete die Tür.

Ves stand der Mund offen. Sein Blick wanderte zwischen dem Türspalt und ihr hin und her. »Wer zum moosbedeckten Baumstamm bist du, und was hast du mit meiner Schwester gemacht?«

Ella ignorierte ihn und fuhr stattdessen mit dem Daumen über das Türschloss, ehe sie sich erhob. »So gut wie keine Kratzer«, stellte sie zufrieden fest. »Niemand wird merken, dass wir hier eingebrochen sind.«

»Ganz im Ernst, Sis. Woher kannst du so was?«

Sie lachte kurz auf.

»Die Aufforster. Du würdest nicht glauben, wie oft sich jemand an einen Baum kettet, den Schlüssel hinunterschluckt und dann wieder befreit werden muss. Auf die Dauer war mir ein Bolzenschneider zu schwer, um ihn immer mitzuschleppen.« Sie zuckte mit den Schultern. »Daher habe ich mir eben das Schlösserknacken beigebracht.«

»Seit wann bist du so cool?«

»Ich bin einfach ich. Du hast mich nur nicht mehr gesehen, nachdem du deine neuen Freunde in der Schule gefunden hast.« Ves senkte verlegen den Blick, und seine Ohren färbten sich rot. Ella biss sich auf die Lippe. Das hatte sie nicht sagen wollen. Sie hatte sich fest vorgenommen, ihm die Vergangenheit nicht vorzuwerfen. »Aber jetzt weißt du ja Bescheid«, versuchte sie, die Stimmung zwischen ihnen aufzuhellen. »Leg dich niemals mit einer Naturkriegerin an, wir haben verborgene Talente«, witzelte sie, und es funktionierte. Die Miene ihres Bruders entspannte sich wieder. »Nur, um das klarzustellen, dass wir stehlen, finde ich trotzdem nicht Ordnung.«

»Alles klar, Panzerknackerin, dein Veto wurde zur Kenntnis genommen und fachmännisch ignoriert.« Ves lachte sie an.

»Nein! Aua!«, wimmerte die Stimme in ihren beiden Köpfen, und die Leichtigkeit des Augenblicks war dahin. Eindringlich rief ihnen der klägliche Tonfall in Erinnerung, weshalb sie das alles taten. Warum sie nicht darauf warten konnten, bis ein Erwachsener sich Zeit nahm, zuzuhören.

Ein Seelenbaum war in Gefahr.

Ihr Seelenbaum.

Ohne ein weiteres Wort betrat Ves das Klassenzimmer und schloss die Tür hinter sich. Ella schritt an der Außenseite der gläsernen Kuppeln entlang, bis zu der Stelle, wo sie das Regal vermutete, in dem die Schachtel mit dem Bernstein aufbewahrt wurde. Sie konnte Ves auf der anderen Seite der Kuppel erkennen. Seine Bewegungen waren hektisch. Seine Miene angespannt. Er suchte Ellas Blick, deutete auf das Regal und schüttelte den Kopf. Sie holte geräuschvoll Luft. Warum waren die Bernsteine nicht auf ihrem angestammten Platz? Sie eilte zurück zur Tür, öffnete diese einen Spaltbreit und wisperte: »Such bei seinem Pult. Vielleicht liegen sie in einer Schublade.«

»Alles klar, halt du Augen und Ohren offen.«

Sorgsam darauf bedacht, kein Geräusch zu machen, zog Ella die Tür wieder ins Schloss. Mit klopfendem Herzen lehnte sie sich dagegen. Was zur Wurzelfäulnis tat sie hier? Selbstverständlich wollte sie dem Setzling helfen, aber Einbruch und Diebstahl? Vielleicht sollte sie doch noch mal versuchen, mit dem Direktor zu sprechen. Wenn sie ihn dazu brachte, zuzuhören, würde er sie bestimmt unterstützen. Mit der Hilfe ausgebildeter Talissa wären ihre Chancen, den Seelenbaum zu finden, um ein Vielfaches höher. Klar würden sie Ärger bekommen, weil sie so lange nichts von der Stimme gesagt hatten. Aber das war allemal besser, als zu stehlen und dabei erwischt zu werden. Ella nahm sich vor, sofort Carpinus Estenfeld aufzusuchen, wenn sie hier fertig waren. Ohne Ves. Der wäre damit niemals einverstanden und einwenden, dass es zu lange dauert. Hatte der Schulleiter erst mal zugestimmt, ihnen zu helfen, würde sie die Steine heimlich wieder zurück in den Klassenraum bringen. Ja, das war ein guter Plan. Ihr Atem wurde ruhiger. Etwas in ihrem Inneren glitt an die richtige Stelle. In ihr breitete sich das Gefühl aus, alles im Griff zu haben. Es konnte nichts schiefgehen. Hoffentlich.

»Nein, Carpinus, du verstehst nicht. Ich habe keine Zeit, mich um Setzlinge für zwei untalentierte Kinder zu kümmern.«

Ella erstarrte. Die Kälte in der Stimme der Frau war ihr bereits vorhin aufgefallen. Ollis Mutter. Sie kam mitsamt dem

Direktor in Ellas Richtung. All die Ruhe, die sich eben in ihr breitgemacht hatte, verpuffte wie der Pups eines Buschwindtröstchens. In schneller Folge klopfte sie dreimal an die Tür, das war das Zeichen, das sie mit Ves vereinbart hatte. Geduckt huschte sie zur Rückseite des Klassenzimmers. Von da führten keine Abzweigungen weiter. Dort sollte sie sicher sein.

»Die Sturmbach-Zwillinge sind nicht untalentiert. Ihnen fehlt der Zugang zu einem Seelenbaum«, hörte sie den Direktor sagen, als die beiden über die knarzende Hängebrücke näher kamen.

»Meinetwegen, aber niemand wird dir in der aktuellen Situation irgendwelche Abkömmlinge überlassen, nur damit die zwei experimentieren können. Wenn du glaubst, andere Baumarten könnten ihnen helfen, musst du sie an eine der anderen Akademien schicken.«

»Ausgeschlossen. Carissa, die beiden hatten es schwer genug, sich hier einzugewöhnen. Sie wussten nichts von ihrem Talissa-Erbe und mussten plötzlich akzeptieren, dass sie keine Menschen sind. Ich werde diese Kinder nicht erneut entwurzeln.«

Es rührte Ella, wie sich ihr Direktor für sie einsetzte. Vor allem, da sie auf keinen Fall die Schule wechseln wollte.

»Dann kann ich dir nicht helfen. Dein Engagement für die Kinder in allen Ehren, Carpinus, aber wir haben größere Probleme.« Sie betraten die Plattform des Klassenzimmers. Ella konnte die Vibration ihrer Schritte fühlen. Sie blieben stehen.

»Was ist los?«, fragte der Direktor. »Du verschweigst mir doch etwas. Wenn es die Sicherheit meiner Schüler gefährdet, dann …«

»Die Kinder sind nicht Gefahr. Es sind die Bäume.«

Mit gerunzelter Stirn spitzte Ella die Ohren, um kein Wort zu verpassen. Hatte der Rat, von dem Olli erzählt hatte, etwas von ihrem Seelenbaum in Nöten mitbekommen? Waren sie vielleicht schon dabei, ihn zu retten?

»Überall in Mitteleuropa verschwinden Seelenbäume spurlos. Ihre Telepathen verlieren jeglichen Kontakt mit ihnen, obwohl die Essenz weiterfließt. Auch unser Distrikt ist betroffen. Seit drei Wochen kann Ivo seinen Seelenbaum nicht mehr spüren. Es ist, als wäre der Elsbeerenbaum einfach aus dem Wald verschwunden.« Ollis Mutter seufzte tief. »Die übrigen Seelenbäume machen sich Sorgen. Sie ahnen etwas, aber wie du im Seelenhain gerade miterlebt hast, ist es schwierig, Genaueres zu erfahren. Meine Fichte meinte lediglich, dass ein böser Schatten über den Wäldern liegt.«

»Wie kryptisch.« Direktor Estenfeld wirkte tief in Gedanken versunken.

»Und so hilfreich wie eine Borkenkäferplage.«

»Wenn ich dich irgendwie unterstützen kann …«, bot der Schulleiter an, und die beiden setzten sich wieder in Bewegung.

»Wir haben alle Telepathen gebeten, ihren Seelenbäumen den Vorschlag zu übermitteln, in den Akademien Zuflucht zu suchen. Zumindest solange wir nicht wissen, was vor sich geht. Es könnte also sein, dass du bald Zuwachs bekommst.«

»Kein Problem, wir haben für jeden Baum Platz, der sich

zu uns gesellen will. Professor Fliegenpilzinger hat ein besonderes Händchen für Seelenbäume, selbst für einen Pilzling. Es wird ihnen bei uns an nichts fehlen.«

»Sehr schön, ich hoffe, ein paar lassen sich überreden. Ich muss dir sicher nicht sagen, wie stur die Bäume manchmal sein können.«

Der Direktor lachte. »Nein, wirklich nicht. Fagus hat mich einmal drei Monate ignoriert, weil ich mich geweigert habe, ihm südamerikanischen Guano-Dünger zu besorgen.«

»Das glaub ich gern.«

Die Erwachsenen betraten die Brücke, welche die Alchemie-Plattform mit dem Gästebaumhaus verband. Dort hatte Ella gesessen, nachdem sie Olli auf dem Kronendeck die Meinung gesagt hatte. Sie musste sich anstrengen, um der Unterhaltung über das Knarzen der Brücke hinweg zu lauschen. »Und neben den Sturköpfen unter den Seelenbäumen gibt es noch diejenigen, die keinen Telepathen erwählt haben. Sie erreichen wir gar nicht.«

»Wir könnten morgen die Ambergarde losschicken, um nach ihnen im Wald zu suchen«, schlug der Direktor vor.

»Auf keinen Fall, Carpinus. Die Schule und der Seelenhain müssen geschützt werden. Niemand verlässt das Gelände.«

»In Ordnung, aber falls du deine Meinung änderst, sag Bescheid.«

»Ich danke dir, und nun erzähl mir von meinem Jungen, macht er sich gut?«

Sie hatten das Baumhaus erreicht, und die Stimmen der beiden verstummten. Ella sah, wie die Lichter im Inneren angingen. So schnell sie konnte, eilte sie zurück zur Tür, klopfte erneut dreimal gegen das Holz und öffnete sie einen Spaltbreit.

»Die Luft ist rein, aber wir sollten uns beeilen, der Direktor kann jederzeit wieder aus dem Gästehaus kommen.«

»Alles klar.« Ves schlüpfte aus dem Klassenzimmer und grinste Ella an. »Ich habe die zwei Bernsteine.« Er klopfte auf die Tasche seiner Jeans. »Sie lagen in seinem Pult, wie du vermutet hast.«

»Zum Glück«, sie lächelte ihren Bruder kurz an. »Und jetzt nichts wie weg hier. Ich muss dir und den anderen unbedingt erzählen, was ich gerade gehört habe.« Nur, den Plan, den sie vorhin gefasst hatte, würde Ella für sich behalten. Er war ohnehin hinfällig. Von den Erwachsenen konnten sie keine Hilfe erwarten, wenn sie nicht einmal das Gelände verlassen durften.

23
Der Jahrmarkt

Das Lachen der Kinder und Musik aus hölzernen Blasinstrumenten mischten sich mit dem Gemurmel der vielen Jahrmarktsbesucher. Obwohl der Duft nach gerösteten Nüssen und gegrilltem Mais über der Silva Akademie lag, verspürte Ves keinen Hunger. In nicht einmal einer Stunde hauten Ella und er vom Schulgelände ab. Seine Schwester hatte jedes Detail ausgetüftelt und sogar Alternativen für den Notfall entworfen. Unnötigerweise hatte sie ihn gestern Nacht obendrein genötigt, die Eckpunkte zwei Mal zu wiederholen.

Der Seelenbaum-Setzling in seinem Kopf weinte, und Ves tat sein Bestes, ihm beruhigende Gedanken zu senden, ohne zu wissen, ob er damit etwas ausrichtete. Um sich gegen die Sonne abzuschirmen, hielt er sich die Hand über die Stirn. »Wo bleiben Ella und Ruby nur?« Er federte auf und ab. Schon zehn Minuten warteten Narek und er am Ende der Wendeltreppen zum Erstklässler-Baumhaus auf die beiden Mädchen.

»Vielleicht machen sie sich schick?«, mutmaßte der armenische Junge.

»Wozu?« Ungläubig zog Ves das Kinn zurück und die Stirn in Falten.

»Keine Ahnung.« Schulterzuckend trat Narek ein Wurzelstück beiseite. »Ruby tut das oft.«

»Du trägst ja heute selbst Schmuck.« Feixend tippte Ves auf einen silbernen Anstecker auf Nareks Brust in der Form eines Kiefernzweigs mit Zapfen.

»Das gehört sich so am Tag des Baumes. Jeder trägt das Zeichen seines Clans«, brummte der dunkelhaarige Junge.

»Glitzerkram«, schnaubte er. »Ich mach das bestimmt nicht.« Konnte er auch gar nicht, weil niemand wusste, dass er vom Äonenclan stammte. Stattdessen hatte er sich vorbereitet, nicht schick gemacht. Damit er später gut vorankam, trug er Trekkingschuhe und einen Rucksack mit etwas Hirsebrot, einer Feldflasche und den beiden gestohlenen Bernsteinen.

Zahlreiche Menschen schlenderten vergnügt über das Gelände der Schule. Überall waren Buden aufgebaut worden, an denen man unter dem Einsatz von Essenz Preise gewinnen konnte. So gab es einen Stand, an dem die Besucher mittels Baummagie Wurzelstücke aus einem Teich angelten. An einem anderen Stand konnte man Pflanzen wachsen lassen, fast wie bei »Hau den Lukas«, und einen entdeckte er, wo man ein vorgegebenes Muster in ein Stück Holz gravieren musste. Er war noch immer fasziniert, was man mit Essenz alles anstellen konnte.

Endlich hörte er in seinem Rücken Schritte und noch etwas. Er drehte sich um und erblickte Ella, die einen Rucksack von der Größe eines ausgewachsenen Schweins hinter sich herzerrte. Ves kratzte sich am Nacken und beobachtete mit zusammengezogenen Brauen, wie sie das Ungetüm die Treppen hinunterwuchtete.

Dahinter erschien eine vergnüglich winkende Ruby. »Ich hab ihr gesagt, dass ein ganzer Koffer womöglich zu schwer werden wird.«

»Hallo«, keuchte seine Schwester, als sie am Treppenabsatz ankam.

»Mensch. Du hast dich ja wirklich auf alles vorbereitet«, sagte er und legte den Kopf schief.

»Jap, uns kann in der Tat nichts überraschen. Meine Versicherung gegen Eventualitäten«, stellte sie ihr Gepäck vor.

»Überraschungen erleben wir so sicher keine, denn mit diesem Monster kommen wir nicht mal unentdeckt vom Gelände.« Hilfe suchend blickte er zu Narek, der ihm entschuldigend die Handflächen entgegenstreckte, was so viel hieß wie *Deine Schwester, dein Problem.*

»Es ist vielleicht ein klein bisschen mehr geworden als gedacht. Aber ich nehme an, du bist stark genug, um mich zu unterstützen.« Mit vor der Brust verschränkten Armen stellte sie ein Bein auf den riesenhaften Rucksack.

Da er nicht schon zu Beginn ihrer Mission streiten wollte – sagte er versöhnlich. »Zeig mal her.«

Sie hielt ihm einen Zettel entgegen. »Hier ist alles alphabetisch gelistet.«

Ves las vor: »Bandagen, Desinfektionsmittel, Energieriegel, Handy, Jacke (warm), Kompass, Notfalldecke, Notizheft, Regenkleidung, Schlafsack, Schmerzmittel, Signalpfeife, Seil, Stift, Tablet, Trockenfrüchte, Wasser, Wasserfiltration. Und das ist alles?«

Ella riss die Augen auf. »Denkst du, ich habe etwas vergessen?«

»Äh, nein. Aber vielleicht können wir uns darauf einigen, dass du alles hierlässt, was größer ist als eine Faust? Dann passt der Rest sogar in meinen Rucksack.«

Zögerlich betrachtete sie ihre *Versicherung gegen Eventualitäten*. Auch das Tablet?«

»Jap. Es ist zu groß, und im Grunde brauchst du es nicht«, sagte Ves.

»Und die Landkarte vom Wald? Die ist darauf abgespeichert. Wie sollen wir den Weg finden?« Sie zog eine Schnute, ehe sie einlenkte. »Na gut, ich schicke den Screenshot der Karte in den Gruppenchat und bringe den Rest zurück aufs Zimmer. Aber wehe, wenn wir davon auch nur eine Sache gebraucht hätten, dann werde ich dir das mein Leben lang vorhalten, Ves.«

»Das Risiko gehe ich ein.« Er grinste.

»Ich helfe dir«, sagte Narek.

Schnell räumten sie die vereinbarten Gegenstände in seinen Rucksack, ehe Ella mithilfe des armenischen Jungen ihr schweinegroßes Gepäckstück zurück ins Baumhaus schleppte.

»Das ist ein Birkenblatt, oder?«, fragte Ves und deutete auf Rubys Muttermal.

Sie lächelte. »Sehr gut erkannt, Mister. Vielleicht wird aus dir doch noch ein echter Talissa.«

»Haben wir erst mal unseren Seelenbaum, hält mich nichts mehr auf«, versicherte er und zeigte ihr seine Muskeln, indem er die Ellenbogen anwinkelte.

»Beeindruckend.« Ruby hielt sich die Hand vor den Mund und kicherte los, woraufhin Ves ganz heiß wurde.

»So, da sind wir wieder. Dann lasst uns mal sehr unauffällig über den Jahrmarkt schlendern.« Ella hakte sich bei ihrer Freundin ein, stakste, so unschuldig ihr es möglich war, los. Die beiden Jungs folgten ihnen.

»Eine Spionin wird wohl eher nicht aus ihr«, flüsterte Narek Ves zu.

»Sie ist der Kopf der Sache und eine waschechte Panzerknackerin, das reicht.«

Gemeinsam flanierten sie an den Ständen vorbei. Er versuchte, sich von ihrem Vorhaben abzulenken, sah die bunt gekleideten Talissa, die alle ihren Clanschmuck zur Schau trugen. Manche hatten Bernsteine als Kettenanhänger in Holz eingefasst, anderen steckte ein schwerer Ring am Finger. Mit jeder Sekunde, die verstrich, rückte der Zeitpunkt des Aufbruchs näher. Angestrengt versuchte er, langsam zu gehen, obwohl sein Herz raste.

»Sieh mal.« Narek deutete in die Menge, und Ves folgte seinem ausgestreckten Zeigefinger. Zwischen den vielen Besuchern marschierte Olli voller Stolz, seine Eltern rechts und links neben sich. Natürlich trug er das Steinbock-Trikot mit der Nummer drei. Ves unterdrückte den Würgereiz, der ihm den Hals hinaufkroch. Auch Ella hatte ihn bemerkt und verzog schmerzlich das Gesicht. Dieser Mistkerl hatte sie wirklich verletzt – schon allein das würde er dem Doofschnösel niemals verzeihen. Er starrte ihn so finster an, als könnte er ihm damit ebenfalls wehtun.

Da knallte er gegen einen Körper.

»Kannst du nicht besser aufpassen«, schimpfte ihn eine Frau, die in ihrem weinroten Kleid megaelegant wirkte – wie eine Königin aus dem Märchen. Ella und Ruby blieben stehen und stellten sich zu den Jungs.

»Was ist los«, erkundigte sich Ruby. »Oh!« Der Anblick der Frau befremdete nicht nur ihn. Hochnäsig blickte die Dame auf die Kinder hinab.

»Verzeihen Sie«, stotterte Ves. »Ich habe Sie übersehen.« Wie, das war ihm selbst ein Rätsel. Mit den schwarzen, kinnlangen Haaren und der schlanken Figur war die Frau auffallend schön, also für jemanden, der alt war – mindestens so alt wie seine Mutter.

Aus silbergrauen Augen musterte sie ihn, als suchte sie etwas. Nun nahm sie auch Ella und die anderen in den Blick. »Birke und Kiefer«, stellte sie fest. Mit dem Kinn deutete sie auf die Zwillinge. »Und zu welchem Clan gehört ihr denn?« Ihr süßlicher Tonfall verursachte bei ihm eine Gänsehaut.

Er schluckte. Was sollte er darauf antworten? Hilfe suchend sah er zu Ella, als sie vom dröhnenden Ruf eines Horns jäh unterbrochen wurden.

»Wir müssen los«, warf Ruby ein und rettete sie damit aus der Situation. »Das Kletterballturnier fängt jeden Moment an!« Tatsächlich setzte sich die Gästeschar in Bewegung, und sie kehrten der Frau den Rücken zu. Aus allen Richtungen strömten die Menschen zusammen und steuerten den Eingang zur unterirdischen Sporthalle an. »Wir müssen auch los, damit ihr dann durch den Tunnel verschwinden könnt.«

Am Zugang bildete sich bereits eine große Traube.

Keiner wollte das Spiel verpassen. Es wurde gequetscht und gedrängelt, gequatscht und gelacht. So fiel niemandem auf, dass Ves einen Rucksack trug oder Ella vor Aufregung hochrote Wangen hatte.

Ihm schlug das Herz bis zum Hals.

Als sie durch den Eingang hindurch waren, glitten die Kinder mit den anderen Besuchern die Treppen hinab. Gleich gelangten sie zur entscheidenden Stelle. Auf Höhe der Tür, die zur Wuzelbahn führte, erlaubte es ihnen ein Vorsprung in der Wand, anzuhalten, ohne die vielen Menschen zu behindern.

»Okay. Dann ist es jetzt so weit. Zweig- und Astbruch, ihr zwei.« Ruby umarmte kurz Ves und danach lange Ella.

»Es wird bestimmt alles gut gehen.« Narek und Ves verabschiedeten sich mit einem Handschlag und zogen einander kraftvoll in die Arme, wobei sie sich gegenseitig auf die Schulter klopften.

»Klar, ich pass auf Ella und mich schon auf.«

»Na dann.« Seine Schwester holte Luft. »Bei der nächsten Lücke in der Menge wagen wir es. Da … drei, zwei, eins.« Zack – kreuzten sie den Gang, zogen die Tür auf und schlossen sie nur eine Sekunde später wieder hinter sich.

Der Korridor, in dem sie sich wiederfanden, war genau wie der draußen von Essenzkugeln beleuchtet. Die Geräusche der vorbeiziehenden Menschenschar klangen nur dumpf durch die Holztür zu ihnen durch.

»Okay, Elli-Belli, jetzt holen wir unseren Seelenbaum.«

»Machen wir. Aber das mit diesem Denglisch solltest du dir schnell wieder abgewöhnen.« Ella sah genervt zur Decke.

Nach einem kurzen Fußweg durch den schmalen Tunnel stießen sie auf eine unscheinbare Tür, genau wie die, durch die sie eben gegangen waren. Glücklicherweise erwies sich auch diese als unverschlossen.

Die Tür fiel hinter ihnen zu, und das Geräusch hallte durch die Haltestation. Sie befanden sich auf der gegenüberliegenden Seite der Plattform, auf der sie damals im Oktober zum ersten Mal die Silva Akademie betreten hatten. Etwa zwanzig Meter entfernt führte die schöne Treppe mit dem filigranen Geländer an die Oberfläche. Zum wiederholten Male strich Ves sich über das Gesicht. Ella wirkte hoch konzentriert.

»Die Koordinaten hast du, oder?«, fragte er, um sich zu beruhigen.

»Ja, zum hundersten Mal. Ich weiß, was ich als Ziel eingeben muss.«

»Okay, okay.« Beschwichtigend hob er die Hände.

Die Waggons standen wegen des hohen Besucheraufkommens einer nach dem anderen in einer Reihe. Ängstlich sahen sich die Zwillinge um. »Alle Personen der Silva Akademie sind beim Spiel. Keiner wird uns sehen«, versicherte Ves mehr sich selbst.

»Na dann.«

Ves setzte sich in den vordersten Waggon, während Ella sich die Bernsteinplatte zur Bedienung vornahm. »Die Zieleingabe müsste ein Klacks sein, wenn ich mich nicht irre, denn in diesem Punkt war die Anleitung eindeutig. Die Koordinaten habe ich mir eingeprägt.« Sie tippte eine Zahlenkombination ein. »Okay, festhalten.«

»Alles klar!« Ves umklammerte mit den Fingern die Reling.

Der Baumstamm schoss nach vorne, und die Kinder wurden in ihre Sitze gepresst. »Juhuuu, ich hatte schon ganz vergessen, wie verflucht schnell diese Bahn ist!«, schrie Ves gegen den Fahrtwind an. Sie sausten durch die Erdtunnel, die Essenzkugeln zogen als lange Striche an ihnen vorbei. Ella antwortete etwas.

»Ich verstehe dich nicht.«

Sie versuchte trotz der Fliehkraft, den Kopf zu wenden. »Wir brauchen etwa eine halbe Stunde. Mir ist jetzt schon kotzübel.«

»Durchhalten, Elli-Belli. Mach die Augen zu.«

»Das macht es nicht besser!«

Plötzlich teilte sich die Strecke. Die rechte Abzweigung war erleuchtet, die linke jedoch dunkel. »Wieso fährt der Wagen nicht da lang?«, rief Ves und wies auf die helle Seite.

»Keine Ahnung?«, schrie Ella.

Da sah er in letzter Sekunde ein Schild. »ACHTUNG!« Ach, du heilige Kacke!

Mit einem Mal ratterte der Wagen heftiger, und sie wurden durchgeschüttelt. Die Essenzlichter waren erloschen, und Ves dachte schon, auch er hätte die Lider geschlossen, aber so war es nicht. »Wieso gibt es kein Licht mehr? Was hat das zu bedeuten?«, rief er nahe an Ellas Ohr, die wieder zu leise antwortete. Nur noch die Lampe am Baumstamm strahlte auf die Bahnstrecke.

»Was?«

Diesmal kreischte sie regelrecht: »Es bedeutet NICHTS GUTES!«

Ihm wurde mulmig zumute, und kleine Schweißperlen bildeten sich auf seiner Stirn.

Krampfhaft versuchte er, sich festzuhalten, während er im Waggon hin und her geschmissen wurde. »Ist Qualm eigentlich normal?«, fragte er beim Blick auf die Schienen.

Da gab es einen krachenden Aufprall. Samt Baumstamm wurden sie aus der Bobbahn geschleudert und prallten gegen den feuchten Erdboden. Seinen Schädel durchfuhr ein beißender Schmerz.

24

Im finsteren Stollen

»Ves?« Hustend kroch Ella aus dem umgekippten Wagen. »Alles in Ordnung bei dir?« In den flackerndem Licht des Scheinwerfers sah sie sich um.

Ein Stöhnen ertönte irgendwo rechts von ihr.

»Vessi?« So schnell sie konnte, kam sie auf die Beine und stolperte zu ihm hinüber. »Wurzelfäulnis. Hast du dir den Kopf angeschlagen? Ist irgendwas gebrochen?« Im schwachen Dämmerlicht der Essenzkugeln, die weiter hinten im Stollen leuchteten, betastete sie Ves' Schädel.

»Lass das.« Er schob ihre Hände beiseite. »Mir fehlt nichts.« Sein Blick huschte über Ella. »Was ist mit dir?«

»Unsanfte Landung, aber außer ein paar blauen Flecken bin ich okay. Scheint, wir hatten Glück im Unglück.«

»Weiß nicht, ob ich das so nennen würde.« Ves erhob sich, ging zu dem ausgehöhlten Baumstamm und trat mit dem Fuß dagegen. »Der jedenfalls fährt nirgendwo mehr hin.« Sein Blick glitt zur Decke. »Hast du irgendeine Ahnung, wie weit wir gekommen sind?«

Ella schüttelte den Kopf. »Ich schau mal, ob mein Handy eine Position anzeigen kann.«

»Sag am besten auch gleich Ruby und Narek Bescheid, dass sich die Mission etwas verzögert.« Ves warf dem Waggon einen bösen Blick zu. »Wenn nicht sogar scheitert«, fügte er so leise hinzu, das Ella sich nicht sicher war, ob es für ihre Ohren bestimmt war. Dennoch nickte sie, holte ihr Smartphone aus ihrer Tasche und drückte die seitliche Taste, um den Bildschirm zu aktivieren. Doch bis auf ein kurzes Aufflackern, das spinnennetzartige Risse offenbarte, blieb das Display schwarz. »Verwurzelt aber auch, es ist kaputt. Was ist mit deinem?«

»Ich hab es nicht mitgenommen.«

Mit offenen Mund, starrte sie ihren Bruder an. »Warum nicht? Jetzt können wir die anderen nicht mehr kontaktieren. Das war unsere Rettungsleine!«

Er zuckte mit den Schultern. »Dachte, eines reicht.« Er streckte sich und drückte den Rücken durch. »Lass uns einfach weiter dem Stollen folgen, irgendwann muss ja ein Ausgang kommen.«

»Das ist nicht dein Ernst«, zischte sie durch zusammengebissene Zähne. »Du überredest mich, meine wohldurchdachte und akribisch gepackte Notfallausrüstung zurückzulassen, und nimmst nicht mal dein Handy mit?« Sie hielt sich den Kopf, der dumpf pochte. Ob von dem Aufprall oder dem ängstlichen Schluchzen des Seelenbaums, wusste sie nicht.

»Sich jetzt darüber aufzuregen, bringt nichts, Elli-Belli. Es ist, wie es ist«, meinte er gelassen und marschierte los.

Ella atmete tief durch, so wie es Professorin Flussstein ihnen beigebracht hatte, und versuchte, sich zu beruhigen. Sie stand auf, klopfte sich notdürftig den Staub von der Jeans und beeilte sich, mit Ves gleichauf zu kommen. Am liebsten hätte sie sich bei ihm untergehakt.

Je weiter sie in den Tunnel vordrangen, desto schwächer wurde das Licht des Scheinwerfers, und schon bald war es finster wie im Wald um Mitternacht.

»Warte mal kurz«, Ella zupft am Ärmel ihres Bruders. »Wir brauchen Licht, sonst stolpern wir noch über Steine und brechen uns ein Bein. Damit ist niemandem geholfen.«

Ves nickte und sah sich um. »Wenn wir eine der Wurzeln ausreißen, könnten wir sie als Fackel benutzen.« Es klickte, und eine kleine Flamme loderte aus dem Feuerzeug in seiner Hand.

»Ich habe eine bessere Idee. Wir brauchen die Bernsteine.«

Ella konnte hören, wie er in seinem Rucksack kramte, ehe er ihr die Steine in die Hand drückte. »Hab sie. Und jetzt?«

»Jeder von uns nimmt einen, und dann versuchen wir, eine Lichtkugel aus Essenz zu erzeugen, sowie es Professor Flussstein letzte Woche erklärt hat.« Ella schloss die Finger um den Stein, den Ves ihr gegeben hatte, kniff die Augen zu und konzentrierte sich. Ohne Probleme fand sie die gereinigte Essenz in dem Bernstein und leitete sie in ihre Fingerspitzen. Sie zog die Nase kraus und malte sich aus, wie eine Kugel, gleich einer Sonne, in ihrer Handfläche erschien. Dabei wiederholte sie das Fingerspiel, das ihnen die Lehrerin im Unterricht gezeigt hatte.

»Hm«, machte Ves.

Ella öffnete die Augen. Eine schwach leuchtende, kleine Kugel schwebte wenige Zentimeter über ihrer Handfläche. Sie gab kaum genug Licht ab, um einen halben Meter weit zu sehen.

»Na ja, immerhin besser als nichts«, meinte Ella. Ihr Ergebnis war ihr etwas peinlich. »Jetzt du.«

»Sorry, Sis, in dieser Stunde habe ich wohl nicht aufgepasst.« Ves zuckte mit den Schultern. »Tut mir leid. Wir behalten den anderen Bernstein als Ersatz, wer weiß, wie lange wir im Dunkeln herumlaufen müssen.« Er steckte ihn in seine Jeanstasche und riss stattdessen eine Wurzel aus den Wänden.

»Das wird nicht funktionieren, Ves. Wenn die Fackel wirklich Licht spenden soll, müsstest du ein Stück Stoff, das in Öl getaucht ist, drum herumwickeln, ansonsten brennt das Holz entweder zu schnell oder glüht nur vor sich hin.«

»Ich glaub das jetzt einfach mal. Aber ich nehm die Wurzel trotzdem mit.« Er ließ sie versuchsweise durch die Luft peitschen. »Mit der kann man super Ratten verscheuchen.«

»Ratten?«, Ella schluckte. Sie liebt die Tiere des Waldes. Alle! Außer diesen Nagern. Sie konnte nichts dagegen tun, alleine beim Gedanken an sie lief es ihr eiskalt den Rücken hinunter.

Ves hatte sich bereits wieder in Bewegung gesetzt und drehte sich verwundert zu ihr um. »Alles in Ordnung.«

»Ja.« Sie schluckte, hob das Kinn und schloss zu ihrem Bruder auf. Diesmal gab sie ihrem Impuls nach und hakte sich bei ihm unter.

Sie folgten dem Tunnel seit Stunden. Immer tiefer hinein in die Dunkelheit. Hinter jeder Biegung hofften sie, einen Ausgang zu entdecken. Doch selbst dann hatte Ella keine Ahnung, wie sie feststellen sollten, wo im Wald sie sich befanden. Aber dieses Problem verdrängte Ella vorerst. Zunächst mussten sie einen Weg zurück an die Oberfläche finden. Wenigstens hatte die Stimme sich beruhigt. Schon vor einer ganzen Weile war ihr Schluchzen leiser geworden, bis nur ein Wimmern übrig war. Sie hob ihre Hand höher, um die Decke des Stollens besser sehen zu können. Vielleicht hatten die Talissa eine Art Notleitsystem installiert, wie es in den meisten Gebäuden der Menschen war? Doch sie konnte nichts erkennen, außer ein paar Wurzelenden, die wie Würmer aus der Erde ragten.

Moment!

Hörbar sog Ella die Luft ein, wirbelte auf dem Absatz herum und starrte hinter sich in die Dunkelheit.

»Was ist?«, wollte Ves wissen und folgte ihrem Blick.

»Anscheinend nichts«, gab sie langsam zurück. »Ich dachte, ich hätte zwischen diesen Wurzeln eine Bewegung gesehen, aber ich habe mich wohl geirrt.«

Die Augenbrauen ihres Bruders zogen sich zusammen, als er die schwach beleuchtete Stelle musterte. »Ich kann zumindest nichts erkennen.«

Sein Mundwinkel zuckte. »Das waren bestimmt ein paar Asseln, die nur darauf warten, sich in deinen Nacken fallen zu lassen.« Er ließ seine Finger an besagter Stelle über ihre Haut tanzen, und Ella erschauderte.

»Hör auf, du morscher Baumstumpf.« Wütend stapfte sie weiter. »Das ist überhaupt nicht witzig.«

»Also ein bisschen schon.« Er setzte sich ebenfalls wieder in Bewegung. »Warte auf mich.«

Doch sie dachte nicht daran, ihre Schritte zu verlangsamen. Ves, der Obersportler, würde sie ohne Probleme einholen. Einen Augenblick später tauchte er wieder neben ihr auf. Im trüben Licht ihrer Essenzkugel konnte sie sein schelmisches Grinsen erkennen.

Ella reckte das Kinn und würdigte ihn keines Blickes.

»Komm schon, Elli-Belli.« Er stieß sie mit der Schulter an. »Du bist jetzt nicht ernsthaft böse auf mich, oder?«

Sie schnaubte und entschied, mindestens noch fünf Minuten zu schmollen. Ratten und Asseln rechtfertigten diese Reaktion auf jeden Fall.

Ihr Bruder griff nach ihrem Arm. »Hast du das auch gehört?«

»Haha.« Sie schüttelte seine Hand ab. »Such dir jemand anderen, den du veräppeln kannst.« Er würde schon sehen, was er davon hatte. Wenn er glaubte, er könnte sich nächsten Monat wieder in letzter Sekunde an dem Geburtstagsgeschenk für ihre Mutter beteiligen, würde sie ihn an diesen Moment erinnern.

»Nein, ich meine es ernst.« Er machte drei schnelle Schritte, stellte sich Ella in den Weg und hielt sie an den Schultern fest. »Hör doch.«

Sie spitzte die Ohren, und ein ungutes Kribbeln breitete sich in ihrer Magengegend aus. Von irgendwo hinter ihnen kam ein klackerndes Geräusch. Wie von scharfen Krallen, die über Steine schleiften. Ella stellten sich die Nackenhaare auf.

»Ratten?«, fragte sie mit zittriger Stimme.

»Vielleicht«, meinte Ves. »Komm, wir gehen weiter.« Er nahm ihre Hand und zog sie mit sich.

Immer schneller wurden ihre Schritte, bis sie fast rannten, doch das Geräusch kam stetig näher.

Ella bekam kaum noch Luft. Vor ihnen weitete sich der Stollen, und sie betraten eine große Höhle. Sie hob ihr Licht etwas höher, damit sie ihre Umgebung besser erkennen konnten. Kreuz und quer verliefen die Bahnen der Wurzelbahn und verschwanden in verschiedenen Tunneln.

»Mist, wo lang jetzt?«, fragte Ves und sah sich hektisch um.

Das Kratzen war ihnen dicht auf den Fersen.

»Ich habe keine Ahnung.« Das Herz schlug Ella bis zum Hals. Ihre Augen huschten von einer Abzweigung zur nächsten. »Sieben Tunnel, das heißt unsere Chancen liegen ungefähr bei 14,29 % den richtigen zu erwischen.«

Ves drehte sich herum, ging langsam rückwärts und zog Ella mit sich. »Und inwiefern hilft uns das jetzt?«, wollte er wissen, den Blick fest auf den Stollen gerichtet, aus dem sie gekommen waren.

»Nichts, ich bin nur gestresst, da brauche ich so was eben, okay?«

»Klar, zieh ruhig weiter deine Sheldon-Cooper-Nummer durch, während ich versuche herauszufinden, bei wem heute Zwillinge auf dem Speiseplan stehen.« Ves' Stimme wurde zum Ende hin immer lauter.

»Hetz mich nicht«, blaffte Ella zurück. »Ich denke nach.«

»Dann denk schneller.« Ves' Griff um ihre Finger wurde fester. Er schluckte hörbar, und seine Augen weiteten sich.

»Denn ich glaube, der da hat nicht mehr besonders viel Geduld.«

Ella wirbelte herum und schrie. Knapp außerhalb des Lichtkreises starrten orange glühende Augen von der Decke zu ihnen herunter. Die spitzen Zähne der Kreatur blitzten im Schein ihrer Essenzkugel bedrohlich auf.

»Ein Crann«, quiekte Ella erstickt. Die grau-grüne Haut, die ledrigen Ohren und das Horn auf dem Kopf ließen keine Zweifel zu.

»Danke, zum Glück weiß ich jetzt, was mich frisst.«

»Die gute Nachricht ist, dass Cranns Menschen nicht fressen. Sie bevorzugen Würmer und Insekten.«

»Und die schlechte?«

»Sie sind von Grund auf neidische Kreaturen und töten alle Lebewesen, die bei Tageslicht wandeln und nicht in der ewigen Finsternis verharren müssen.«

Ves hob die Wurzel in seiner Hand, bereit, sie jederzeit einzusetzen »Du weißt nicht zufällig, wie man die Dinger abwehrt?«

Die Zwillinge wichen vorsichtig ein paar Schritte zurück, der Crann folgte ihnen. Achtete dabei sorgsam darauf, dem Schein der Kugel nicht zu nahe zu kommen.

»Licht«, presste Ella hervor und vollführte mit ihren Fingern nochmals die Bewegungen für den Zauber. Sie legte alle mentale Kraft, die sie aufbringen konnte, in den Wunsch, ihre Kugel möge stärker leuchten. Es funktionierte. Die Essenz erstrahlte heller als zuvor und vergrößerte den Kreis um sie herum, den die Cranns mieden, als wären sie Vampire. Irgendwo hatte sie gelesen, dass die Haut der Kreaturen bei Lichtkontakt schmerzhafte Blasen warf. »Bleib dicht bei mir«, sagte sie an Ves gewandt. »Solange wir innerhalb des Lichtkegels sind, sollte alles in Ordnung sein.«

Ihr Bruder nickte. »Okay, dann lass uns –«

Hinter ihnen ertönte ein Schrei, wie der Todesschrei eines heiseren Hahns. Plötzlich passierte alles gleichzeitig. Ves fuhr herum, die Wurzel zum Schlag erhoben. Ella zuckte zusammen und stolperte gegen ihren Bruder. Mit einer schnellen Bewegung bewahrte er sie davor, auf den harten Steinboden zu knallen. Der Bernstein flog ihr aus der Hand und schlitterte einige Meter weiter.

»Wurzelfäulnis!«, schrie Ella. Sie riss sich von Ves los, rutschte auf den Knien über den Boden und tastet in dem bereits schwächer werdenden Licht nach dem Bernstein. »Nein, nein, nein!«

»Hier! Nimm den zweiten«, Ves kramte in seiner Jeanstasche. Etwas fiel klackernd auf den Steinboden, und Ella blieb das Herz stehen, nur um doppelt so schnell weiterzuschlagen, als sie den Edelstein in Ves' Hand entdeckte. Sie rappelte sich hoch, streckte ihre Finger nach dem Stein aus. Doch ehe sie ihn erreichte, tauchte ein dritter Crann aus den Schatten auf und griff sie an. Er rammte Ves in die Seite. Sein Horn verfehlte nur knapp den Bauch ihres Bruders und zerriss sein T-Shirt anstelle seiner Haut. Der Bernstein flog in hohen Bogen über Ella hinweg und landete klirrend hinter ihr in der Dunkelheit. Die Blicke der Zwillinge trafen sich. Fassungslosigkeit und Angst spiegelten sich darin.

Dann erlosch das Licht endgültig.

»Nicht mit mir, Gruselfratze«, hörte Ella ihren Bruder rufen, gefolgt von dem dumpfen Geräusch von Holz auf Haut. Sie war bereits wieder auf den Knien und tastete nach den Bernsteinen, einem Stock oder sonst irgendetwas, das ihr als Waffe dienen könnte. Doch außer ein paar Kieseln fand sie nichts.

»Ha, voll auf die Zwölf«, jubelte Ves. Einen Wimpernschlag später keuchte er erstickt.

»Vessi!«, schrie Ella panisch. Verzweifelt suchte sie weiter nach den rettenden Edelsteinen. Ihre Finger glitten über eine glatte Oberfläche, kein Bernstein, sondern Kunststoff. Ves' Feuerzeug! Das war also vorhin zu Boden gefallen. Mit zitternden Händen betätigte Ella den Mechanismus. Nichts geschah. Auch beim zweiten Mal nicht. Erst als ihr Daumen das dritte Mal über das Rädchen schrammte, entzündete sich eine kleine Flamme. Ves lag auf dem Boden. Einer der Cranns saß rücklings auf ihm. Verzweifelt versuchte ihr Bruder, das Ungeheuer mit einer Hand abzuwehren – die andere nach seiner Wurzel ausgestreckt, die einen halben Meter von ihm entfernt lag. Das Licht flackerte kurz auf und erlosch Sekunden später. Ella war bereits wieder auf den Beinen, kam schlitternd an der Stelle zum Stehen, wo die Wurzel sein müsste. Als ihre Finger das Holz ertasteten, schluchzte sie vor Erleichterung. Sie machte einen Schritt in die Richtung, aus der die Kampfgeräusche kamen, da packte sie einer der Cranns an ihrem Knöchel. Sie knallte der Länge nach auf den Boden. Krallen zerkratzten ihre Haut.

»Ella!« Ves' Schrei ging ihr durch Mark und Bein.

Sie wollte ihm antworten, doch der Aufprall hatte jegliche Luft aus ihrer Lunge gepresst. Aus seiner Richtung erklang ein würgendes Röcheln, aber sie hatte keine Zeit, sich Sorgen, um ihren Bruder zu machen. Eine zweite Hand schlang sich um ihren Unterschenkel. So fest sie konnte, trat sie mit ihrem freien Fuß dorthin, wo sie den Kopf des Cranns vermutete. Es knackte unheilvoll, und ihr Bein kam frei.

Im selben Moment hörte sie Ves plötzlich in der Dunkelheit neben ihr. »Alles in Ordnung?«, fragte er atemlos, tastete nach Ellas Schulter und zog sie so hoch.

»Noch. Ves, ich habe keine Ahnung, was wir tun sollen.« Ihre Stimme brach. »Ich glaube, einen habe ich vorübergehend außer Gefecht gesetzt, aber – Ves – sie sind mindestens zu fünft.«

Sie fühlte, wie er neben ihr nickte. Ihre Hände fanden sich. Sie verwoben ihre Finger miteinander.

»Hast du das Feuerzeug noch?«

Ella schüttelte den Kopf. »Ich habe es beim Kampf verloren.«

Er zog seine Finger zurück. Sie hörte, wie Holz zersplitterte.

»Hier.« Ves drückte ihr eine Hälfte der Wurzel in die Hand. »Schlag so fest zu, wie du kannst. Gib's den Tunnelfurzern!«

»Mach ich.« Ohne ein weiteres Wort standen die beiden auf und stellten sich Rücken an Rücken. Die Wurzeln zum Schlag erhoben.

Drei Paar orange glühende Augen umkreisten sie wie

Hyänen ihre Beute. Wieder ertönte dieser grauenhafte heisere Schrei, und die Cranns setzten zum Sprung an.

»Verschwindet!«, donnerte eine Stimme, und gleißendes Licht flutete die Höhle. Die plötzliche Helligkeit zwang Ella, die Augen zu schließen.

Die Cranns schrien vor Schmerz. Blasen bildeten sich auf ihrer grauen Haut. So schnell sie konnten, flüchteten sie in alle Richtungen, krochen die Wände empor und verschwanden in dunklen Abzweigungen. Ella sackte auf die Knie, unfähig zu erfassen, was gerade passiert war. Die Wurzel glitt ihr aus der Hand und rollte davon. Zwei Arme schlangen sich um sie, und rotblondes Haar kitzelte in ihrer Nase. »Bambi, ach du liebes Birkenblatt, bist du okay?«

»Ich glaube schon«, erwiderte Ella tonlos.

»Mir geht's übrigens auch gut, danke der Nachfrage«, murrte Ves.

»Da sind wir wohl gerade noch rechtzeitig gekommen«, Narek reichte ihrem Bruder die Hand und zog ihn auf die Beine.

Erst jetzt erkannte Ella, dass das Licht von den Smartphones ihrer Freunde stammte, auf denen sie die Taschenlampenapp aktiviert hatten.

»Ihr habt uns das Leben gerettet«, hauchte sie.

»Ich habe euch doch gesagt, dass ihr ohne uns aufgeschmissen seid.«

Ella umarmte ihre Freundin noch mal und fragte: »Darf ich mir kurz dein Handy ausleihen?«

»Klar, was willst du denn damit?«

Ella erhob sich und leuchtete den Boden auf der Suche nach den Bernsteinen ab. Doch keine Spur von den orangen Steinen. Sie hob das Smartphone höher und schritt die Höhle einmal komplett ab. Zögerte jedoch, einen der Stollen zu betreten. »Sie sind weg«, sagte sie alarmiert zu den anderen. »Die Bernsteine. Sie müssten hier irgendwo sein.«

Die anderen blickten sich ebenfalls in alle Richtungen um.

»Bestimmt sind sie während des Kampfes davongerollt und in einen dieser Risse verschwunden.« Narek deutete auf Spalten im Fels.

»Der Heidemann wird uns umbringen«, stöhnte Ves.

»Lasst uns hoffen, dass er niemals herausfindet, wer dahintersteckt«, meinte Ella zustimmend.

»Du meinst, er soll nicht herausfinden, dass du bei ihm eingebrochen bist, Panzerknackerin«, witzelte Ves und legte ihr einen Arm um ihre Schulter. Dann wandte er sich an Narek. »Aber warum seid ihr eigentlich hier? Nicht, dass ich nicht froh darüber wäre, ganz ehrlich, Mann.«

»Ich habe euch mit dem Pendel auf der Karte immer wieder geortet«, erklärte dieser schulterzuckend.

»Genau«, ergänzte Ruby, »und als uns klar wurde, dass ihr nicht da angekommen seid, wo ihr hättet sein sollen, haben wir uns auf den Weg gemacht, um nach euch zu suchen.«

»Danke.« Ves nickte seinem Mitbewohner mit festem Blick zu. »Ganz im Ernst.«

»Kein Ding, Mister«, antwortete Ruby an seiner Stelle. »Freunde lassen Freunde nicht von ekligen Höhlendingern meucheln. Ist Ehrensache.«

Die vier lachten und es vertrieb einen Teil der Angst, die Ella eben noch empfunden hatte.

»Wie geht's jetzt weiter?«, wollte Ruby wissen. »Sollen wir umdrehen und es morgen noch mal versuchen?«

»Auf keinen Fall«, sagten die Zwillinge unisono.

»Als Erstes«, erklärte Ves. »Müssen wir einen Weg hier raus finden. Aber wir wissen nicht, welchem der sieben Tunnel wir folgen müssen.«

Die Geschwister und Ruby sahen nachdenklich von einem Stollen zum nächsten. Narek hingegen schritt auf die Wand rechts von ihnen zu. Ella sah, wie er das Licht seiner Taschenlampe darüber gleiten ließ.

»Leute«, sagte er mit ruhiger Stimme. »Wir könnten auch einfach diesen Weg nehmen.«

Drei Köpfe wandten sich ihm zu. Ella trat an seine Seite, und tatsächlich waren – versteckt hinter lianenartigen Wurzeln – eiserne Sprossen in der Höhlenwand verankert. Auf einem vermoderten Holzschild konnte Ella »Notausstieg« entziffern. Sie legte den Kopf in den Nacken und meinte über ihnen sogar das sanfte Glitzern von Sonnenstrahlen zu entdecken.

Endlich, dachte sie. *Ich kann es nicht erwarten, die Dunkelheit hinter mir zu lassen.*

25
Ein lautstarker Streit

Ves drückte ein paar Zweige beiseite, die den Eingang bedeckten, und schob sich durch das Erdloch. Sobald er aufrecht stand, tat er einen tiefen Atemzug. Frische Luft! Zeit wurde es! Knapp über den Wipfeln der Bäume hing die Sonne, und seine Mundwinkel zogen sich trotz des Schreckens nach oben. *Cranns* – jetzt wusste er Bescheid, und ob der Doofschnösel schon mal welche besiegt oder überhaupt je gesehen hatte, wagte er zu bezweifeln. Zu schade, dass das niemals jemand außer ihnen erfahren würde.

»Hilf mir bitte mal«, sagte Ella, die ihm ihre Hand hinstreckte. Beherzt packte er zu und zog sie mit Schwung aus dem Loch im Boden heraus.

»Wie geht es deinem Bein? Die Cranns haben dich ganz schön erwischt, oder?«, wollte Ves wissen.

»Nein, es ist nur eine oberflächliche Wunde. Aber puh. Auf diese Art von Nahtoderlebnis kann ich gut und gerne verzichten.« Ihre Haare standen in alle Richtungen ab, und die Wangen waren mit Dreck beschmiert.

Bei ihrem Anblick lachte Ves auf: »Wie du aussiehst! Wie ein wild gewordenes Eichhörnchen, das ein Bad im Schlamm genommen hat.«

»Na, hör mal! Glaubst du, du gibst ein besseres Bild ab?« Ella pickte ihm einen Klumpen Lehm von der Kleidung.

»Mir steht Dreck«, sagte Ves im Brustton der Überzeugung und verschränkte die Arme.

»Das glaubst aber auch nur du, Mister«, presste Ruby hervor, während sie sich gegen den Waldboden stemmte und ihren Körper aus dem Erdloch hievte. Pikiert klopfte sie sich den Schmutz von der Kleidung.

»Und noch so eine Schönheit«, lachte Ves.

Schließlich krabbelte auch Narek durch die Öffnung. »Wie geht es jetzt weiter?«, fragte er, ehe er den Kopf senkte, um sich Klümpchen aus den Haaren zu rubbeln.

»Nach meinem Plan wären wir der Karte gefolgt, aber wir hatten leider …« Ella pausierte, wobei sie Ves einen bösen Blick zuwarf, »nur ein Handy dabei, weil einer von uns beiden dachte, *eines reiche schon*. Und das ist jetzt Schrott.«

Ves zuckte mit den Schultern. »Sorry, aber eine Expedition mit fünfzig Kilo Zeug im Gepäck ist wie Schwimmen mit Steinen an den Füßen.«

»Ein Glück, dass ihr uns habt. Ich kann auf den Screenshot aus dem Gruppenchat zugreifen.« Ruby tippte etwas, und eine digitale Miniaturansicht des Waldes wurde sichtbar. »Narek muss nur noch auspendeln, wo auf der Karte wir eigentlich sind und ob der Seelenbaum am gleichen Ort wie gestern ist.«

»Kein Problem, kann ich machen.« Der armenische Junge zog die Kette mit dem Bernsteintropfen unter seinem Pullover hervor und kniff die Augen zusammen. Nach wenigen

Sekunden hatte Narek beide Standorte lokalisiert. Der Setzling hatte sich nicht bewegt.

»Darf ich mal?«, bat Ves, und sie reichte ihm ihr Smartphone. Mit gerunzelter Stirn blickte er vom Bildschirm auf die Umgebung und wieder zurück, ehe er abermals die Gegend studierte. »Hm. Richtung Westen.« Fragend sah er die anderen an. »Aber weiß jemand, wo das ist?«

Ruby hob eine Schulter. »Mich brauchst du nicht fragen.« Und auch Ella schüttelte den Kopf. Nur Narek marschierte zielstrebig auf einen Baum zu und begann, diesen zu umrunden, die Fingerspitzen ließ er dabei sachte über die Rinde wandern.

»Musst du pinkeln, Mann«?«, fragte Ves, »oder warum umkreist du einen Stamm?«

»Oh natürlich«, Ella strahlte. »Er muss nicht auf die Toilette, also vielleicht schon, aber die Rinde sucht er nach Moos ab.«

Narek kehrte zurück. »Norden liegt dort, wo an Stämmen grünes, weiches Moos wächst. Denn die Nordseite eines Baumes erreicht die Sonne nicht. Im Schatten gedeihen nur spezielle Moosarten. Ergo müssen wir in diese Richtung. Schätze ich die Streckenverhältnisse korrekt ein, ist unser Ziel nicht mehr allzu weit entfernt. Sechs Kilometer etwa.«

»Okay. Das ist in einer Stunde locker machbar.« Ves kramte in seinem Rucksack und holte das Hirsebrot hervor, das er eingepackt hatte. »Hat noch jemand Hunger?«, fragte er, und seine Freunde griffen dankbar zu.

Mit vollen Backen liefen sie mit Narek an der Spitze, der

sich prüfend nach der Sonne und den Bäumen umsah, im Gänsemarsch los.

Es ging nicht so schnell voran, wie Ves gehofft hatte. Der Weg führte mitten durchs Dickicht des Waldes, und immer wieder mussten sie umgefallene Baumstämme umrunden, darüberklettern und höllisch aufpassen, nicht mit dem Fuß in einem Erdloch hängen zu bleiben.

»Ich brauche eine Pause«, jammerte Ruby nach einer Stunde.

»Hey, ich will nichts sagen, aber unser Seelenbaum braucht uns. Dringend.« Ves sog die Wangeninnenseite zwischen die Zähne und ließ sie schnalzen.

»Im Moment ist er ganz ruhig. Ich höre nur ein leises Summen«, meinte Ella, die sich mit dem Handrücken den Schweiß von der Stirn wischte. »Gib uns fünf Minuten. Ruby und ich sind keine Marathonläufer wie du.«

»Kurz was trinken, und ich check mit dem Pendel noch mal, ob wir nach wie vor auf dem richtigen Weg sind«, vermittelte Narek zwischen den Zwillingen.

»Okay, meinetwegen«, willigte Ves ein und setzte sich auf den Stein vor einer Baumgruppe, die kreisförmig angeordnet war. Er trank einen Schluck aus der Feldflasche.

»Das sieht aber hübsch aus. Als hätte die Natur ein Haus gebaut.« Bewundernd betrachtete Ruby die im perfekten Kreis stehenden Buchen, ehe sie sich neben Ves auf einem Felsbrocken niederließ. Sie streifte ihre Turnschuhe ab und wackelte mit den Zehen.

»Das solltest du lieber lassen. Beim Wandern schwellen die Füße an, und wenn du dann zurück in die Schuhe schlüpfst, bekommst du Druckstellen – das hat zumindest mein Vater immer behauptet, und wir mussten echt oft bergsteigen.«

»Okay, Mister Ich-weiß-alles.« Murrend zog Ruby die Sneaker wieder an.

»Scht. Seid mal still, ich glaube, ich habe etwas gehört«, rief Narek im Flüsterton und bückte sich.

Der Schrecken von vorhin saß Ves immer noch im Nacken, und so schnellte seine Herzfrequenz bei diesen Worten in die Höhe. Er lauschte. Waldgeräusche, durchbrochen von einem Knacken. Äste brachen, und Laub raschelte. Etwas oder jemand näherte sich. »Wir sollten uns verstecken.« Suchend sah Ves sich um. Nicht weit entfernt entdeckte er einen Abhang.

Ella und Ruby hoben ihre Daumen.

Ohne zu wissen, wie tief es den Hang hinab gehen würde, bedeutete Ves den anderen, ihm zu folgen. Rückwärts, die Augen starr in die Richtung geheftet, aus der er die Geräusche vernommen hatte, schob er sich auf die Böschung zu. Er warf er einen Blick hinab. Ein Glück! Es war nicht tief. Zwei Meter vielleicht. In der Senke waberte sogar Nebel. Perfekt, um sich zu tarnen.

»Hier runter«, wisperte er. »Und duckt euch.« Er hingegen lugte über den Rand der Böschung, gerade so viel, dass sein halber Kopf zu sehen war. Mit dem hellbraunen Haar fiel er hoffentlich nicht zwischen abgefallenen Blättern und feuchter Erde auf. Abermals lauschte er auf das sich weiterhin nähernde Knistern und Knacksen. Es waren Schritte, eindeutig. Schweiß sammelte sich im Nacken und rann seine Wirbelsäule hinab. Jetzt hörte er eine Stimme. Am Rande einer Gruppe Nadelbäume erschienen feste Stiefel und ein Dackel, der den Boden beschnupperte.

»Geh her, Wastl, da ist nichts!«, rief eine dröhnende Männerstimme.

Und er kannte sie.

Schnell zog er sich zurück. Mit zusammengepressten Lippen suchte er Ellas Blick, die schon nickte, bevor er etwas sagte. Dennoch formte sein Mund lautlos ein Wort: Grubanger. Was zur Hölle wollte der alte Waldschreck hier? Die Pupillen seiner Schwester erschienen ihm riesig, nur ein schmaler grüner Ring verlief auf der Außenseite. Sie hatte Angst vor diesem Kerl. Der Förster war so verrückt, der würde ihnen garantiert etwas antun.

Ein kehliges Lachen drang zu den Kindern hinab. »Nicht mehr lange, Wastl, und die ganze Welt weiß Bescheid, gell. Dann ist klar, dass ich mit allem recht hatte. Wer hätt's gedacht, dass so ein Baum mit Gesicht mal in eine meiner Fallen tappt! Jetzt sitzt er da im Käfig, und die Presse ist auf dem Weg. Und dann, Wastl, dann zeig ich allen diese Mutation der Natur, gell, und keiner wird mehr über mich lachen.«

Über ihnen raschelte es. Ves linste hinauf und sah eine Hundeschnauze am Rand der Senke entlangfahren.

»Ja, gehst du her, Wastl!« Ruckartig verschwand die Schnauze wieder. »Niemand wird mehr behaupten, dass mit mir was ned stimmt. Diese vermaledeiten Waldinge! Ich hab's immer gewusst. Und jetzt werden wir sie ausrotten. Dem Baum reiß ich die Blätter aus, wenn er nichts sagt.« Der Förster klatschte in die Hände, und Ves schrak zusammen. Gänsehaut breitete sich auf seinen Armen aus.

Dieser alte Fiesling!

Narek drückte sich gegen die Walderde, die Stirn in Falten gelegt, und seine Kieferknochen traten hervor. Ves deutete an, sich mit der Faust in die Handfläche zu schlagen. Wenn der Typ ihrem Seelenbaum etwas antat, dann konnte er was erleben.

Allmählich entfernten sich der Förster und sein Dackel.

»Oh du heiliger moosbedeckter Stumpf«, wisperte Ruby.

Ella presste sich an ihre Freundin. »Der Waldschreck hat unseren Seelenbaum, Ves! Wir müssen den Kleinen da rausholen.« Ihre Stimme vibrierte.

»Wir werden ihn befreien, darauf kannst du Gift nehmen!« Ves machte Anstalten, die Böschung zu verlassen, um dem Förster hinterherzueilen, da hielt ihn jemand am Pullover fest.

»Jetzt warte! Wir müssen erst herausfinden, wo er ihn gefangen hält, und dann überlegen, wie wir ihn befreien. Mit dem Screenshot finden wir ihn leicht. So können wir aus einem Versteck heraus die Umgebung beobachten und im Anschluss in Ruhe durchdenken, was zu tun ist. Offenbar sind wir gar nicht so weit von zu Hause entfernt, vielleicht holen wir Heidi zu Hilfe.«

»Blödsinn. Du hast doch gehört, was er gesagt hat, die Presse kommt gleich. Auf keinen Fall dürfen wir zulassen, dass jemand von den Talissa oder den Seelenbäumen erfährt.« Seine Stimme wurde lauter, und Hitze sammelte sich in seinen Wangen.

Ella ballte die Fäuste vor der Brust und rief: »Blindlings drauflosstürmen wie ein Berserker führt zu nichts außer Ärger, damit bringen wir den Seelenbaum nur noch mehr in Gefahr! Außerdem ist er Förster, das heißt, er hat wenigstens ein Gewehr, wahrscheinlich aber ein ganzes Arsenal an Waffen!«

»Leute«, flüsterte Narek.

»Weißt du, was passieren wird, wenn das rauskommt?« Ves konnte sein Temperament nicht mehr im Zaum halten. Wieso wollte seine Schwester alles verzögern? Manchmal musste man handeln. Jetzt war so ein Moment! »Ich sag's dir! Eine Hetzjagd auf uns. Die Menschen werden Talissa fangen und untersuchen wollen. Wir landen in einem LABOR! Und es ist unsere eigene Schuld, weil wir lieber nachdenken und Däumchen drehen wollten, anstatt den Seelenbaum zu befreien.« Er musste Luft holen, so sehr hatte er sich in Rage geredet.

»Jetzt beruhigt euch doch«, rief Ruby dazwischen.

»Seht doch mal«, Narek legte Ves die Hand auf die Schulter.

Ellas Kopf färbte sich tomatenrot. »Was, wenn da Kameras sind? Was, wenn er Fallen rund ums Haus aufgebaut hat? Was, wenn wir ihm direkt in die Arme laufen, was, wenn …«

»Was, wenn. Was, wenn«, äffte er sie nach.. »Was, wenn wir zu spät kommen?«

»Leute!«, fuhr Narek die Zwillinge an.

»Was ist denn los?«, fragte Ves ruppig. Sein Freund deutete mit dem ausgestreckten Zeigefinger auf die Nebelsuppe in der Senke.

»Verdammte Kacke«, entfuhr es Ves. Der Nebel warf heftige Wellen, beulte sich unnatürlich aus, fast als wollten sich Köpfe durch die milchige Masse pressen. An anderen Stellen stießen krakenartige Lianen durch die wabernde Fläche. Ves fühlte die Bedrohung bis in die Eingeweide. Sein Atem wurde flacher. »Was ist das?«, hauchte er, nicht in der Lage, sich zu bewegen.

»Nebelweber, werden durch Lärm angelockt. Ihr Biss lähmt Mensch und Tier. Das Rudel verschleppt ihre Beute in seine Nester. Niemand kam bisher zurück«, fasste Ella den Schrecken vor ihnen tonlos zusammen. Da bog sich eine Schlinge durch den blickdichten Nebel direkt auf sie zu. Kroch am Boden entlang, suchte und erreichte fast Rubys Fuß, den sie hastig zurückzog. Kreidebleich starrte sie auf die Tentakel. »Wir müssen hier weg!«, flüsterte Ella, ohne den Blick abwenden zu können.

»Lauft!«, durchbrach Narek die Stille im Flüsterton.

Augenblicklich rammte Ves seine Finger in den Waldboden, hievte sich aus der Grube und zog seine Schwester an ihrer Hand hinter sich her. Die Kinder stoben auseinander. Er preschte über Wurzeln hinweg, drehte sich mit panisch klopfendem Herzen um. Nur Ella folgte ihm. Wo waren seine Freunde? In dieser Sekunde schwappte der Nebel wie eine Flutwelle über den Rand der Böschung. Flucht war der einzige Gedanke, den er fassen konnte. Erschreckend schnell verteilte sich die fließende Masse zwischen den Bäumen. Hoffentlich hatten Narek und Ruby einen anderen Weg eingeschlagen und sich in Sicherheit gebracht. Außer Atem keuchte seine Schwester auf. Wie weißes Öl rannen die Ausstülpungen des Nebels in alle Richtungen.

»Beeil dich«, rief er, was er im selben Moment bereute. Zu laut war sein Ausruf, die Nebelarme änderten abrupt den Kurs, um ihnen zu folgen. Die Zwillinge legten nochmal an Tempo zu. Zweige peitschten ihre Gesichter. Blätter und Lehmstücke stoben auf, jedes Mal, wenn ihre Füße auf die Erde trafen.

Immer wieder spähte Ves hinter sich. Der Abstand zu den Nebeln vergrößerte sich, bis sie nicht mehr zu sehen waren. Allmählich traute er sich, seine Geschwindigkeit zu drosseln. »Ich glaube, wir sind entkommeeeen!«

Er stürzte plötzlich steil bergab. Seine Worte fielen mit ihm in die Tiefe.

Freier Fall.

Gebrochene Zweige begleiteten die schlammige Rutschpartie in ein Erdloch. Mit einem dumpfen Stoß landete er auf dem Grund einer Grube. Dunkle Erdwände umschlossen ihn. Nach oben waren es sicher drei Meter, die Seiten durch Matsch so glatt wie Eis. »Ella«, rief er im Flüsterton, um die Nebelweber nicht erneut anzulocken, aber so, dass sie ihn hoffentlich hörte. Verzweifelt versuchte er sein Glück, krallte die Finger in die matschige Wand. »Ella, ich bin hier.« Elendig landete er auf dem Hintern. Egal wie talentiert er klettern konnte, aus diesem Loch alleine zu entkommen, würde ihm nicht gelingen.

Keine Chance.

Zwei Augen schielten über den Rand der Grube: »Jetzt schrei nicht so, du Idiot.« Seine Schwester musterte ihn mit ernstem Gesicht. »Ich wünschte, ich hätte mein Seil dabei. Wer hat noch mal gesagt, dass wir das nicht brauchen?«

26

Wer anderen eine Grube gräbt

»Warte kurz«, sagte Ella und erhob sich. »Ruby?«, wisperte sie. »Narek? Wo seid ihr?« Der Wald blieb still. Als hätten die Nebelweber jedes Geräusch verschluckt. Langsam drehte sie sich einmal um die eigene Achse, ließ ihren Blick über die bemoosten Stämme und üppigen Farne streifen, doch von ihren Freunden keine Spur. »Ella!«, zischte Ves. »Was treibst du denn?«

Sie kniete sich wieder an den Rand der Grube und spähte hinunter. »Die anderen sind verschwunden.«

Er nickte. »Wir haben sie schon bei der Senke verloren. Sie müssen in eine andere Richtung gelaufen sein.«

Ella biss sich auf die Unterlippe, und ihre Stimme zitterte: »Glaubst du, die Nebelweber haben sie erwischt?«

Ihr Bruder schüttelte den Kopf. »Die haben uns verfolgt.« Er hielt einen Moment inne und kratzte sich am Hinterkopf. »Hab wohl einmal zu laut geschrien.«

»Okay, also müssen wir dich ohne ihre Hilfe da rausbekommen. Sind da unten Wurzeln oder irgendetwas, an dem du hochklettern könntest?«

»Hab ich schon versucht«, gab Ves kopfschüttelnd zurück.

»Der hier behindert mich nur.« Er angelte sich den Rucksack vom Rücken und warf ihn hoch, wo er mit einem dumpfen Aufprall neben Ella landete.

Sie überlegte einen Moment, dann legte sie sich bäuchlings auf den Boden und positionierte sich so, dass etwa ein Drittel ihres Körpers über die Kante ragte. So weit wie möglich beugte Ella sich hinab und streckte ihren rechten Arm aus. »Versuch es noch mal. Du musst nur hoch genug kommen, um meine Hand zu greifen.«

»Und dann landen wir beide hier unten? Oder wie geht dein Plan weiter?«

Energisch schüttelte sie den Kopf. »Nach dem Gewichtskraftprinzip wird das nicht passieren. Ich werde dich zwar nicht hinaufziehen können, aber dir genug Halt geben, dass du weiterklettern kannst.«

Ves kratzte sich am Kopf. »Wenn du meinst. Also hochkommen, festhalten und mit den Beinen weiterklettern?«

Sie nickte ihm aufmunternd zu.

»Na gut, ich versuche es. Solltest du aber gleich hier unten neben mir liegen, ist es nicht meine Schuld.«

»Hab ein wenig Vertrauen in die Physik, Vessi.«

Ihr Bruder ging rückwärts, bis er an die hintere Wand stieß, nahm Anlauf und sprang. Einen halben Meter von Ellas Hand entfernt, krallte er seine Finger in die Wand. Mit aller Kraft versuchte Ves, sich nach oben zu ziehen. Jeden Griff, den er tat, kam er näher. Nur wenige Zentimeter trennten die Zwillinge. Ein letzter Klimmzug. Ves streckte den Arm aus, und die Fingerspitzen der beiden berührten sich. In dem

Moment, als sie nach ihm griff, rutschte die Erde unter seinen Füßen weg, und er plumpste wieder auf den Boden.

»Autsch!«.

»Borkenkäfermist«, fluchte Ella.

»Sollen wir es noch mal versuchen?«, fragte Ves.

Sie schüttelte den Kopf. »Ich sehe mich mal um, ob ich irgendwas finde, womit ich dich da rausbekomme. Bleib, wo du bist.«

»Gut, dass du das sagst, ich wollte gerade auf Weltreise gehen.«

Sie rollte mit den Augen und rappelte sich hoch und lief einen weiten Kreis um die Grube herum, fand aber weder einen Ast, der lang genug war, noch irgendwelche Ranken, die Ves tragen konnten. Einzig ein umgefallener Baumstamm wäre geeignet gewesen, doch obwohl sie sich mit ihrem gesamten Körpergewicht dagegen stemmte, bewegte er sich keinen Millimeter.

Eilig lief sie zurück zu Ves. »Ich konnte leider nichts finden, aber ich habe noch eine Idee. Es gibt da diese eine Essenzformel, mit der man eine Art Liane formen kann, die reißfest ist.« Sie tippte sich mit dem Zeigefinger an die Nase. »Und ich denke, ich habe die Bewegung im Kopf.«

»Klasse, worauf warten wir dann noch?«

»Na ja, wir haben keine Bernsteine mehr. Und mit unserer eigenen Essenz«, sie zuckte mit den Schultern. »Keine Ahnung, ob ich sie überhaupt zu fassen bekomme. Und selbst dann habe ich diese Formel noch nie versucht. Was, wenn ich es mir falsch eingeprägt habe und etwas völlig anderes passiert, falls es überhaupt funktioniert? Am Ende erschaffe ich noch einen Felsen, der das Loch verstopft.«

»Ella«, seufzte Ves.

»Oder eine Art Lichtsäule, die dem Grubanger verraten würde, wo wir sind.«

»Ella!«

»Was?«

»Mach es einfach.« Sein Blick wurde weich. »Versuch es. Wird schon klappen, wir haben ohnehin keine andere Möglichkeit.«

»Aber …«

»Ich verspreche dir auch, dass ich nicht sauer sein werde, wenn du mich dabei versehentlich umbringst. Schwöre mir nur, dass du dafür sorgst, dass sich Balthi nicht mein ›dunkles Glurak‹ schnappt. Diese Pokemon-Karte ist fast siebenhundert Euro wert, und er hat schon versucht, sie mir abzuluchsen.«

Ella blinzelte irritiert. Sollte sie nun lachen oder es ihm bei den Wurzeln der Bäume versprechen?

Ves seufzte. »Ich vertraue dir.«

Seine Worte ermutigten Ella. Sie sah sich um und versuchte zu entscheiden, mit welcher Baumart ihre Chance, die Essenz zu greifen, am größten waren. Um sie herum standen vier Fichten, eine Eiche, zwei Buchen und ein Ahorn. Sie biss sich auf die Unterlippe. Im Unterricht hatte sie nie bemerkt, dass es mit einer dieser Essenzen leichter wäre als mit den anderen.

Ollis Gesicht tauchte vor ihrem inneren Auge auf, und ihr

Magen zog sich schmerzhaft zusammen. Sie erinnerte sich, was er in der Sportstunde gesagt hatte. Dass sie zum Teil Fichte sein müsse. Damals hatte sie sich geehrt gefühlt. Doch jetzt widerstrebte ihr der bloße Gedanke, zu seinem Clan zu gehören. Also ließ sie die Nadelbäume links liegen und ging aus einem Impuls heraus zum Ahorn. Sie legte ihre zitternde Hand an die raue Rinde und streckte ihre geistigen Fühler nach der Essenz aus. Sie fand sie, schwach funkelnd wie ein Stern über einer Großstadt. Ella brauchte mehrere Anläufe, bis sie ein Zipfelchen davon zu fassen bekam und zu sich ziehen konnte.

Es war eine klägliche Menge Baummagie, aber sie musste reichen. Bedächtig führte sie die Gesten aus. Rief sich jede Abbildung des digitalen Lehrbuchs genau in Erinnerung. Nach und nach bildeten sich die ersten Stränge aus goldener Essenz. Doch das Seil war dünn wie Zahnseide. Es würde Ves' Gewicht niemals halten. Auf ihrer Stirn erschien eine kleine Falte. Sie durfte nicht versagen. Ella schloss die Augen und stellte sich fest vor, wie der Essenzzauber wuchs. Schweißperlen liefen über ihre Stirn, doch sie konzentrierte sich voll und ganz auf die Szene in ihren Gedanken. Sie sah, wie Ves nach der Ranke griff und so aus dem Loch kletterte. Sie zog den mentalen Schraubstock um die Essenz enger. »Gleich schaffe ich es, Ves«, presste sie zwischen zusammengebissenen Zähnen hervor. In ihrer Stimme lag mehr Zuversicht, als sie empfand; sie versuchte, sich so selbst Mut zu machen. »Dann bist du frei, und wir retten unseren Setzling.«

»Des glaub ich nicht, du Waldlingsbrut!«

Ella wurde an der Schulter herumgerissen und starrte direkt in das wutverzerrte Gesicht des Försters. Die Essenz entglitt ihr, die dünnen Fädchen lösten sich in Luft auf.

»Herr Grubanger, ich –«

»Ich will es gar nicht hören. Egal, was du dir für eine Lügengeschichte überlegt hast.« Er zog Ella zu sich. Seine knollenförmige Nase kam der ihren ganz nah. »Ich hab's freilich immer schon gewusst, dass es Mutanten wie euch gibt. Für bekloppt haben sie mich alle erklärt.« Er lachte so schallend auf, dass sein Hund zusammenzuckte. »Aber jetzt werden sie es schon sehen, gell, Wastl? Jetzt haben wir nicht nur den heulenden Baumstumpf, sondern auch noch zwei von der Waldlingsbrut, um sie der Presse zu zeigen.«

Ellas Atem ging flach. Ihr Herzschlag raste. Was sollte sie nun tun? Er hatte mitbekommen, wie sie Essenz gewirkt hatte.

»Lass sofort die Finger von meiner Schwester«, schimpfte Ves von unten.

»Kein Sorge, du kommst freilich auch noch dran, Bürschchen.« Erneut drehte er Ella um und schubste sie vor sich her. »Aber jetzt muss ich mich erst mal um die Ökoterroristin kümmern.« Sie gingen auf den Baumstamm zu, den Ella vorhin versucht hatte zu bewegen. »Du bist doch das Mädchen, was immer mit die Ökofuzzis unterwegs war, gell? Von den Sturmbachs?«

Endlich schaffte sie es, den dicken Kloß in ihrer Kehle herunterzuschlucken. »Ja, das bin ich. Und es gibt überhaupt keinen Grund für diese Feindseligkeiten, Herr Grubanger. Im Prinzip wollen wir doch dasselbe – diesen Wald beschützen.«

Wieder lachte er. »Der Wald ist mir egal. Ich will endlich allen zeigen, dass ich immer die Wahrheit gesagt habe.« Er deutete auf den Baumstamm. »Da setzt dich jetzt hin und rührst dich nicht, gell, sonst hat die da Wastl am Knöchel, kapiert?« Ella tat wie ihr geheißen. Der Dackel wirkte nicht böse, aber wer wusste schon, welche Kommandos ihm der Förster beigebracht hatte. Der Waldschreck stellte seinen Rucksack neben ihr ab und holte ein Seil hervor.

»Hände nach hinten«, befahl er.

Ella zögerte.

»Wenn du nicht tust, was ich dir sag, dann«, er griff nach seinem Gewehr, das aus dem Rucksack ragte, »wird dein Bruder dafür bezahlen, verstanden?«

Widerstrebend nickte Ella. Sie würde keinesfalls riskieren, das Ves etwas zustieß. Langsam bog sie ihre Arme nach hinten, und der Förster schlang das Seil um ihre Gelenke. Mit geschickten Handgriffen hatte er sie binnen kürzester Zeit an Händen und Füßen so gefesselt, dass sie nicht weglaufen konnte.

Zufrieden betrachtete er sein Werk, erhob sich und ging um den Baumstamm herum. Mit einem Blick über ihre Schulter sah Ella, wie er eine Leiter aus einem Dickicht aus Farnen hervorzog. Am liebsten hätte sie laut aufgeschrien. Warum hatte sie diese vorher nicht gefunden? Ves und sie könnten längst zu ihrem Seelenbaum unterwegs sein, anstatt selbst zu Gefangenen zu werden. Als ob der Baum ihre Gedanken gehört hätte, wimmerte er zum ersten Mal seit Stunden.

Hilfe, schrie es in ihrem Kopf. *Kann nicht weg.*

Ella unterdrückte ein Schluchzen. Sie ließen ihn im Stich. Ihre letzte Hoffnung war, dass Ruby und Narek zurück zur Akademie liefen und Verstärkung holten. Doch selbst dann würde es Stunden dauern, bis sie jemand fand. Was der Waldschreck bis dahin mit ihnen und vor allem dem Seelenbaum anstellen könnte, ließ sie erschauern.

Grubanger, schulterte sein Gewehr und schleppte die Leiter zu der Grube. Sobald er sie hinabgelassen hatte, hob er die Waffe an.

»Was machen Sie da?«, rief Ella panisch. »Wagen Sie es nicht, meinem Bruder etwas anzutun. Sie haben gesehen, wozu ich imstande bin. Wird ihm auch nur ein Haar gekrümmt, werde ich Sie verhexen. Sie wissen, dass ich das kann. Denken Sie nur daran, wer meine Tante ist!« Es war ihr gleichgültig, ob sie mit ihrem Geschrei die Nebelweber erneut anlockte. Alles, was in ihrem Kopf Platz hatte, war die Waffe, die auf ihren Bruder gerichtet war.

»Könntest du etwas gegen mich ausrichten, hättest du es schon lange getan. Außerdem brauchst du dir keine Sorgen machen, solang er tut, was ich sage.« Er nickte Ves zu. »Rauf mit dir.«

»Auf gar keinen Fall, ich habe keine Angst vor dir.«

»Ach?« Der Förster schmunzelte und drehte das Gewehr so, dass es auf sie gerichtet war. »Komm jetzt hoch, sonst bist du bald ein Einzelkind«

Ella hörte Ves murren, konnte aber nicht verstehen, was er sagte, doch im nächsten Moment tauchte sein hellbrauner Haarschopf auf. Kaum hatte er wieder festen Boden unter den Füßen, rang ihn der Förster nieder und fesselte seine Arme hinter seinem Rücken. Er zerrte Ves auf die Beine und bugsierte ihn neben Ella.

»Pass auf, dass sie sich nicht rühren, gell, Wastl.«

Der Dackel setzte sich vor die beiden und beobachtete sie aufmerksam. Alois Grubanger löste indessen die Fesseln um Ellas Knöchel, umrundete dann den Baumstamm und band die Zwillinge aneinander.

»Und den nehmen wir auch mit«, der Förster ging zu dem Rucksack, der noch immer am Rand der Grube stand. »Da sind sicher Beweise drinnen.« Er legte sich einen der Gurte um die Schulter und hievte sich sein eigenes Gepäck auf die andere Seite. »Aufstehen und los.« Er zerrte die beiden an den Fesseln hoch und gab ihnen einen Stoß.

Den Geschwistern blieb nichts anderes übrig, als vor dem Förster her durch den Wald zu stolpern. Was aneinandergefesselt gar nicht so leicht war. Einige Male strauchelten die Zwillinge und wären beinahe der Länge nach hingefallen. Ella hatte keine Ahnung, wie viel Zeit vergangen war, als Wastl sein Tempo beschleunigte. Freudig mit dem Schwanz wedelnd überholte er sie und lief voraus. Wenige Schritte später kam zwischen den eng stehenden Bäumen eine kleine Hütte in Sicht. Sie war kaum größer als der Werkzeugschuppen ihres Vaters. Das Häuschen stand auf Pfeilern, das Holz wirkte verwittert, und auf dem Dach hatte sich Moos abgesetzt.

»Da wohnt der Grubanger normalerweise aber nicht«, flüsterte Ves. »Er hat ein kleines Haus am Stadtrand. Ich war paarmal mit den Jungs da.«

Kurz fragte sich Ella, was er und seine Freunde dort gemacht hatten, beschloss dann aber, dass sie es lieber nicht wissen wollte.

Der Waldschreck trieb sie weiter auf die Holzhütte zu, auf deren Stufe der Dackel hechelnd auf sie wartete.

»Den Hundeblick kannst du gleich wieder vergessen, Wastl, gibt nichts für dich«, grummelte der Förster und steckte einen alten rostigen Schlüssel in das Türschloss, ohne die Zwillinge dabei aus den Augen zu lassen. Die Tür klemmte, und Grubanger gab ihr einen kräftigen Stoß, dass sie laut krachend gegen die Innenwand knallte. Ein erschreckter Aufschrei erklang und wandelte sich in bitterliches Weinen. »Jetzt rein mit euch«, befahl er den Zwillingen. »Und du, laufendes Brennholz, hältst jetzt die Klappe.«

Er gab den Kindern einen Schubs, und sie stolperten in die Hütte. Ellas Blick huschte durch den kleinen Raum, und ihr Herz krampfte sich schmerzhaft zusammen. In einem fest verschraubten Käfig, der gerade groß genug für den Dackel war, schluchzte ein Setzling mit hellbrauner Rinde und blutroten Blättern herzzerreißend. Es war ohne jeden Zweifel ein Äon. Sie hatten ihn gefunden – ihren Seelenbaum.

27

In der Försterhütte

Es stank nach alter Wurst, Moder und Schweiß. Ves' Magen rebellierte unter den toten Augen der ausgestopften Tiere, die überall an den Wänden hingen. Der Druck im Bauch verschlimmerte sich, als sein Blick auf den hilflosen Seelenbaum im Käfig fiel. Jede Faser seines Körpers drängte ihn, hinüberzueilen und den Kasten in Stücke zu reißen, um den Setzling zu befreien. Ihn ergriff eine tiefe Verbundenheit. Als hätte der Grubanger einen Teil von ihm eingesperrt.

Ein grober Schubser von Grubanger brachte Ves aus dem Gleichgewicht, und sobald Ella fiel, krachte auch er auf die Holzdielen, ohne die Möglichkeit, den Sturz mit den Händen abzubremsen. Wilder Schmerz raste durch seine Schläfe.

»Da setzts euch hin, gell. Und keinen Mucks will ich hören.« Der Förster pfefferte Ves' Rucksack in die Ecke und holte zwei weitere Seile aus einer Truhe auf der gegenüberliegenden Seite, mit denen er ihnen jeweils die Füße fesselte. Ves biss die Zähne aufeinander. Suchend sah sich der Alte in der Hütte um, ehe er den Kopf schüttelte. »Na ja, dann halt keinen Knebel. Selbst wenn ihr schreit, wird euch niemand hören.«

Die Fesseln schnitten ihm ins Handgelenk und drückten gegen seine Fußknöchel. Ellas Rücken bebte, die Vibrationen übertrugen sich auf ihn. An seinem kleinen Finger bemerkte er ihre Fingerkuppen – so eng hatte der Grubanger sie aneinandergebunden.

Aus den Augenwinkeln beobachtete er den Förster, der wieder in der Truhe herumkramte und dabei mit seinem Dackel sprach. »Wastl, du passt auf diese Waldlingsbrut auf, dass die ja nichts anstellen. Nicht dass da einer irgendwas zaubert. Das können sie sich für die Presse aufheben, gell. Ich bin gleich wieder da. Mir fehlt nur eine passende Box, um die kleine Missgeburt zum Treffen mit den Journalisten zu karren. Die werden freilich solche Augen machen, Wastl.« Der Grubanger hielt sich mit Zeigefingern und Daumen geformte Kreise vor das Gesicht. »Das wird mein Tag!«, frohlockte er. »Sollte einer versuchen wegzulaufen, Wastl, dann fass! Du dummer Hund, gell, dann fass!«

Knarzend erhob er sich von seinem Hocker und durchquerte die kleine Jagdhütte bis zum Esstisch, auf dem ein Teller stand. Genüsslich biss er ein großes Stück von einem Schinkenbrot ab. Ein Wurstfetzen baumelte ihm seitlich aus dem Mund. Der Hund winselte, als er den Rest des Brots wieder zurücklegte. »Du bleibst schön hungrig, Wastl. Dann passt du besser auf die Waldlinge auf. Wenn ich zurück bin, darfst du auch was fressen.« Trotz der Drohung näherte sich der Dackel vorsichtig. Da holte der Grubanger aus und trat in die Luft. Das hätte böse für den armen Wastl enden können, wäre er nicht so geschickt ausgewichen. Offenbar kannte er sein Herrchen gut. Ein Kloß bildete sich in Ves' Kehle.

»Ich fahr jetzt los und hol die Box.« Der Förster verschwand.

Als die Tür hinter ihm ins Schloss fiel, atmete Ves erleichtert aus. »Ella. Los!« Er rüttelte an seinen Handfesseln, aber seine Schwester antwortete nicht. »Los, das ist unsere Chance!« Als es in seinem Rücken immer noch still blieb, versuchte er, den Kopf zu drehen. »Was ist mit dir?«, fragte er in Sorge. Lediglich eine winzige Bewegung am Hinterkopf nahm er wahr. »Jetzt sag doch.«

»Bringt eh alles nichts, Ves. Wir haben versagt«, schluchzte sie.

»Quatsch mit Soße. Noch geben wir nicht auf. Zwillinge für immer, schon vergessen? Weder Cranns noch Nebelweber haben uns umgehauen. Da wird es so ein irrer Waldschreck auch nicht schaffen. Schau dich um und dann mach, was du am besten kannst. Streng dein Hirn an.«

Viel gab es hier nicht. Da war das schmale Bett gleich neben ihnen, gegenüber an der Wand gab es ein verschlossenes Fenster, darunter eine Kommode. Daneben hatte der Grubanger den Zwinger angebracht, in dem er den kleinen Seelenbaum gefangen hielt und der sonst sicher dem armen Wastl vorbehalten war. Ein Teppich erstreckte sich vom Bett bis zum Tisch. Linker Hand befand sich der Esstisch mit dem grauslich riechenden Schinken.

Ellas Stimme zitterte, und auch wenn er es nicht sehen konnte, wusste er, dass ihr Tränen über die Wange flossen. »Vielleicht wurden Ruby und Narek doch von den Nebelwebern erwischt. Und wir stürzen die Talissa ins Verderben.

Du hast völlig recht. Erfahren die Menschen erst einmal von unserer Existenz, ist eine Hetzjagd vorprogrammiert. Und alles ist allein unsere Schuld.« Wastl trottete von einer Ecke des Zimmers in die andere, wo ein leerer Napf stand. Mit hängendem Kopf ließ er sich davor nieder.

»Ella, jetzt komm schon! Das kann es nicht gewesen sein.«

Seine Schwester blieb still, und er legte seinen Hinterkopf an ihren. So durfte es doch nicht enden.

Ein kaum hörbares Schaben lenkte seine Aufmerksamkeit zum Käfig, und er wendete den Kopf. »Sieh mal«, wisperte Ves. Der kleine Seelenbaum hatte sich aufgesetzt und sah die Zwillinge traurig aus zwei riesigen Kulleraugen an. Die roten Blätter hingen seitlich hinab, und jemand hatte einen seiner größeren Äste abgebrochen. Haare streiften Ves' Wange, als Ella ihren Kopf drehte. Zaghaft hob das Baumkind die Hand. Wie gerne wollte er zu dem Setzling, ihm Trost spenden und den kleinen Kerl beschützen. Seine Schwester musste das Gleiche fühlen. Ein beinahe magnetischer Sog entstand zwischen ihnen, wie ein Kleeblatt, drei Teile, die zusammengehörten.

Mit einem Mal schüttelte sich Ella. »Okay, wir probieren es. Wenn wir nur irgendwie zu diesem Teller auf dem Tisch kommen könnten, der ließe sich vielleicht zerbrechen, sodass wir mit den Scherben die Fesseln durchschneiden können.«

»Na also. Da ist sie wieder, Panzerknackerin und Meisterhirn. Ich wusste doch, dass noch kriegerische Energie in dir schlummert.« Der kleine Funke Hoffnung brachte Ves zum Lächeln.

»Aber auf dem Boden kriechend kommen wir kaum nah genug an den Tisch heran, fürchte ich.«

»Dann anders. Mit aller Kraft stemmen wir uns gegeneinander, drücken uns so hoch und springen auf Kommando im gleichen Rhythmus zum Tisch. Einverstanden?«

»In Ordnung«

»Zieh die Knie an und stoß mit den Füßen in den Boden, damit du die Kraft deiner Beine nutzen kannst, Elli-Belli.«

Sie stupste sanft mit ihrer Schulter gegen seine. »Lass uns keine Zeit verlieren.« Ella begann damit, ihre Rückseite an seine zu pressen.

»Gut so«, sagte Ves und versuchte, Ellas Kraft auszutarieren, ihr nicht zu viel und nicht zu wenig entgegenzusetzen. »Nicht zu schnell. Ja, genau so. Weiter.« Zentimeter für Zentimeter erhoben sie sich. »Langsamer«, wies er sie an. Wäre Ella zu rasch, würde er den Gegendruck verlieren, und sie landeten wieder auf dem Boden. Da fanden sie ihr Gleichgewicht.

»Wir stehen«, jubelte Ella. »Ich fasse es nicht.«

»Sag ich doch!« Ves' Herz sprang im Kreis.

Knurrend kam Wastl auf die Kinder zu, stellte sich zwischen sie und den Tisch. Er fletschte die Zähne. Obwohl er nicht groß war, hatte Ves keine Lust, die spitzen Dinger in der Wade zu spüren. »Gscht«, machte er, aber der Dackel blieb eisern, wo er war.

»Lass ihn«, mahnte Ella, ehe sie mit ruhiger Stimme auf den Hund einredete. »Du hast Hunger, armer Wastl. Gleich bekommst du die Wurst vom Brot. Du musst uns nur vorbeilassen. Schau, dann geben wir dir das Leckerli.« Tatsächlich wich der Dackel zwei Fußbreit ab.

Im Stand wirkte die Hütte kleiner. Der Abstand zum Tisch kam ihnen jetzt nicht mehr unüberwindbar vor. »Auf drei, dann springen wir«, gab Ves das Kommando. »Fertig?«

»Auf drei, oder nach drei? Das verwechselst du immer.« Ella zwickte ihn sanft.

»Nach drei. Los. Eins, zwei, drei, Sprung.« Die Kinder sprangen gleichzeitig ab und landeten taumelnd auf dem Teppich, fanden aber ihr Gleichgewicht schnell wieder. »Noch mal.« Weitere drei Hüpfer später erreichten sie den Tisch und drehten sich so, dass Ves mit den Fingerspitzen den Tellerrand erwischte. »Noch ein Stück, Elli-Belli.« Seine Schwester streckte sich, gab ihm Raum, und zack – da polterte das Geschirr samt Wurstbrot auf den Boden. Ausgehungert, wie er war, gab es für Wastl kein Halten mehr. Schlabbernd machte er sich über das belegte Brot her.

»Okay, ein letztes Mal, Sis. Wir schaffen das.« Ves landete mit beiden Füßen mitten auf der Keramik. »Ja!« Unter seinem Gewicht zerbrach der Teller in zahlreiche Scherben.

»Einmal tief gehen, und wir haben es.« Auf die gleiche Weise wie vorhin mit aneinandergepressten Rückseiten ließen sich die Kinder hinab in die Hocke. Blind suchte Ves nach einem scharfen Splitter. Sowie er einen fand, begann er damit, an den Fesseln zu reiben. Die zusammengebundenen Hände aber gaben ihm kaum Spielraum, und das Keramikstück war zu stumpf.

Jäh wimmerte Wastl.

Gleich darauf röhrte ein Motor und verstarb abrupt.

»Heiliger Baumstumpf«, wisperte Ella. »Der Grubanger ist zurück. Wieso ist er denn schon wieder hier? Wenn er das hier sieht …« Sie ließ das Ende offen, aber Ves wusste auch so, dass dem Förster in seinem Zorn alles zuzutrauen war.

Eine Autotür wurde zugeschmissen. Schritte.

Mit schreckensgeweiteten Augen schielte er zum Türgriff, der sich langsam senkte, und hielt die Luft an.

»Entschuldigung, der Herr«, drang urplötzlich eine Stimme gedämpft von draußen herein, und der Türgriff stand ruckartig still. »Ich war mit meiner Schulklasse im Wald unterwegs. Wir waren auf einer Exkursion, Blätter sammeln, Baumarten bestimmen, Wildtiere beobachten, so etwas eben. Sie wissen schon. Die sind ja alle so süß, diese Tiere. Hach, und die Wälder. Man kann sich richtig entspannen. Nicht wahr? Aber das kennen Sie ja zur Genüge.«

»Das ist Ruby«, flüsterte Ella atemlos.

»Was willst du von mir?«, fragte der Förster unwirsch.

»Nun ja, ich habe mich verlaufen und brauche dringend Hilfe, den Weg zurück zur Straße zu finden. Sie müssen mir unbedingt zeigen, wie ich …«, quasselte ihre Freundin unablässig weiter.

Im gleichen Augenblick klopfte etwas gegen die Glasscheibe. Nareks Kopf erschien am Fenster. Obwohl die Hütte auf Pfeilern stand, gelangte er ohne Mühe mit den Händen bis zum Griff.

»Sie leben! Ich habe es doch gewusst.« Ves durchfuhr ein warmes Gefühl. Anders als seine alte Clique lief hier niemand weg, wenn es hart auf hart kam. Geschickt hantierte Narek mit seinem Taschenmesser am morschen Rahmen des Fensters herum, bis es schließlich aufsprang. Sein Gesicht verzog sich, als er mit ganzer Kraft versuchte, sich hochzuziehen. Aber er war kein Sportler.

»Wirf das Messer her«, forderte Ves in heißerem Flüsterton.

»Oh Gott, hoffentlich trifft er nicht uns mit der Klinge«. Ängstlich zog seine Schwester den Kopf ein.

Narek nickte und zog konzentriert die Augenbrauen zusammen. Er holt aus und warf. Mit einem Klackern landete das Messer nur wenige Zentimeter von ihren Händen entfernt auf dem Teppich. Ves zuckte, spähte zur Tür, dort jedoch tat sich nichts. Nach wie vor plapperte Ruby wie ein Wasserfall auf den Förster ein. Inzwischen war sie bei der heilenden Wirkung verschiedener Kräuter angekommen und klagte über Mückenstiche.

Ves zog an den Fesseln.

»Au«, fluchte Ella leise, aber er hatte das Messer zu fassen bekommen und begann damit, am Seil zu schneiden. Die Klinge war scharf, und nach wenigen Augenblicken lösten sich die ersten Fasern. Sie platzten auf wie Springkraut. Mit jedem Schnitt dünnte sich die Schnur aus. Da! Ihre Hände waren frei. Ella rieb sich die schmerzenden Stellen. Flink kümmerte Ves sich nun um die Fußfesseln. Nie im Leben hatten sich seine Finger in einer solchen Geschwindigkeit bewegt.

Nur noch Ella.

Da konnte auch sie sich wieder bewegen.

Ohne eine Sekunde zu zögern, hechtete seine Schwester zum Zwinger. Aber wie sollten sie das Schloss öffnen? Der Schlüssel war nirgends zu sehen.

»Den hat er bestimmt bei sich. So eine verdammte Kacke«, fluchte Ves leise. »Kannst du nicht deine Panzerknackerfähigkeiten nutzen?«

»Ich bin dabei.« Ella griff in ihre Hosentasche und zog die verbogenen Büroklammern heraus, die sie schon am Türschloss zum Alchemieklassenzimmer verwendet hatte.

»Mega, dass du die dabeihast.«

Wastl bellte laut und wedelte mit dem Schwanz.

»Scht«, sagte Ves. »Der verrät uns noch.« Der kleine Seelenbaum kam näher zum Gitter und gab ein klägliches Geräusch von sich.

»Ich habe jetzt keine Zeit mehr. Schau, dass du weiterkommst!«

»Der Grubanger versucht, Ruby loszuwerden. Shit, shit, shit. Der wird gleich reinkommen.« Ves keuchte, während Ella hektisch am Schloss rumfummelte. »Beeil dich!«

»Tu ich doch, was denkst du denn?«, fauchte sie und wischte sich mit dem Handrücken über die Stirn.

»Nur noch eine Frage: Darf ich die Rehe im Wald füttern, und wenn ja, mit was?« Ruby gab ihr Bestes, aber der Förster ließ sich nicht mehr hinhalten.

Ellas Finger zitterten.

»Mach, dass du wegkommst«, rief der Kerl.

»Äh, aber ich … hätte doch … noch …«, hörten sie Ruby nach Worten suchen.

Da sprang das Schloss am Käfig mit einem Knacken auf. Nur eine Sekunde später glitt das schwere Teil seiner Schwester aus den Händen und knallte auf den Boden.

Draußen wurde es still. Das hatte der Grubanger gehört. Verdammte Kacke!

Kawumm! Der Förster riss die Tür auf, und seine massige Gestalt füllte den Rahmen aus. Wütend starrte er die Zwillinge an, die vor dem Käfig kauerten. Sein Gesicht färbte sich purpur, und er malmte mit dem Kiefer. »Was ist denn hier los! Wie habt ihr das geschafft?«, donnerte er und schmiss die Haustür hinter sich zu.

Der kleine Seelenbaum drückte sich ängstlich an die Gitterstäbe, aber seine Stimme wehte durch ihren Kopf: *Wind! Ruft Wind.* Er streckte seine Zweige nach ihnen aus. Sowie sich ihre Finger um seine Äste schlossen, verschmolzen sie zu einer Einheit.

Eine Kraft durchflutete Ves, wie er sie nie zuvor gespürt hatte. Die Essenz war überall in ihm, brachte seinen Körper zum Flirren, loderte auf und verlieh ihm ein Gefühl von Unbesiegbarkeit. »*Wind!*«, rief es hinter seiner Stirn, und er stimmte mit ein. Ella kannte die Zeichen, und er ahmte sie nach, so gut er konnte.

Gemeinsam webten sie einen Sturm.

Erst traf den Förster nur ein Windhauch, aber dieser wuchs sich blitzschnell zu einer Böe aus. Im selben Atemzug, da der Waldschreck brüllend auf sie zustürmte, rannte er gegen eine Wand aus Luft. Vergeblich versuchte der Förster, sich vorwärtszubewegen. Ihm entgegen stellte sich der Wind. Eine weitere Böe riss Grubanger von den Füßen. »Los, Ella, lass uns abhauen.« Vorsichtig hob Ves den Seelenbaum aus dem Käfig und setzte ihn behutsam in seinen Rucksack. »Gleich sind wir in Sicherheit, Kleiner.«

Da aber kämpfte sich der Förster wieder auf die Beine und versperrte ihnen den Weg zur Tür.

28

Schreie im Wald

Ella stürzte zum Fenster und kletterte, so schnell sie konnte, auf die Kommode. Ves mit dem Rucksack im Arm direkt hinter ihr.

»Du zuerst«, bestimmte er. Sie nickte knapp und schwang ihre Beine nach draußen. Narek wartete auf sie, streckte ihr die Arme entgegen und federte die Wucht ihres Aufpralls ab. Keine Sekunde später schob ihr Bruder den Kopf aus dem Fenster.

»Ella, hier nimm ihn.« Er hielt ihr den Rucksack hin.

Eilig griff sie nach den Riemen und übernahm die wertvolle Fracht. »Jetzt du, Vessi.«

Ves zog den Kopf zurück, um die Füße durch das Fenster zu schieben, da tauchte der Förster auf.

»Hinter dir!«, kreischte Ella.

»Ich fang dich«, rief Narek zeitgleich.

Ihr Bruder reagierte schnell. Er hechtete Oberkörper voran aus dem Fenster, direkt auf seinen Mitbewohner zu, der ihn um die Schultern fasste und zog. Doch der Waldschreck hatte erkannt, was er vorhatte, und blitzschnell nach seinem Knöchel gegriffen. »Du gehst nirgends hin, verstanden?«

Ella sah, wie der Mann auch den zweiten Fuß ihres Bruders zu fassen bekam. »Elendige Waldlingsbrut. Euch werde ich zeigen, was geschieht, wenn man sich mit mir anlegt«, schimpfte er mit wutverzerrtem Gesicht.

So schnell sie konnte, zog Ella den Rucksack an und eilte Narek zu Hilfe. Sie schlang ihre Arme um Ves' Bauch und zog.

»Wastl, nach draußen mit dir und fass. Beiss ihnen allen die Achillessehne durch.« Ein Winseln drang aus der Hütte. »Jetzt geh schon, du dummer Köter.« Der Förster trat zur Seite aus, und ein Jaulen war zu hören. »Na warte, aus dir mach i an Bettvorleger.«

Ruby schlitterte um die Ecke der Hütte. »Ach du liebe meine Güte«, japste sie, legte ebenfalls ihre Arme um Ves' Taille und zog.

»Ich zähle bis drei«, stöhnte dieser leise und kniff fest die Augen zusammen. »Und dann zieht ihr in einem Ruck, so stark ihr könnt.«

Die Freunde blickten sich an und nickten.

Narek drückte seinen Fuß gegen die Hauswand.

»Eins.«

Ella fasste noch einmal nach und verstärkte ihren Griff.

»Zwei.«

Ruby verhakte ihre Finger in den Gürtelschlaufen von Ves' Jeans.

»Drei.«

Die Freunde stemmten sich mit ihrem gesamten Gewicht dem Zug des Försters entgegen. Von dem plötzlichen Ruck überrascht stolperte dieser vorwärts und hing nun selbst mit dem Oberkörper aus dem Fenster. Der Aufprall presste ihm die Luft aus der Lunge, und Ves' Knöchel glitten ihm aus den Fingern. Endlich! Er war frei.

»Alles okay?«, fragte Ella und zog ihren Bruder auf die Beine.

»Nichts, was mich an der Flucht hindern würde.« Mit einem Blick über Ellas Schulter griff er nach ihrem Arm und zog sie mit sich. »Lauft!«, schrie er. Ihre Freunde sprinteten los. Sie hielten direkt auf den Wald zu. Ella riskierte einen schnellen Schulterblick und erkannte, dass der Förster aus seiner Haustür stürmte – das Gewehr im Anschlag. »Bleibt sofort stehen, ihr verfluchten Mutanten.«

»Ella pass auf, die Wurzel« Ves zog sie gerade noch rechtzeitig zur Seite.

»Verwurzelt!«, schrie Ruby im selben Moment und sprang im letzten Moment über eine Bärenfalle. Sie strauchelte bei der Landung und stolperte gegen einen jungen Baum. Vögel stoben aus seinen Ästen und flogen empört zwitschernd davon.

»Vorsicht!«, japste Ella. »Es gibt hier bestimmt noch mehr Fallen.« Er hatte ihnen die ganze Zeit mit dem Gewehr gedroht, dennoch hatte ein Teil von ihr gedacht, dass er Kindern nicht wirklich was antun würde.

»Da lang«, keuchte Narek rechts von ihr. Schweiß perlte von seiner Stirn, und sein Atem ging schwer. Er führte sie durch ein Wirrwarr aus dichten Büschen und entwurzelten Bäumen. Mit einem geschickten Sprung hüpfte er über einen umgekippten Lindenstamm und bedeutete den anderen, es ihm gleichzutun, um sich dort zu verstecken.

»Was soll das, Mann?«, fragte Ves, als er neben seinem Freund in die Hocke ging. »Wir sind hier nicht sicher. Nicht, wenn ein bewaffneter Irrer uns verfolgt.«

»Es bringt nichts, weiter kopflos durch die Gegend zu rennen.«

»Wo seid ihr verdammten Bälger?«, donnerte Grubangers Stimme durch den Wald.

Ella zuckte zusammen und griff nach Rubys Hand, die neben ihr zitterte. »Okay, und was sollen wir dann tun?«, fragte sie.

»Zurück zur Wurzelbahn?«, schlug Ves vor, klang aber wenig begeistert.

»Das kannst du voll vergessen, Mister. Nicht mal wenn Valerian höchstpersönlich ein Konzert da unten gibt, gehe ich noch mal in die Stollen runter.«

Ein Bellen erklang nah bei ihnen und war die einzige Vorwarnung. Gerade noch rechtzeitig rasten sie los. Die schwieligen Hände des Försters schoßen aus dem Geäst eines nahen Busches hervor und verfehlten sie nur um wenige Zentimeter. Erde flog in alle Richtungen, als die Kinder, Hacken schlagend wie Hasen, davonliefen.

»Was jetzt?«, japste Ves.

Ella sah sich panisch um, bis ihr Blick auf die kreisrund angeordnete Gruppe Buchen fiel.

»Ich weiß, wo wir sind«, japste sie und deutete mit dem Kopf auf die Bäume. Ves folgte ihrer Geste und nickte verstehend. Ohne ein weiteres Wort bogen sie nach links und hielten auf die Buchen zu.

»Wo wollt ihr hin?«, frage Narek.

»Zur Senke«, antworteten die Zwillinge wie aus einem Mund.

Rubys Augen wurden groß. »Zu den Nebelwebern? Seid ihr lebensmüde?«

Neben ihnen krachte es im Unterholz und Wastl tauchte zwischen den Bäumen auf. »Sie sind hier irgendwo, ich weiß es!« Die Stimme des Försters klang, als wäre er nur wenige Meter von seinem Hund entfernt.

»Beeilt euch, sonst erwischt er uns, bevor wir im Nebel verschwinden können, und denkt dran – keinen Mucks.« Ves klang nicht im Mindesten atemlos, während er den anderen den Plan erklärte. Ella war froh, dass er das übernahm. Sie wusste, selbst ohne zu sprechen, nicht, wie lange sie noch weiterrennen konnte. Zum Glück kam, gerade nachdem Ves geendet hatte, der Rand der Senke in Sicht. Die Rettung war nahe. Wenige Schritte, und sie konnten in Schweigen gehüllt inmitten des Nebels verschwinden.

Nicht weit von ihnen knallte es. »Zefix, wo sinds jetzt hin? Wastl los such weiter, dann bekommst heute noch feines Fleisch.«

Ella unterdrückte einen Aufschrei.

»Arrrgh«, kam es leise aus der anderen Richtung. Sie fuhr herum und sah, wie Narek der Länge nach hinfiel. Sein Fuß hatte sich in einer Wurzel verfangen. Ves eilte zu seinem Mitbewohner und zog ihn auf die Beine. »Komm schon, Mann, wir haben es fast geschafft.«

Dankbar nickte Narek, setzte zum Weitergehen an, knickte

aber ein, sobald er seinen Fuß belastete. Ves hielt ihn aufrecht.

»Wurzelfäulnis. Ich glaube, ich habe mir die Bänder gezerrt.«

»Macht nichts«, wisperte Ruby und legte sich Nareks freien Arm um die Schultern. »Wir helfen dir hinunter.«

Ella nickte. »Wenn wir ganz leise sind, dann schaffen wir es unbehelligt hindurch, und der Grubanger verliert unsere Spur.« Ihr Blick huschte zwischen dem Nebel vor sich und dem Wald hinter sich hin und her. Immer wieder war das Knacken von Holz zu hören. »Aber wir sollten uns wirklich beeilen.«

»Genau, deshalb werden Ruby und du auch vorgehen.« Ves ruckte mit dem Kopf in Richtung Senke.

Fassungslos sah sie ihren Bruder an. »Wir gehen alle zusammen. Das ist der Plan!«

»Jetzt nicht mehr«, erwiderte er schulterzuckend. »Narek braucht meine Hilfe, aber es ist Quatsch, wenn wir deswegen alle riskieren, geschnappt zu werden.«

»Geschnappt werden? Ves, er hat ein Gewehr. Der Irre erschießt euch.« Sie krallte die Finger in seinen Ärmel. »Wir gehen alle gemeinsam. Wir trennen uns nicht.«

»Schafft er nicht. Aber um auf Nummer sicher zu gehen, müsst ihr trotzdem vorgehen. Elli-Belli, du und Ruby, ihr müsst den kleinen Seelenbaum beschützen.«

»Wenn du bleibst, bleibe ich auch.« Sie stemmte die Hände in die Hüften.

»Auf keinen Fall. Viel zu gefährlich.« Er reckte sich, um ein paar Zentimeter größer zu wirken.

»Exakt.« Ella streckte die Brust raus und erwiderte seinen sturen Blick.

Er atmete tief durch. »Du musst den Setzling in Sicherheit bringen. Das geht einfach vor. Ich verspreche, wir kommen so schnell wie möglich nach.«

Sie öffnete den Mund, um zu widersprechen, da löste sich Narek von Ruby und legte eine Hand auf Ellas Schulter. »Er hat recht. Du und Ruby solltet vorausgehen. Sollte es schiefgehen und er uns doch einholen, könnt ihr Hilfe holen.«

Ein Krachen erklang.

»Los jetzt, lauft«, zischte Ves und machte sich mit Narek an den steilen Abstieg.

Helfen?, frage eine Stimme in ihrem Kopf. Sie tauschte einen Blick mit Ves und schüttelten zeitgleich den Kopf. Sie hatte keine Ahnung, was Essenz gegen ein Gewehr ausrichten sollte, und um Narek zu heilen, fehlte ihr das Fachwissen.

»Leider geht es nicht«, flüsterte sie dem Setzling im Rucksack zu. »Aber du musst jetzt bitte ganz leise sein, in Ordnung?«

Ja, kam es mental zur Antwort.

Ella nahm einen tiefen Atemzug. Der Plan war logisch, dennoch schrie alles in ihr, dass sie ihren Bruder und Narek nicht zurücklassen durfte. Ruby war es, die sie schließlich dazu brachte, sich in Bewegung zu setzen. Sie hackte sich bei ihr unter und zog sie mit sich.

»Wir laufen bis zur runden Buchenlichtung und warten auf euch«, hauchte Ella Ves zu, als sie an ihnen vorbeiliefen.

Schon diese leisen Worte reichten, dass sich die Ränder der Nebelsuppe verdichteten.

Er schüttelte mit ernstem Gesicht den Kopf. Seine Lippen formten das Wort Akademie. Doch noch ehe Ella reagieren konnte, verblasste ihr Bruder zu einem dunklen Schemen inmitten des Nebels.

Die Mädchen ließen die anderen beiden schnell hinter sich und tauchten in den dichten Nebel. Schon nach wenigen Schritten, konnte sie die Jungs nicht mehr sehen, und zwei Meter weiter verschluckte die Nebelsuppe auch die Geräusche ihrer Tritte. Seit sie vor ein paar Stunden hier waren, schien er sich nochmals verstärkt zu haben. Doch wie Ella gehofft hatte, interessierten sich die Nebelweber nicht für sie und Ruby – solange sie keinen Laut von sich gaben zumindest.

»Wo sind sie hin, Wastl?«, hörten sie die Stimme des Försters, wie aus weiter Ferne. »Hier sinds freilich gewesen, schau dir diese Spuren an, aber wo sind sie dann hin?«

Ein Lächeln formte sich auf ihrem Gesicht, verblasste jedoch sofort wieder, als ihr Fuß auf einen morschen Ast trat, der laut knacksend zerbrach. Die Nebelschwaden um sie herum wurden augenblicklich dichter. Mit kleinen Tentakeln tasteten die Nebelweber an der Stelle, wo eben Ellas Fuß gewesen war. Die Mädchen beschleunigten ihre Schritte und atmeten erleichtert auf, als sie das Ende der Senke erreichten. So leise wie möglich kletterten sie die Böschung hoch. Der Kreis aus Buchen war direkt vor ihnen. Ella warf einen besorgten Blick über die Schultern, doch von den Jungs war keine Spur zu sehen.

»Na los, lass uns zu den Buchen gehen und dort auf die anderen warten.«

Sie zögerte, folgte Ruby aber dann. Ves und Narek würde nichts passieren. Daran musste sie fest glauben. Sie erreichten den Baumkreis und ließen sich auf einen großen Stein fallen.

»Hab ich euch!«, donnerte es durch den Wald, und Ellas Herz setzte aus. »Na wartet!«

Die Sekunden der Stille, die darauf folgten, kamen ihr wie ihr halbes Leben vor. Ein Schuss ertönte, gefolgt von einem gellenden Schrei. Von wem er stammte, wusste sie nicht. Ella sprang auf, drauf und dran, loszurennen. Zurück in die Senke. Doch Ruby schnappte ihren Arm und hielt sie fest.

»Damit hilfst du ihnen nicht.« Sie zerrte Ella in die entgegengesetzte Richtung. »Im Gegenteil, das war unser Zeichen, abzuhauen.«

»Bist du verrückt? Wir können sie nicht hier zurücklassen. Nicht mit diesem schießwütigen Irren und den Nebelwebern.«

»Bambi, hast du vergessen, was Narek gesagt hat?« In Rubys Augen schwammen Tränen. »Es fällt mir genauso schwer wie dir, aber wir müssen Hilfe holen und den Setzling hinter den Schutzwall bringen.«

Ein weiterer Schrei ertönte.

Tränen liefen heiß über Ellas Wangen. Sie grub ihre Zähne in die Unterlippe, um nicht laut nach ihrem Bruder zu rufen.

Rubys Hand, die ihre umklammert hielt, zitterte.

Ein letzter, lang gezogener Schmerzenslaut war zu hören,

dann wurde es still. Eine gespenstische Ruhe legte sich über den Wald. Selbst die Tiere waren verstummt.

»Ves, Narek«, schluchzte Ella erstickt.

Auch Ruby liefen dicke Tränen die Wangen hinab. »Wir mussten den Setzling retten. Wir hatten keine andere Wahl, wir mussten den Setzling beschützen.«

Der Seelenbaum! Ella riss sich den Rucksack vom Rücken, öffnete mit fahrigen Bewegungen die Verschlüsse. Behutsam holte sie den jungen Baum hervor und setzte ihn auf das Moosbett.

»He, mein Kleiner«, sagte sie und versuchte, möglichst gefasst zu klingen. »Kannst du spüren, ob mein Bruder okay ist?«

Fragend sah sie der Setzling an.

»Kannst du vielleicht seine Gedanken hören oder fühlen, ob er in Ordnung ist?« Sie hatte keine Ahnung, wie genau diese telepathische Verbindung funktionierte.

»Mir geht es gut, Elli-Belli.«

Ella fuhr herum. Ves lächelte sie erschöpft, aber unversehrt an – Narek nach wie vor auf sich gestützt. Ruby war bereits bei ihnen, übernahm ihren verletzten Freund und führte ihn zu dem Stein. Ella schoss auf Ves zu und fiel ihm so stürmisch um den Hals, dass er strauchelte.

»Ich habe mir solche Sorgen um euch gemacht«, schluchzte sie.

»Es ist alles gut«, flüsterte er und schloss seine Arme fest um sie. »Nur der Grubanger … Er ist uns in die Senke gefolgt.« Ves schüttelte den Kopf. »Er war nicht leise, Ella. Er war einfach zu laut.«

29

Der unerwartete Wegweiser

Langsam löste Ves sich von seiner Schwester. Die Dämmerung hatte sich über den Wald gelegt, und ihn fröstelte, nicht nur der aufziehenden Abendkälte wegen. Ves zitterte kaum merklich, als er an die Nebeltentakeln dachte, die den Grubanger gepackt und in den Nebel gezogen hatten. Nicht zu schreien, war das Schwerste gewesen, aber sonst hätten die Weber auch Narek und ihn geholt.

Er sah hinüber in zwei dunkle, mit dichten Wimpern umrandete Augen. Dankbar besiegelte der andere Junge mit einem Nicken ihre Freundschaft. Narek hatte ihn gerettet, und er hatte sich revanchiert. Ohne Worte wusste Ves, dass er einen Freund fürs Leben gewonnen hatte – kein Wenn, kein Aber.

Trotzdem füllte ihn eine Leere aus, die nur der Tod hinterlässt. Obwohl der Förster seinen Freunden und ihm etwas antun wollte, tat ihm der Mistkerl leid. Das Bild, wie Grubanger mit schmerzverzerrtem Gesicht vom Nebel verschluckt wurde, der markdurchdringende Knall des Schusses, die Schreie, all das würde ihn lange Zeit verfolgen.

Sein Blick fiel auf den jungen Seelenbaum. »Wie geht es ihm?«, fragte er in Sorge.

»Den Umständen entsprechend. Ich glaube, mit etwas Pflege bekommen wir den Kleinen wieder hin«, antwortete Ella.

»Darf ich jetzt auch noch?«, fragte Ruby. Ves schloss sie in die Arme. »Danke, dass du für Narek da warst und überhaupt.«

Er zwinkerte. »Ich habe zu danken. Wer hätte gedacht, dass Quatschreden eine Waffe ist?« Schmunzelnd betrachtete er seine Freunde und ihren Seelenbaum, wie er auf dem Stein saß und mit riesigen Augen verfolgte, was um ihn herum geschah. Seine Blätter hatten schon jetzt mehr Farbe als im Käfig. Vorsichtig näherte sich Ves und strich mit der Fingerkuppe über die Rinde. »Hey, du. Ich bin Ves«, stellte er sich vor.

Der kleine Äonensetzling verzog seinen breiten Mund. »Malla, Malla, Malla«, brabbelte er.

»Ich glaube, er sagt uns seinen Namen«, mutmaßte Ella. »Und er klingt wunderbar. Wollen wir dich so nennen? – Marley?« Zur Bestätigung klatschte der Seelenbaum mit seinen Ästen und zuckte dann unter Schmerzen zusammen. »Wir müssen dringend zurück«, stellte seine Schwester fest. »Er braucht Wärme, Wasser und viel Ruhe.«

»In die Stollen bringen mich keine zehn Giwaros«, sagte Ruby. »Einmal hat mir gereicht.«

»Ach, gib's zu. Diesen Tunnelfurzern eins überzubraten, hat eigentlich ziemlich Spaß gemacht.« Ves ahmte den Schwung nach, den er mit der Wurzel draufhatte, als sie gegen die Cranns gekämpft hatten.

»Du alter Angeber«, konterte seine Schwester. »Ich hab dich doch da unten ziemlich kreischen gehört.«

»Als ob du irgendwas hast hören können, vor lauter Zähneklappern.« Er lächelte, wie er Ella jetzt vor sich sah, mit zerzaustem Haar und den Fesselspuren um die Handgelenke wirkte sie auf ihn ganz anders, gar nicht mehr wie ein vertrockneter Bücherwurm. Sie war für ihn da und er für sie.

Das war alles, was zählte.

Ihr Ziel hatten sie erreicht – gemeinsam.

Seine Schwester tippte sich mit der Zeigefingerspitze ans Kinn, ehe sie sich umsah. »Da der Grubanger seine Hütte nicht weit von hier hatte, müssen wir doch in der Nähe von Fuchsstadt sein und damit auch nah bei Tante Heidi. Zeig mal bitte die Karte her.«

Ruby zückte ihr Smartphone und öffnete die digitale Landkarte. »Der Screenshot ist in diesem Fall nicht wirklich hilfreich.«

»Eine ungefähre Idee reicht ja«, meinte Ella. Die vier steckten ihre Köpfe zusammen. »Ja, das ist der Feldweg, und hier müsste ihr Haus sein.« Im gleichen Augenblick, da sie das sagte, verdunkelte sich der Bildschirm.

»Das war's mit dem Akku. Wie sieht es bei dir aus, Mann?«, fragte Ves.

Narek schüttelte den Kopf. »Mein Handy hat sich schon vorhin abgeschaltet.«

»Tja, keine Powerbank. Das wäre Nummer drei aus dem Notfallgepäck, was ja so unnötig war, richtig, Ves?« Ella zwinkerte.

»Dann laufen wir halt auf gut Glück Richtung Norden

und hoffen, dass wir irgendwann ankommen? Oder wir bauen ein Lager«, schlug Ves vor.

»Im Wald übernachten ist keine Option.« Ruby verschränkte die Arme und pustete sich eine Locke aus der Stirn. »Nebelweber und Cranns sind ja nur der Anfang. Bei Nacht ... Puh!« Sie schüttelte sich.

Es raschelte im Unterholz nicht weit von ihnen entfernt. Geistesgegenwärtig half Ves Marley wieder in den Rucksack. Zur Flucht bereit lauschte er. Die anderen blickten mit glasigen Augen in dieselbe Richtung. »Hier im Baumkreis sieht man uns nicht so leicht«, raunte Ella.

»Oder wir sind gefangen«, wandte Narek ein.

»Was kann das sein?«, hauchte Ruby, und die vier drängten sich im Schutz der Buchen zusammen.

»Leise«, befahl Ves. Es knarzte wieder. Stöckchen brachen. Er suchte nach der Gefahr, aber es schien, als wanderten die Geräusche mal hierhin, mal dorthin. Es war nur eindeutig, dass sie sich beständig näherten.

Ruby ergriff Ves' und Ellas Hände. Die Kinder hielten den Atem an.

Ein Keuchen und Hecheln ertönte.

Dann ein Winseln, und mit einem Satz sprang Wastl aus dem Gebüsch hervor, wedelte mit dem Schwanz, und sein Atmen ging schnell.

»Oh!«, staunte Ella. »Wen haben wir denn da?« Erleichtert gluckste sie.

Ruby zog eilig ihre Finger aus Ves' Hand. Einer nach dem anderen traten sie aus dem Baumkreis heraus.

Der Dackel guckte sie treuherzig von unten an, bat still darum, nicht weggeschickt zu werden. »Der Grubanger war mies zu ihm. Hat ihm nicht genug zu essen gegeben und ihn getreten.« Ves ging in die Hocke. »Komm mal her, du.« Zuerst ließ er den Hund an seiner Hand schnuppern, dann kraulte er ihn hinter den Schlappohren.

»Du weißt nicht zufällig, in welche Richtung wir gehen müssen, um nach Fuchsstadt zu gelangen?«, fragte Ella und kniete sich neben ihn.

»Der versteht dich wohl kaum.« Ves zog eine Augenbraue hoch.

Aber der Dackel sprang sofort darauf an, indem er laut bellte.

»Scht«, entfuhr es Ella, obwohl die Weber sicherlich satt waren. Stattdessen hob Wastl eine Pfote und legte sie seiner Schwester aufs Knie.

»Leute, ich glaube, er weiß es wirklich«, stellte Narek fest. Einen Moment lang wandte sich der Dackel dem armenischen Jungen zu, dann sprang er los und düste durch das Unterholz. Schneller, als Ves es aufgrund der kurzen Beine vermutet hätte, sprintete der Kerl davon. »Los. Hinterher! Sonst finden wir ihn nicht mehr. Ella, nimm bitte Marley im Rucksack.«

Er stützte Narek, und sie folgten dem Dackel.

»Marley aua!«, jammerte der kleine Seelenbaum in seinem Kopf. »Zu schnell.« Seine Schwester drosselte daraufhin ihr Tempo ein wenig.

Immer wieder blieb der Hund stehen und wartete auf die Kinder, ehe er weiterflitzte.

Es dauerte, und Ves wusste nicht, wie lange sie schon unterwegs waren. Eine Stunde? Die Strecke hatte auf der Landkarte so kurz gewirkt. Aber das konnte täuschen. Plötzlich zeichnete sich ein riesiger Felsen nicht weit entfernt zwischen den Tannen ab. Ein Stein, so groß wie ein Elefant und moosbedeckt von der Spitze bis zum Rumpf. Ves blieb der Mund offen stehen – er kannte dieses Ungetüm, »Der Grünbär«, hauchte er sich selbst zu. Aufregung griff nach ihm, trieb seinen Herzschlag an. »Wir sind fast da!«, rief er den anderen zu. »Dieser Felsbrocken war früher mein Treffpunkt mit den Jungs.« Die gleichen, die weggelaufen waren, als er sich in Heidis Garten verletzt hatte. Er sah, wie seine Schwester, Ruby und Narek innehielten und kurz verschnauften. Drei Menschen, die ihn nicht im Stich gelassen hatten. »Bis zu Heidi ist es nicht mehr weit«, sagte er. »Das sollten wir schaffen, ehe es stockfinster ist.«

»Ein Glück.« Die Erleichterung stand Ella ins Gesicht geschrieben, und auch Ruby lächelte.

»Wastl?« Narek hatte die Hände um den Mund gelegt und rief nach dem Dackel, der sofort angeflitzt kam. »Guter Junge.«

»Na dann.« Ves marschierte vorneweg, sie erreichten den Froschteich, hinter dem gleich das Birkenwäldchen lag. Kurze Zeit später kam Heidis Hexenhaus in Sicht. Im Inneren brannte Licht, und der rostige Olaf parkte am Gartenzaun.

»Endlich!«, keuchte Ella. »Wir sind wirklich angekommen – heil – ich kann es nicht fassen!« Es quietschte, als sie das wettergegerbte Gartentor aufschoben und einer nach dem anderen durch den Vorgarten schlichen.

Der Duft von Wildkräutern zog ihm in die Nase – zu Hause. Ves wurde leicht ums Herz. Vorsichtig klopfte seine Schwester an die Haustür. Nach endlosen Sekunden hörten sie Schritte und dann das Knarzen der alten Holztür. »Ach du liebe Güte.« Heidi schlug sich beide Hände vor den Mund. »Was macht ihr denn hier? Ves, Ella!« Sie umarmte die Zwillinge innig. Ves roch eine Mischung aus Salbei und Honig und fühlte den weichen Baumwollstoff ihres bunten Kleides an der Wange. Wärme breitete sich in seinem Inneren aus. Dann fiel Heidis Blick auf Ruby und Narek, die etwas eingeschüchtert neben ihnen standen. »Und wie ich sehe, seid ihr nicht allein. Wie seht ihr überhaupt aus? Seid ihr verletzt? Kommt erst einmal in die Stube, ihr armen Kinder.«

Wastl bellte.

»Ach ne, und wie kommt der Hund des Försters hierher?«, fragte Heidi und streichelte den Dackel, der sich unter ihrer Hand auf den Rücken legte. »Ich hab was Leckeres für dich.«

Ves ließ den anderen den Vortritt und warf einen Blick über die Schulter. Die Tannenspitzen tanzten im Wind, und Grillen zirpten. Er sah zur Krone der Birke in Heidis Garten hinauf, die ihn damals zu Fall gebracht hatte. Ein Dreivierteljahr war das nun her. Eine schemenhafte Gestalt flog über den Himmel, und der Schrei eines Eichelhähers erklang. Mit einem Lächeln zog er die Tür hinter sich zu.

Ves saß zwischen Ruby und Ella gequetscht auf Olafs Rückbank. Damit Narek sein Bein ausstrecken konnte, hatte er den vorderen Sitz erhalten. Nachdem sie Heidi alles berichtet hatten, brachte diese die Kinder zurück zum Haupthaus der Silva Akademie. Mit dem Trubel um den Jahrmarkt und das Treffen der Ehemaligen, das bis in die Nacht andauerte, würden sie mit einem Quäntchen Glück ungesehen wieder auf das Gelände der Schule gelangen. So zumindest der Plan. Marley hatte sich an Ella gekuschelt und schnarchte leise.

Unter den Reifen knarzte der Kies, als vor ihnen die weitläufige Wiese hinter dem maroden Holzzaun erschien. Die gesamte Straße entlang waren Autos der Gäste geparkt, die zum Tag des Baumes angereist waren. Die Ränder des Grundstücks wurden von der Dunkelheit verschluckt. Der Motor erstarb, aber Heidi ließ Olafs Lichter an und hatte ihn so abgestellt, dass er mit seinen Scheinwerfern den Garten beschien. »So müssten wir recht leicht zum hinteren Teil des Gebäudes gelangen«, stellte sie fest, während die Kinder den Wagen verließen. Ella übergab Ves den schlummernden Marley, der ihn behutsam in den Rucksack bette. Vorerst sollte der Setzling ihr Geheimnis bleiben. Wenn er wieder gesund war, würden sie weitersehen. Ein auferstandener Seelenbaum, das hatte es bislang nicht gegeben. Ob das bedeutet, dass der Äonenclan ebenfalls neue Lebenskraft bekam? Heidi fühlte bisher anscheinend keine Änderung, was ihre Kräfte betraf. Aber ob das etwas zu bedeuten hatte, wussten weder die Zwillinge noch sie selbst.

Wie Verbrecher schlichen die Kinder durch den verwunschenen Garten hinter das Gemäuer des Haupthauses. Der Wald bei Nacht roch intensiver als tagsüber. Sie erreichten das Gewächshaus, in dem sich der Zugang zum Tunnelsystem verbarg.

»Halt«, donnerte eine Stimme durch die Dunkelheit.

Mit dem Eichelhäher auf der Schulter schritt Carpinus Estenfeld in seinem dunklen Umhang über dem Kapuzenpullover bedrohlich auf die kleine Gruppe zu. »Wie kommt es, dass ihr zu dieser Stunde am Haupthaus seid und nicht auf dem Schulgelände?«, fragte er, die Hände in die Hüften gestützt.

Die Kinder zogen die Köpfe zwischen die Schultern.

»Das ist meine Schuld, Carpinus«, mischte sich Heidi ein. »Ich hatte eine Nachricht geschrieben, dass sie mich hier abholen sollen, da mich ein gewisser Direktor nicht zum Tag des Baumes eingeladen hat.« Sie bohrte dem Direx den Zeigefinger in die Brust, woraufhin Philipp erschrocken aufflatterte und in der nächsten Buche landete.

»Oh, äh. Mir war nicht klar, dass du kommen wolltest, Heidrun. Du weißt, ich hätte dich … also du bist uns immer willkommen.«

»Das will ich hoffen, mein Lieber.« »Durst, Durst«, rief Marley in Ves' Kopf und bewegte sich im Rucksack. Schnell drehte Ves sich vom Direktor weg. »Scht«, machte er über die Schulter, dann betrachtete er den Direx. Ihre Blicke trafen sich, aber Carpinus Estenfeld fragte nichts. In der Dunkelheit hatte er die Bewegung hoffentlich nicht wahrgenommen.

»Also los«, sagte er stattdessen. »Dann wollen wir sieben mal zur Wurzelbahn.«

30

Abschlussfeier

»Wo ist bloß meine Haarspange mit den Birkenblättern?« Ruby warf alle Kleidungsstücke, die sie kurz zuvor in ihren Koffer gestopft hatte, durchs Zimmer. »Ich bin mir sicher, dass ich sie auf das Bett gelegt habe.«

Ella verstaute das Tablet in ihrer Umhängetasche und stellte diese auf ihren fertig gepackten Koffer. »Es wird sie wohl kaum eine Haselmaus geklaut haben.« Sie begann, Rubys Klamotten wieder aufzulesen und ordentlich zu falten. Ein rosa Kleid regte sich verdächtig. Lächelnd ging sie in die Hocke und hob den schimmernden Stoff an. »Pass auf, Marley, nicht dass Ruby dich in ihren Koffer packt.«

Der Setzling gluckste. »Marley, hübsch?« Er wackelte mit seinen Ästchen, in denen Rubys Spange klimperte.

»Ach, du bist die kleine Elster.« Ella lachte. »Ruby, du kannst aufhören, deine Sachen nach uns zu werfen.«

Ihre Freundin blickte überrascht auf und kam zu ihnen herüber. Sie wuschelte Marley durch die roten Blätter. »Weißt du was? Dir steht sie besser als mir. Behalte sie. So vergisst du mich in den Sommerferien wenigstens nicht.«

Der kleine Seelenbaum strich sich mit seinen Ärmchen ehrfürchtig über die Spange. »Gehört Marley?«, fragte er mit großen Augen.

Vor Freude quietschend fiel er Ruby um den Hals.

Es klopfte, und Marianne trat ein. »Mädchen, es wird Zeit dass ihr –« mit offen stehendem Mund sah sich die Pilzin im Zimmer um. »Heiliger Sporling, was ist denn hier passiert?« Sie stemmte die Hände in die Hüften. »Ella, Ruby, hier sieht es ja aus, als wäre ein Rudel Giwaros durchgelaufen. Ihr wisst doch, dass es nach der Abschlussfeier direkt nach Hause geht. Wie kann es sein, dass ihr noch nicht fertig gepackt habt?«

»Na ja, wir hatten einen kleinen Zwischenfall«, setzte Ella an.

Marley drückte sich an den beiden Mädchen vorbei und lief freudestrahlend auf Marianne zu. »Anni, Anni.«

»Na, da ist ja mein kleiner Liebling.« Das verärgerte Stirnrunzeln verschwand. Über das ganze Gesicht strahlend nahm die Pilzin den Setzling in den Arm. »Bist du etwa für dieses Chaos hier verantwortlich?«

Ella und Ruby tauschten einen Blick. Es war nicht fair, Marley die Schuld zuzuschieben, andererseits hätten sie wesentlich mehr Ärger bekommen. Seit ihre Hausmutter den Seelenbaum nach ihrer Rückkehr entdeckt hatte, war sie vernarrt in ihn. Für Ella grenzte es an ein Wunder, dass außer Marianne niemand etwas von Marley wusste. Soweit sie es beurteilen konnte, hatte bislang keiner Verdacht geschöpft. Vor ihr hingegen hatten sie ihn gerade einmal eine Woche verbergen können. Ein Glück, denn ohne die Unterstützung ihrer Hausmutter hätten sie es niemals geschafft, Marley neben der Schule, den Hausaufgaben und dem Lernen für die Abschlusstests richtig zu versorgen.

»Na gut, na gut, na gut. Sputet euch, ihr zwei. Ihr solltet zu eurer ersten Abschlussfeier in der Silva Akademie nicht zu spät kommen. Ich werde mich unterdessen um dieses Chaos hier kümmern. Aber das ist eine absolute Ausnahme, hört ihr? Und natürlich um unseren kleinen Sonnenschein.«

Ves und Narek warteten schon auf die Mädchen, als sie aus dem Baumhaus der Erstklässler eilten. »Wo bleibt ihr denn so ewig?«, fragte ihr Bruder und ging zur Treppe.

»Wir hatten noch eine kleine Marley-Verzögerung«, erklärte Ella kichernd.

Ves seufzte. »Unruhestifter.« Ein breites Grinsen zog sich über sein Gesicht. »Das mag ich so an ihm.« Er streckte die Arme nach oben und versuchte im Vorbeigehen, die tief hängenden Äste zu erwischen. »Unsere Sommerferien werden bestimmt nicht langweilig, was, Elli-Belli?« Skeptisch schielte er auf ihre Umhängetasche. »Du hast doch nicht jede freie Minute durchgeplant, oder?«

»Nein«, gab sie vergnügt zurück. »Uns erwarten zu achtzig Prozent ungeplante Freizeit.«

»Und die restlichen zwanzig?«, hakte Ves nach.

»Werden wir uns den Stoffwiederholungen widmen, um uns auf das neue Schuljahr einzustimmen.«

Ihr Bruder stöhnte gequält auf.

»Das klingt auf jeden Fall besser als das, was mich erwartet«, murrte Ruby. »Ohne Zweifel hat mich die Erzieherfraktion schon für irgendein spießiges Ferienprogramm angemeldet. So was wie *Buchhaltung für Anfänger.*«

Die Zwillinge warfen ihrer Freundin mitleidige Blicke zu.

»Hamburg ist spannend, und ich freue mich auf meine Verwandten«, ergriff Narek das Wort. Ein trauriger Schatten glitt über sein Gesicht. An Ella gewandt fragte er: »Freut sich Marley auch auf die Abwechslung?«

Sie nickte. »Vor allem darauf, dass er zwei Monate lang sein Zimmer mit *VeVe* teilen darf.«

Ves zog den Kopf ein, kniff ein Auge zu und streckte die Zunge heraus. »Ich wünschte wirklich, er würde mich nicht so nennen.«

Ruby hakte sich jeweils bei einem der Zwillinge unter. »Ich finde es ja irgendwie süß. Aber wenn es dir nicht gefällt, hast du den ganzen Sommer, um es ihm abzugewöhnen.«

Ves' Wangen röteten sich. »Gibt Schlimmeres«, winkte er ab, wobei er auf Rubys Hand schielte, die auf seinem Arm lag.

»Dann stört es dich ja nicht, wenn ich dich nächstes Jahr auch *Veve* nenne, oder?«, witzelte Narek.

Die vier lachten noch, als sie den Hauptplatz erreichten und sich zu ihrer Klasse setzten.

Die Frühsommersonne funkelte durch das grüne Blätterdach und formte ein Mosaik aus Licht und Schatten auf dem Waldboden. Auf dem gesamten Platz waren Stühle aufgestellt. Vor dem großen Baum, auf dem sich das Kronendeck befand, stand eine Bühne. Die runden Eckpfeiler waren mit Margeriten, Glockenblumen und Blättern dekoriert. Auf der Bühne gab es eine Stuhlreihe für die Lehrer.

Vorne saßen die meisten Schüler bereits auf ihren Plätzen und quatschten miteinander. Die Absolventen des letzten Jahrgangs waren dem Podium am nächsten. In ihren waldgrünen Umhängen, die mit den jeweiligen Ansteckern ihres Clans vor der Brust zusammengehalten wurden, sahen sie viel festlicher aus als die übrigen Schüler in ihren Alltagsklamotten. Dahinter, in absteigender Reihenfolge, folgten die weiteren Klassen bis zur Ersten in den letzten beiden Reihen.

Ves zog die Nase kraus. »Logenplätze quasi«, maulte er vor sich hin.

»Das Privileg, vorne zu sitzen, muss man sich mit den Jahren erst verdienen«, erklärte Ella.

Grinsend verdrehte ihr Bruder die Augen. »Klugscheißerin«, murmelte er und klang dabei beinahe liebevoll.

Nachdem jeder Stuhl besetzt war, betrat der Direktor die Bühne. Unter seinem schweifenden Blick verstummten die Kinder. Mit einem Lächeln auf den Lippen trat er zu dem Mikrofon. »Meine Lieben, ich könnte nicht stolzer auf euch sein. Auch in diesem Jahr seid ihr gewachsen, habt eure Äste nach der Zukunft ausgestreckt, und wie Blätter das Sonnenlicht habt ihr Wissen in euch aufgenommen.« Er ließ die Arme sinken und trat einen Schritt auf das Publikum zu. »Wenn ihr die Schule heute verlasst, manche zum allerletzten Mal«, sein Blick glitt zu den Reihen der Abschlussklasse, »werdet ihr nicht mehr dieselben sein, die ihr zu Beginn des Schuljahres wart. So, wie auch ein Wald niemals derselbe ist wie am Tag zuvor.« Er neigte den Kopf in Richtung des Lehrpersonals hinter ihm. »Ich und das gesamte Kollegium sind glücklich und stolz, dass wir euch beim Wachsen helfen durften. Egal, wohin es euch verschlägt, hier in der Silva Akademie werdet ihr immer Wurzeln haben, zu denen ihr zurückkehren könnt.«

Applaus brandete auf, nachdem der Schulleiter geendet und sich tief vor den Schülern verneigt hatte. Als Nächstes stieg eine Abschlussschülerin, Rosalie Eckert, die Jahrgangsbeste, die Treppen zur Tribüne empor und setzte zu einer Rede an. Sie sprach darüber, was die Zukunft für sie alle bereithielt und wie wichtig es war, dass sie ihr Leben dem Schutz der Wälder verschrieben. Egal, in welcher Form. Ella hörte ihr gebannt zu, und in ihr formte sich der Wunsch, eines Tages ebenfalls dort oben zu stehen und ihren Jahrgang mit hoffnungsvollen Worten zu verabschieden.

Ves rutschte auf seinem Platz umher. »Wie lange wollen die denn noch labern? Ich will einfach nur mein Zeugnis und dann ab nach Hause. Mama hat versprochen, dass es selbst gemachte Pizza gibt.« Wie auf Kommando knurrte sein Magen.

Neben ihm nickte Ruby mit ernster Miene. »Wenn ich nicht bald etwas zu essen bekomme, werde ich noch in einen von euch reinbeißen müssen.«

Ella gluckste, während Ves, zum zweiten Mal an diesem Tag, rot anlief.

»Dann ist ja gut, dass sie jetzt mit der Zeugnisübergabe anfangen.« Narek nickte zur Bühne, wo sich Carpinus Estenfeld gemeinsam mit Professorin Flussstein erhoben hatte.

»Und nun kommt der Moment, auf den ihr alle gewartet

habt.« Der Direktor grinste in die Runde. »Die Übergabe eurer Zeugnisse und somit offizieller Start der Ferien. Wie immer beginnen wir mit unseren Erstklässlern.« Er zwinkerte den älteren Schülern zu. »Ihr wisst ja, *die kleinen Sprösslinge* haben wenig Geduld.«

Ein Schnauben ging durch ihre Klasse. Halb empört, halb belustigt. Doch sie hatten keine Zeit, sich lange darüber zu ärgern, denn ihre Klassenlehrerin trat ans Mikrofon. »Armatyan Narek«, rief sie mit klarer Stimme.

Neben Ella erhob sich ihr armenischer Freund und schritt nach vorne zur Bühne, nahm sein Zeugnis entgegen, wechselte ein paar Worte mit dem Direktor und Professorin Flussstein und ging dann Richtung Wurzelbahn davon. Genauso wie man es ihnen aufgetragen hatte.

»Fröhlich, Lea«, war die Nächste, und Ella wunderte sich nicht, dass ihre Klassenkameradin auf dem Weg zur Bühne hastig ein Buch in ihre Tasche stopfte. Sie hatte Lea so gut wie nie ohne gesehen.

Graf, Vitus, Gruber, Taxus, Hedera, Dafne – sie alle wurden aufgerufen, holten sich ihr Zeugnis und verschwanden in die Freiheit der Ferien.

Die Reihen ihrer Klasse lichteten sich. Bis nach Sonntag, Korbinian – ihrem Klassensprecher – Professorin Flussstein schließlich »Sturmbach, Elana und Silvester« rief.

Kurz tauschten die Zwillinge einen überraschten Blick. Warum holte man sie gemeinsam nach vorne? Sie erhoben sich und liefen zur Bühne.

Ihre Klassenlehrerin lächelte die beiden warm an und

überreichte erst Ella, dann Ves ihre Zeugnisse. Breit grinsend kreuzte der Direktor seine Arme und hielt ihnen jeweils eine Hand zum Schütteln hin. »Ich bin stolz auf euch. Euer Start hier war alles andere als einfach, doch ihr habt nicht nur einen Weg gefunden, euch einzuleben, sondern auch, wieder zueinanderzufinden.« Er nickte anerkennend. Die Zwillinge dankten ihm und drehten sich ab, da rief Carpinus Estenfeld noch mal nach ihnen. »Übrigens, toll wie eure Essenzfähigkeiten sich seit dem Tag des Baumes entwickelt haben.« Er zwinkerte schelmisch. »Hat sich wohl gelohnt, das Fest zu schwänzen und stattdessen daran zu arbeiten.« Philipp landete in diesem Moment auf seiner Schulter.

Mit großen Augen sahen Ella und Ves sich an. Ihnen beiden war klar, was das bedeutete. Der Direktor wusste von Marley!

Der Vorplatz des verwitterten Haupthauses war kaum wiederzuerkennen. Auf dem sonst so leeren Parkplatz glänzten Autodächer in der Sonne, und überall wuselten Schüler, Eltern, jüngere Geschwister und stolze Verwandte wild durcheinander. Die Pilzlinge hatten ihre liebe Not, den vielen Schuhen auszuweichen. Obwohl der alte Bau noch genauso verwahrlost war wie an jenem Tag, an dem sie hier angekommen waren, hatte er für Ella nichts Gruseliges mehr an sich.

»Hoffentlich schafft es Marianne, Marley unbeschadet hier durchzuschleusen«, murmelte Ves und ließ seinen Blick schweifen.

Ella nickte. Vor allem, da ihr Seelenbaum die Pilzin inzwischen überragte. Er wuchs viel schneller, als jeder normale Baum es gekonnt hätte. Doch sie hatte darauf bestanden, sich nach der Abschlussfeier hier zu treffen.

Ves neben ihr zuckte zusammen und quietschte erschrocken auf. »Du solltest mich niemals unterschätzen, junger Mann«, meinte Marianne süffisant. Ella hatte gerade noch gesehen, wie die Pilzin die Wade ihres Bruders wieder losließ. Hinter ihr kam schwer atmend Bernhard angestolpert, Ves' viel zu großen Rucksack auf einem Rollbrett mit sich ziehend.

»Hier ist eure ganz besondere Fracht«, erklärte die Pilzin zwinkernd, als Ves bereits nach dem Ranzen griff, aus dem ein gedämpftes »VeVe« erklang.

Wehmut lag in Mariannes Blick. »Seid ihr euch sicher, dass er nicht hierbleiben sollte? Bernhard und ich würden ihn liebend gerne bei uns behalten.«

»Nun lass sie doch, meine liebe Spore. Er gehört zu den Kindern, und sie werden sich gut um ihn kümmern, nicht wahr?« Der Pilzer mit dem orangen Hut blickte sie streng an und deutete mit seiner Pfeife drohend auf sie.

»Aber natürlich«, versicherte Ella. Auch Ves nickte.

»Nun denn, dann sehen wir uns im Herbst, ihr Rabauken.« Sein Blick wanderte zu etwas hinter den Zwillingen. »Ihr solltet jetzt wirklich los. Da wartet schon jemand auf euch.«

Sie drehten sich um und entdeckten ihre Eltern und Tante Heidi, die freudestrahlend auf sie zukamen.

»Ves?«, sagte Ella, nachdem sie sich von den Pilzlingen verabschiedet hatten.

»Hm?«

»Ich hätte es in puncto Zwillingsbruder wirklich schlechter treffen können.« Sie drückte ihm einen Knutscher auf die Wange und lief dann auf ihre Mutter zu.

»Iiiihhhh«, hörte sie ihn rufen, und ein Lächeln breitete sich auf ihren Zügen aus.

ENDE

Lilly Oakley lebt mit ihrem Mann und ihrer Tochter im schönen Tirol. Die Liebe zu Büchern ist schon Teil ihres Lebens, seit ihre Oma ihr die ersten Märchen vorgelesen hat. Ihre eigenen Bücher erscheinen seit 2018. Nachdem sie Jugendbücher veröffentlicht hat, gibt nun als Lilly Oakley ihr Debüt in der Welt kleinerer Leser und Leserinnen.

Marie Juniper ist promovierte Soziologin und ist nach Aufenthalten in Bern, Frankfurt am Main, der Oberpfalz und Michigan wieder nach München gezogen. Sie arbeitet in der Wissenschaft als Projektleitung im Umweltbereich. Zum Ausgleich schreibt sie Kinder- und Jugendbücher. Sie lebt mit ihrem Mann und ihren zwei Söhnen im Münchner Umland.

Lisa Forsch ist 1992 geboren und hatte schon immer eine tiefe Faszination für alles, was sich um bildhafte Geschichten dreht. Nach einem kurzen Abstecher ins Gesundheitswesen beschloss sie, sich ganz ihrer Passion zu widmen. Seitdem gestaltet sie Kinderbücher und Brettspiele.

KARIBU – Ein Verlag der Edel Verlagsgruppe

MIX
Papier | Fördert gute Waldnutzung
FSC® C014496

1. Auflage 2024

Kaiserstraße 14a, 80801 München

Umschlag- und Innenillustrationen: Lisa Forsch
Umschlaggestaltung: Christian Keller
Layout & Satz: Uhl + Massopust, Aalen
Druck und Bindung: GGP Media GmbH, Pößneck
ISBN: 978-3-96129-449-7
Printed in Germany
www.karibubuecher.de

Giwarogehege
Ellas & Corys Lichtung
2.Klässler
Kronendeck
Waldökologie
1.Klässler
Essenzarium
Wurzelbahn